「わたしはあなたなどに、絶対懐柔されません。
ヴァルカスを惑わすあなたは、わたしの敵なのです」
そのように言い捨てて、
すたすたと小走りに街路を進んでいく。
シリィ＝ロウ
ヴァルカスの元で修行する少女。
美味なる料理を作る、
同年代のアスタや年下のマイム
に対抗心を燃やす。
異世界料理道
VOLUME 22
Cooking with wild game.

【第三章　和解の会食】

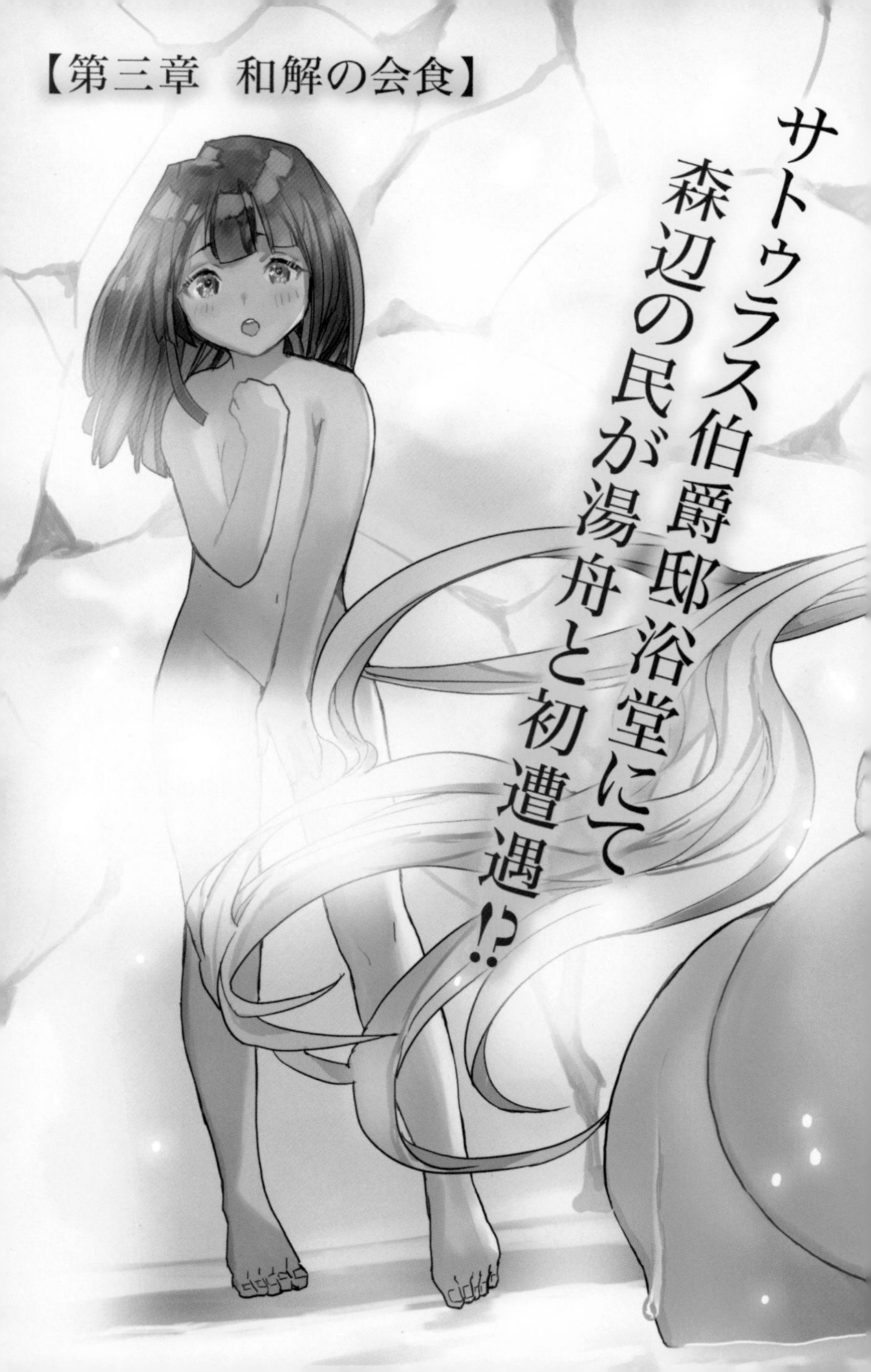

サトウラス伯爵邸浴堂にて
森辺の民が湯舟と初遭遇⁉

「あー、美味しい！全然苦くない！いや、苦いのかな？よくわかんないけど、すっごく美味しいよ！」
「うん、美味しいね？もっといっぱい食べたいなあ」

異世界料理道 VOLUME 22

Cooking with wild game.

Presented by

EDA

口絵・本文イラスト　こちも

MENU

〜森辺の民〜

津留見明日太／アスタ

日本生まれの見習い料理人。火災の事故で生命を落としたと記憶しているが、不可思議な力で異世界に導かれる

アイ＝ファ

森辺の集落でただ一人の女狩人。一見は沈着だが、その内に熱い気性を隠している。アスタをファの家の家人として受け入れる。

ドンダ＝ルウ

ルウ本家の家長にして、森辺の三族長の一人。卓越した力を持つ狩人。森の主との戦いで右肩を負傷する。

ジバ＝ルウ

ドンダ＝ルウの祖母にして、ルウ家の最長老。アスタの尽力によって生きる力を取り戻す。アイ＝ファにとっては、無二の友でもある。

ジザ＝ルウ

ルウ本家の長兄。厳格な性格で、森辺の掟を何よりも重んじている。ルウの血族の勇者の一人。

ダルム＝ルウ

ルウ本家の次兄。ぶっきらぼうで粗暴な面もあるが、情には厚い。森の主との戦いで右の手の平を負傷する。

ルド＝ルウ

ルウ本家の末弟。やんちゃな性格。狩人としては人並み以上の力を有している。ルウの血族の勇者の一人。

レイナ＝ルウ

ルウ本家の次姉。卓越した料理の腕を持ち、シーラ＝ルウとともにルウ家の屋台の責任者をつとめている。

ララ＝ルウ

ルウ本家の三姉。直情的な性格。シン＝ルウの存在を気にかけている。

リミ＝ルウ

ルウ本家の末妹。無邪気な性格。アイ＝ファとターラのことが大好き。菓子作りを得意にする。

シン＝ルウ

ルウの分家の長兄にして、若き家長。アスタの誘拐騒ぎで自責の念にとらわれ、修練を重ねた結果、ルウの血族の勇者となる。

シーラ＝ルウ

ルウの分家の長姉。シン＝ルウの姉。ひかえめな性格で、ダルム＝ルウにひそかに思いを寄せている。

ガズラン＝ルティム

ルティム本家の家長。沈着な気性と明晰な頭脳の持ち主。アスタの無二の友人。ルウの血族の勇者の一人。

ダン＝ルティム

ルティム本家の先代家長。類い稀な力を有する狩人であり、豪放な気性をしている。好物は、骨つきのあばら肉。

ラウ＝レイ

レイ本家の家長。繊細な容姿と勇猛な気性をあわせ持つ狩人。ルウの血族の勇者の一人

トゥール＝ディン

出自はスンの分家。内向的な性格だが、アスタの仕事を懸命に手伝っている。菓子作りにおいて才能を開花させる。

～町の民～

マイム

ミケルの娘。父の意志を継いで、調理の鍛錬に励んでいる。アスタの料理に感銘を受け、ギバ料理の研究に着手する。

ミケル

かつての城下町の料理人。右手を負傷し、料理人として生きる道を絶たれる。現在はトゥランの炭焼き小屋で働いている。

ユーミ

宿屋《西風亭》の娘。気さくで陽気な、十七歳の少女。森辺の民を忌避していた父親とアスタの架け橋となる。

ターラ

ドーラの娘。九歳の少女。無邪気な性格で、同世代のリミ＝ルウと絆を深める。

ドーラ

ダレイム出身。宿場町で野菜売りの仕事を果たしている。かつては森辺の民を恐れていたが、アスタの良き理解者となる。

ポルアース

ダレイム伯爵家の第二子息。森辺の民の良き協力者。ジェノスを美食の町にするべく画策している。

ヴァルカス

城下町の料理人。かつてのトゥラン伯爵家の料理長。ジェノスで屈指の卓越した腕を持ち、料理以外の事柄には無関心。

シリィ＝ロウ

ヴァルカスの弟子の一人。気位が高く、アスタに強い対抗意識を抱いている。

ロイ

城下町の若き料理人。レイナ＝ルウやマイムたちの料理に衝撃を受け、ヴァルカスに弟子入りを願う。

ティマロ

城下町の料理人。かつてのトゥラン伯爵家の副料理長。高慢な気性で、アスタやヴァルカスに強い対抗意識を持っている。

ヤン

ダレイム伯爵家の料理長。現在は宿場町で新しい食材を流通させるために尽力している。

メルフリード

ジェノス侯爵家の第一子息。森辺の民との調停役。冷徹な気性で、法や掟を何より重んじる。

オディフィア

メルフリードとエウリフィアの娘。人形のように無表情で、感情を表さない。トゥール＝ディンの菓子をこよなく好んでいる。

エウリフィア

ジェノス侯爵家の第一子息夫人。優雅な雰囲気を持つ貴婦人だが、明朗で物怖じしない気性をしている。

リーハイム

サトゥラス伯爵家の第一子息。傲岸な気性で、かつてレイナ＝ルウにつれなくされたことを根に持っている。

ギャムレイ

旅芸人の一団《ギャムレイの一座》の座長。陽気でとぼけた性格。炎を使った奇術を得意にする。

ピノ

《ギャムレイの一座》の座員。童女の姿をしているが、年齢は不詳。軽業や笛吹きを得意にしている。

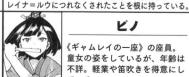

第一章★★★城下町の勉強会

1

この大陸アムスホルンにおいて、月の名前は色で示される。

銀の月を一年の始まりとして、茶、赤、朱《しゅ》、黄、緑、青、白、灰、黒、藍《あい》、紫《むらさき》、これで十二ヶ月《かげつ》である。

ただし、三年に一度は銀と茶の間に金の月という特別な月が差し込まれ、その年だけは十三ヶ月で一年となる。俺《おれ》の故郷でも閏年《うるうどし》というものが存在したが、そうして太陽や月などの運行とのズレを補正したりしているのだろう。なお、本年はちょうどその特別な年にあたり、この銀の月が終わったら金の月がやってくるのだそうだ。

ちなみに、俺が森辺の集落で暮らし始めたのは、黄の月の二十四日である。が、俺がその日取りを知ったのは、ずいぶん後になってからのことだった。俺は黄の月と緑の月が過ぎて青の月に至るまで、まったく暦《こよみ》というものを意識しないで生活してしまっていたのだ。

ともあれ、紫の月が終わったことにより、俺の森辺における生活もまるまる七ヶ月以上が終わった計算になるのだった。

黄の月の二十四日に、俺はアイ＝ファと出会うことができた。その数日後にはリミ＝ルウがファの家にやってきて、ルウ家の人々とも縁《えん》を結ぶことができた。そうしてすぐに緑の月となり、中旬《ちゆうじゆん》にはルティム家の婚儀《こんぎ》の祝宴《しゆくえん》が開かれ、下旬《げじゆん》には宿場町における屋台の商売を開始した。カミュア＝ヨシュを皮切りに、ターラやドーラの親父《おやじ》さん、ミラノ＝マスやユーミ、シュミラルやバランのおやっさんという数々の大事な人たちに巡《めぐ》りあえたのもこの月である。

それで青の月にはスン家を巡る騒動《そうどう》があり、そのさなかにナウディスやネイル、さらにはディアルやジーダたちと出会い、そして《銀の壺《つぼ》》のシュミラルや建築屋のおやっさんたちとは別れを告げることになった。森辺では家長会議が行われていたし、この青の月も俺にとってはとても印象の強い時期であった。

が、その次の白の月もそれに負けない波乱に満ちていて、城下町に拉致《らち》されたり、サイクレウスとの決着がついたりしたのもこの月だ。ジェノス侯爵家《こうしやくけ》のマルスタインやダレイム伯爵家《はくしやくけ》のポルアースといったジェノスの貴族たち、それにミケルと縁を結んだ月でもあるので、そういう意味でも大きな転換期《てんかんき》であったろうと思う。

そこでスン家とトゥラン伯爵家にまつわる騒動にはひとまず決着がついたので、灰と黒の月は比較的穏《ひかくてきおだ》やかに過ごすことができた。この時期はひたすら商売に邁進《まいしん》し、そしてその果てにマイムやヴァルカスたちと出会うことになったのだ。

そうして藍の月では初めてダレイム領や隣《とな》り町のダバッグにまで足を向けることになり、その終わり際《ぎわ》には青空食堂をオープンさせた。サウティ家で森の主《ぬし》たる巨大《きよだい》ギバを退治したのは、たしか藍の月の最終日であったはずだ。そして紫の月に太陽神の復活祭が開催《かいさい》され、それをやりとげると同時に前年は終了《しゅうりょう》と相成ったのである。

思えば、怒涛《どとう》のような七ヶ月間であった。

だけどこれからも、同じように賑《にぎ》やかな日々が続いていくのだろう。

目先のことだけを考えても、銀の月が終わればそろそろシュミラルの率いる商団《銀の壺》がジェノスに戻《もど》ってくる頃合《ころあ》いであるし、金の月が終われば二ヶ月も続くという雨季がやってくる。その前にも城下町の人々と交《か》わしたさまざまな約束や、ギバを生《い》け捕《ど》りにしたいと願う《ギャムレイの一座》の一件、狩人《かりうど》になりたいと願うレム＝ドムの一件、森辺の集落に宿泊《しゅくはく》したいと願うドーラ家の一件――それに、ファの家が休息の期間を迎《むか》える際は、近在の氏族同士で合同の収穫祭《しゅうかくさい》を開いてみよう、という一件などもあった。ギバの動きに乱れがなければ、銀か金の月にはファの家にも休息の期間が訪《おとず》れる計算になるのだ。

これだけでも、なかなか退屈《たいくつ》しているヒマなどはあるように思えない。

だけどまずは、目前の仕事をひとつずつ片付けていくしかないだろう。

そんなわけで、新しい年を迎えてから五日目の、銀の月の五日。俺たちは小さからぬ仕事を果たすために、またジェノスの城下町へと向かうことになったのだった。

「わたしなどをお誘《さそ》いくださって、本当にありがとうございます、アスタ」

城門の前で自前の荷車から立派なトトス車に乗《の》り換《か》えて、かつてのトゥラン伯爵邸《はくしゃくてい》たる貴賓《きひん》館《かん》に向かうさなかで、そのように声をあげたのはマイムであった。ヴァルカスがマイムの力量を知りたがっている、という言葉を告げてみせると、ミケルは意外なほどあっさりとそれを承《しょう》諾《だく》してくれたのだ。

ただし、ミケル自身が同行することだけは頑《かたく》なに拒絶《きょぜつ》していたし、俺も無理に説得しようという気持ちにはなれなかった。かつては名うての料理人でありながら、サイクレウスの非道な行いによってその身分を失ってしまったミケルであるのだ。その心情を思うと、俺などに口をはさめるはずがなかった。

「でも、今日は新しい食材を検分するのと、あとはアスタがフワノ料理の作り方を城下町の料理人たちに伝授する、というのが目的であるのですよね？　わたしは何のお役にも立てないのに、本当にのこのこついてきてしまってよかったのでしょうか？」

「そんなに重く考える必要はないよ。この一件を取りしきっているポルアースという御仁《ごじん》は、とても話のわかるお人だからね。そのポルアースも、マイムの料理をとても楽しみにしているという話だったよ」

マイムは復活祭の期間に宿場町で売りに出していた、あの料理を持参してきているのだ。興奮に頬《ほお》を赤らめつつ、それでもマイムはまだ少し心配そうな顔をしていた。

「でも、わたしはアスタほど数々の食材を使いこなせているわけでもありませんし……このように粗末《そまつ》な料理を食べさせてしまって、貴族の怒《いか》りを買ったりはしないのでしょうか？」

「粗末な料理っていうのは、あまり値の張る食材を使っていないという意味だよね？　大丈夫《だいじょうぶ》さ。ポルアースは貴族だけど、食材の如何《いかん》で料理の価値を決めるようなお人じゃないからね」

それでもマイムは、貴族の無法によって父親をひどい目にあわされているのだ。いつも無邪《むじゃ》気《き》そうにしているその面《おもて》から、完全に懸念《けねん》の色が消えることはなかった。

しかしその境遇《きょうぐう》や彼女《かのじょ》の幼さなどを考えれば、驚《おどろ》くぐらい元気に振《ふ》る舞《ま》っているとも言えるだろう。何にせよ、今は別の車に揺《ゆ》られているレイナ＝ルウやシーラ＝ルウなどは、マイム以上に張《は》り詰《つ》めた面持《おもも》ちをしてしまっていたのである。

レイナ＝ルウたちも、今日は料理を持参していた。こちらも宿場町で売りに出していた、『照り焼き肉のシチュー』である。前回の煮込《にこ》み料理でヴァルカスの不興を買ってしまった彼女たちは、もう一度自分たちの料理を口にしてほしいと申し出ていたのだった。

言ってみれば、そちらも俺たちとヴァルカス個人との間で取《と》り交わされた私用であった。いまだ個人的に城下町へ出入りすることが許されていない俺たちがヴァルカスのもとにおもむくには、こうして貴族から申しつけられた仕事にかこつけるしか手段がないのである。

ともあれ、仕切り役のポルアースが快諾《かいだく》してくれたので、俺たちは本日もそれなりの人数で城下町に向かうことができていた。俺とマイム、レイナ＝ルウとシーラ＝ルウ、それに調理助手という名目でトゥール＝ディンとユン＝スドラとリミ＝ルウ、さらには視察役としてスフィラ＝ザザも同行している。護衛の狩人は、アイ＝ファ、ルド＝ルウ、ダン＝ルティム、あとは俺が名前を知らないルウの血族が三名で、合計六名である。

銀の月の二日をもってルウの血族の休息期は終了とされたので、彼《かれ》ら以外の狩人は今日も森に入っているはずであった。なおかつ屋台の商売においても、いまだ多数の護衛役がつけられている。太陽神の復活祭が終わってもまだまだ大勢の余所者《よそもの》が宿場町に居座《いすわ》っているため、町が落ち着きを取り戻すまでは用心すべきである、というのがドンダ＝ルウやジザ＝ルウの判断であったのだ。

とはいえ、狩人としての仕事が再開されたのだから、ラウ＝レイやギラン＝リリンといった眷族《けんぞく》の家長たちはそれぞれの家で男衆を束ねることになり、護衛の役目を果たすことはできなくなってしまった。それでもルド＝ルウやダン＝ルティムといった指折りの猛者《もさ》を護衛役に回してくれたのが、ドンダ＝ルウのせめてもの心づかいであったのだろう。

そして、アイ＝ファである。森の主との戦いで肋骨《ろっこつ》を痛めてしまったアイ＝ファもまた、ついに胸部を固定していた帯を外し、狩人としての力を取り戻すための修練を開始していた。

護衛役の仕事は果たしつつ、それ以外の時間は木に登ったり刀を振るったり、休む時間もなく過酷《かこく》な修練に励《はげ》んでいる。しばらくしたら休息の期間がやってきてしまうため、それまでには何としてでも力を取り戻すのだ、とアイ＝ファは並々ならぬ気迫《きはく》を見せていた。

そうして力を十全に取り戻せたら、まずはレム＝ドムとの手合わせが待ちかまえている。狩人の力比べでアイ＝ファに勝利することができるか。それでレム＝ドムの行く末は定まってしまうのだ。どのような結末になろうとも、レム＝ドムに商売の下準備を手伝ってもらう日々も、もう間もなく終わりを迎えることになるのだった。

「そういえば、今日は族長たちも城下町に招かれているのだという話でしたよね？」

と、飽《あ》きずに窓の外を眺《なが》めていたユン＝スドラが、ふいに問うてきた。

「うん、だけど族長たちがやってくるのはもっと後だし、そもそも場所が違《ちが》っているから、俺たちが顔をあわせることはないよ」

本日は、三ヶ月に一度の褒賞金《ほうしょうきん》が支払《しはら》われる期日であったのだ。森辺の民《たみ》との調停役がサイクレウスからメルフリードに切《き》り替《か》わってから、これが二度目の会談である。

メルフリードがこの役を担《にな》うようになってから、ただ銅貨を受《う》け渡《わた》すだけではなく、おたがいに不満や要望などはないかをきちんと語り合う場になったのだと聞く。今回は、いったいどのような議題が取《と》り沙汰《ざた》されるのか、俺としても少し気になるところではあった。

（まず第一に、サトゥラス伯爵家との和解についてが話し合われるんだろうな。あとは《ギャムレイの一座》に関しても、こちら側から話を出したりするのかな）

何にせよ、ジェノスと森辺の絆《きずな》が深まっていくよう祈《いの》るばかりである。

ちなみに、ダルム＝ルウとガズラン＝ルティムの両名はそちらに同伴《どうはん》する予定になっている。ダルム＝ルウは族長たるドンダ＝ルウのお供として、ガズラン＝ルティムは特別枠《とくべつわく》の相談役としてだ。サイクレウスとの一件で交渉役《こうしょうやく》としての力を認められたガズラン＝ルティムは、前回の会談においてもそうして同行を願われていたのだった。

余談として、そうして本家の家長が狩人の仕事を抜《ぬ》けざるを得なかったときは、次期の家長と目されている人間が仕事を取り仕切ることになる。ルウ家においてはもちろんジザ＝ルウであるし、ルティム家のように家長が若くてまだ子が育っていない場合は、次に血の近い人間——

ルティム家でいえば本家の次兄《じけい》が受け持つのだそうだ。

「その会談には、フォウやベイムの家長も同行するのですよね？　戻って話を聞くのが、とても待ち遠しいです」

「そうだねえ。でも、ひょっとしたら集落に戻るのは俺たちのほうが遅《おそ》いぐらいかもしれないよ。何せ、仕事がたてこんでいるからさ」

本日の仕事は、新しい食材の検分ばかりではない。俺が考案した『黒フワノのつけそば』のレシピを城下町の料理人たちに伝授しなくてはならないし、それに加えて、ヴァルカスたちに俺やマイムやレイナ＝ルウたちの料理を試食してもらう約束までしてあるので、なかなか慌《あわ》ただしい限りなのである。現在は下りの一の刻の半を回ったぐらいであり、族長たちが集まるのは下りの三の刻であったが、やっぱり集落に戻るのは俺たちのほうが遅いのだろうと思われた。

「わざわざ商売を早めに切り上げてまで出向いてきたんだから、実のある一日にしないとね。まあ、ヴァルカスたちに感想をもらえるだけでも有意義は有意義なんだけどさ」

「ええ。宿場町のお客たちも、たいそう残念そうにしていましたものね」

ユン＝スドラは灰褐色《はいかっしょく》のサイドテールを揺らしながら、くすくすと笑い声をたてる。

俺たちは、普段《ふだん》よりも一時間ばかり早く商売を切り上げていた。というか、本当は休業日にするつもりであったのだが、昨日の内にそれを告げると、お客さんたちからとても嘆《なげ》かれることになってしまったのだった。

復活祭が目的でジェノスを訪れた人々も、銀の月の三日まではのんびりと過ごし、それから故郷に戻ったり別の町を目指したり、という計画であったのだ。それで本日は銀の月の五日であるから、宿場町にもまだ相当数の旅人たちが居残ってしまっているのである。

「ついこの間も休んだばかりなのに、また休むのか⁉」

「明日はお前さんたちの料理をかじりながらジェノスを出る予定だったのに、ひどいじゃないか！」

そんな声が殺到《さっとう》してしまっては、店を閉めるのも忍《しの》びない。ということで、約束の刻限のぎりぎりまで宿場町に居残って、俺たちは屋台の商売を敢行《かんこう》したのだった。

日ごとにお客は減ってきているが、それでもいまだに千食以上は売れている。年明け一発目の営業日などは、定刻よりずいぶん早く店じまいをすることになったほどである。復活祭が終わっても、宿場町そのものが落ち着きを取り戻すまでは、俺たちも気を休めるひまはなさそうであった。

「あ、着いたようですね」

ユン＝スドラの弾《はず》んだ声とともに、箱形のトトス車がようやく停車した。

後部の扉《とびら》が開かれて、案内役の武官が顔を覗《のぞ》かせる。

「お待たせいたしました。足もとに気をつけてお降りください」

武官の指示に従って、前庭の石畳《いしだたみ》に足をおろす。隣《となり》にとまった車からも、レイナ＝ルウたちやそれを警護する狩人たちが同じように姿を現していた。その中から、ルド＝ルウが「うん？」と声をあげる。

「何だか今日は、兵士の数が多いみたいだな。何か理由でもあるのかい？」

「はい。この館《やかた》には貴き方々《とうと》が大勢宿泊されているので、特に警備は厳重になっております」

「ふーん？　この前に来たときは、そうでもなかったのにな」

見てみると、確かに中庭には十名近い武官がたたずんでいた。先導役の武官は二名のみであったはずなので、それ以外の者たちはこの場で俺たちを待ちかまえていたのだろう。

普段から貴賓館《きひんかん》を警護している兵士たちとは、いささか身なりや装備が異なっている様子である。仰々《ぎょうぎょう》しい槍《やり》などは携《たずさ》えていない代わりに、長剣《ちょうけん》と短剣《たんけん》をひと振りずつ腰《こし》に下げている。こざっぱりとしたお仕着せに紋章《もんしょう》の刻印が打たれた胴丸《どうまる》と篭手《こて》だけをつけているのが、身軽であると同時にきわめて実務的にも感じられた。

これはたぶん、護民兵団の兵士たちなのだろう。悪逆なる前団長シルエルが更迭《こうてつ》された現在、彼らとて決して危《あや》ぶむべき存在ではないのだが、普段このような場ではなかなか見かけない姿であるので、何となく物々しい感じはしてしまった。同じことを考えたのか、ルド＝ルウもうろんげな目つきになってその武官たちの姿を見回している。

「今日は誰《だれ》か、特別なお客でも来てるってのか？　アスタたちが相手をするのは、あのポルアースって貴族だけなんだろ？」

「は、わたしどもは上官の指示に従っているばかりですので……」

と、若い武官が言いよどんだところで、今度はもうちょっと身分の高そうな壮年《そうねん》の武官が慌てた様子で駆《か》け寄《よ》ってきた。

「これはこれは、森辺の皆様方《みなさまがた》。さ、どうぞ建物の中にお入りください」

「その前に、いちおう質問に答えてもらえっかな？　俺もかまど番たちの安全を預かってる身だからよ」

ジザ＝ルウもダルム＝ルウも不在なので、この場の責任者はルウ本家の末弟《まってい》たるルド＝ルウになってしまうのだ。そんなルド＝ルウが同じ質問を繰《く》り返《かえ》すと、壮年の武官は「ああ……」とうなずきながら顔を寄せてきた。

「その件につきましては、ダレイム伯爵家のポルアース様がじきじきにご説明をさせていただきたいと仰《おっしゃ》っておりました。ポルアース様はすでに到着《とうちゃく》されておりますので、どうぞこちらに――」

不穏《ふおん》とまではいかないものの、どうにも歯切れの悪い返答である。ルド＝ルウは無言で他の狩人たちに目くばせをしてから、その武官に付き従って歩を進め始めた。

「どうしたんだろう？　何かいつもと雰囲気《ふんいき》が違うみたいだな？」

俺がこっそり耳打ちすると、アイ＝ファは「うむ」と神妙《しんみょう》にうなずく。

「まあ、何となく想像がつかないわけでもない。ポルアースが説明をするというのなら、その言葉を待てばよいのではないのかな」

元来はルド＝ルウよりも警戒心《けいかいしん》の強そうなアイ＝ファであるので、その言葉は俺をずいぶん安心させてくれた。今のところ、アイ＝ファの危険察知センサーに触《ふ》れる存在はない、ということなのだろう。

そうして建物内に踏《ふ》み込んでみると、そちらでは前回と同じように小姓《こしよう》たちが立ち並んでいた。持参した荷物も、従者たちが黙々《もくもく》と運び入れてくれている。

が、俺たちが浴堂に足を向けると、呆《あき》れたことに、十名ばかりの武官たちもぞろぞろとついてきてしまった。これはもう、はっきりとした異常事態である。ゲイマロスとシン＝ルウの一件があったので、俺たちにはさらなる警護が必要である、とでも思われてしまったのだろうか。

（でも、サトゥラス伯爵家とは和解の方向で話を進めているんだよな。マルスタインの意向を無視して、リーハイムあたりが俺たちに危害を加えようとするとは思えないんだけど……）

とにかく今は、一刻も早くポルアースと合流するべきであろう。俺たちは早々に身を清めて、一路、厨《くりや》を目指すことにした。

「やあやあ、お待ちしていたよ、森辺の皆様方。こんなに早く再会することができて、何よりだ」

厨では、笑顔《えがお》のポルアースが俺たちを待ち受けていた。奥《おく》のほうには料理人たちの姿も見えるが、ポルアースのそばに控《ひか》えているのはいつも通り二名の武官のみだ。その、普段と変わるところのない明るく朗《ほが》らかな笑顔にほっとしながら、一同を代表して俺が進み出た。

「どうもお待たせいたしました。何もお変わりはありませんか？」

「うん、こちらの準備も整っているよ。……その前に、説明が必要だよね？」

ポルアースの指示で、扉が閉められる。扉の外に残るのはダン＝ルティムと名の知れぬ狩人で、十名ばかりの武官たちも厨に入ってこようとはしなかった。

「今日は警護の武官が多かっただろう？　アスタ殿《どの》たちを不快にさせていなければ幸《さいわ》いなのだけれども」

「不快っつーか、理由を教えてほしいところだな。今日は何か特別な日なのか？」

ルド＝ルウの問いかけに、ポルアースは「いやいや」と太い首を振る。

「何も特別なことなどありはしないよ。この館に逗留《とうりゅう》している貴賓の方々も、まだ復活祭の余《よ》韻《いん》にひたってのんびり過ごしていることだろう。……ただ、それらの人々からもっと警護を厳重にしてほしいという要請《ようせい》が入ってしまったのだよね」

「そいつらは何なんだ？　あのサトゥラス伯爵家とかいう連中と関係でもあるのかよ？」

「いや、逗留しているのは余所《よそ》の土地の人々ばかりだよ。ここは貴賓の館なのだからね。……つまり、そういう人々が、刀を下げた森辺の狩人の存在にいささか懸念を覚えてしまっているのだよ」

　あれらの武官は俺たちを警護するのではなく、俺たちから建物内の人々を警護する、という名目で配置されたということだ。

　にこにこと笑いながら、ポルアースはちょっとだけ声をひそめた。

「森辺の民は正直を美徳としているそうだから、僕《ぼく》も率直《そっちょく》に話させていただくよ？　要するに、先日の一件がこの館に逗留する人々の耳にまで入ってしまい、それでちょっとばっかり不安感をかきたてられることになってしまったわけだよ。森辺の狩人がその気になったら、これまでに配置されていた護衛の兵士だけでは役目を果たせないんじゃないか、とね」

「ふーん？　見知らぬ人間を襲《おそ》う理由なんて、俺たちにはねーけどな」

「それはもちろんそうだろう。ただ、余所の土地から来た人間だと、やっぱり色々と心配になってしまうようでね。彼らは僕たちみたいに、森辺の民と実際に顔をあわせているわけでもないからさ」

そのように言って、ポルアースはいっそう楽しげに微笑《ほほえ》んだ。

「まあ、貴族や豪商《ごうしょう》というのは臆病《おくびょう》なものなのだよ。森辺の狩人を相手に十名ばかりの武官を増やしたところで何も変わりはしないのに、それで客人らが安心できるなら安いものだ」

「そういうあんたも貴族なんだろ？　これだけ大勢の狩人が目の前にいるのに、おっかなくなったりはしねーのか？」

「それが信頼《しんらい》というものだろう。これまでにジェノスの貴族は二回、森辺の民の信頼を裏切っている。すなわちサイクレウスと、先日のゲイマロス殿だね。それに対して、森辺の民が城下町で無法な真似《まね》をすることは一度としてなかった。これで僕たちの側が森辺の民の真情を疑うことなど、できるはずもないさ」

ルド＝ルウはようやく納得《なっとく》したように、にやりと笑った。

「色々とうるせーことを言っちまって申し訳なかったな。俺も親父から護衛の束ね役を任されてる身だからよ」

「いやいや、礼を失しているのはこちらのほうなのだから、警戒《けいかい》して当然さ。それでもやっぱり今日の仕事を果たすにはこの厨が最適だったから、場所を移すわけにもいかなかったのだよ」

そう言って、ポルアースは肉づきのいい手を後方に差しのべた。

「さ、それじゃあ気を取り直して、始めようか。まずは例の料理の指南からお願いできるかな、アスタ殿？」

「はい。承知いたしました」

ポルアースに付き従って厨の奥へと歩を進めると、そこには総勢で十五名ぐらいの料理人たちが立ち並んでいた。

その中で見知った顔は、六名。ダレイム伯爵家の料理長ヤン、《セルヴァの矛槍亭《ほこやりてい》》の料理長ティマロ、ヴァルカスの弟子《でし》であるボズル、タートゥマイ、シリィ＝ロウ、そしてロイである。

「ようこそ、アスタ殿。我々も見学させていただいてよろしいでしょうかな？」

そのように述べてきたのはヴァルカスの弟子のひとり、大柄《おおがら》なジャガルの民たるボズルであった。

「ええ、もちろんです。……というか、ヴァルカスはまだいらっしゃらないのですね」

「はい。この料理に関しては、あまり調理の過程を目に入れたくないようです。シャスカを作る際の雑念になってしまいそうだ、ということですな」

ヴァルカスが近々取り扱《あつか》おうと計画しているシムのシャスカという料理は、どうやら麺類《めんるい》であるようなのだ。俺としては、それが如何《いか》なる料理であるのかも気になるところであった。

「……ところで、そちらはおひさしぶりですな。わたしのことを覚えておいでですか？」

ボズルが陽気に笑いかけると、マイムはぴょこんと頭を下げた。かつてボズルが所用で宿場町に出向いてきた際、両名は屋台で遭遇《そうぐう》しているのだ。

「はい！　あなたがヴァルカスという方のお弟子さんだったのですね。あとからアスタに話を聞いて、びっくりしてしまいました」

どちらも気さくで社交的な性格をしているボズルとマイムは、にこにことおたがいの姿を見返している。そしてその姿を、ロイとシリィ＝ロウが横から注視していた。

かつてはロイもマイムの料理を口にしたことはあるので、彼女の存在は見過ごせないところであろう。いっぽう、シリィ＝ロウといえば、俺と初めて顔をあわせたときと同じぐらい強い眼差《まなざ》しをマイムに向けている。そちらはそちらでボズルからマイムの評判を聞き、油断なくロックオンしている様子であった。

「ヴァルカス殿のお弟子を除いたそちらの者たちは、いずれも城下町で店をかまえている料理人たちだ。まずは彼らに『黒フワノのつけそば』という料理の作り方を伝授していただきたい」

ポルアースの言葉に、俺は「はい」とうなずいてみせる。

そこに並んでいるのはティマロを筆頭に、そのほとんどが壮年の男性たちであった。こんな立派な人々を相手に講師役をつとめなくてはならないのか、と俺は身が引《ひ》き締《し》まる思いである。

「こちらは森辺の料理人、ファの家のアスタ殿だ。バナームから買いつけた黒いフワノをきっちり売りさばくために、アスタ殿のお力を借りることになった。すでに言《い》い渡されている通り、彼は前身が渡来《とらい》の民であるため、なかなかジェノスの民には及《およ》びもつかないような調理の技術ということを持っている。その技《わざ》を取り入れて、君たちにも美味《おい》しいフワノ料理の作製に励んでいただきたい」

いずれも白か薄墨《うすずみ》色の調理着を纏《まと》った料理人たちは、あまり明瞭《めいりょう》な表情を浮《う》かべないまま、それぞれ俺に礼をしてきた。

俺は『黒フワノのつけそば』ばかりでなく、白ママリアの酢《す》を使った後がけの調味料に関しても開発を進めていたが、そちらは彼らも目下研究に取り組んでいるさなかであるので、手ほどきは不要という答えが返ってきたらしい。彼らはどのような心情でこの仕事に取り組んでいるのか、俺としては大いに気になるところであったが、おたがい貴族からじきじきに依頼《いらい》された身なのである。ここは仕事に徹《てっ》するべきであろう。

「森辺の民、ファの家のアスタと申します。見ての通りの若輩者《じゃくはいもの》ですので、色々と至らぬところもあるでしょうが、どうぞよろしくお願いいたします。……それでは、さっそく作業に取りかかりましょう」

作業台には、すでに必要な食材が取りそろえられていた。普段はこの厨に存在しないポイタン粉も、ポルアースの手によって準備されている。

模範《もはん》の調理役は、麺《めん》作りに一番長《た》けているトゥール＝ディンを選出していた。彼女をお手本にして実際に自分たちでも作製してもらい、俺がこまかなアドバイスを与《あた》えていく、というやり方である。その他の女衆は、必要な食材を取り分けたり配ったりする助手役であった。

監査役《かんさやく》のスフィラ＝ザザと客分のマイムは狩人たちとともに身を引いて、俺たちの仕事を見守ってくれている。ポルアースやボズルたちも、それは同様だ。そんな彼らに見守られながら、まずは生地《きじ》の下ごしらえであった。

「分量は、黒フワノとポイタンが四対一の割合です。水の量は、黒フワノやポイタンに対して半分ていどの重さが必要になりますので、自分はこれらの器《うつわ》を使って目安にしています」

「黒フワノが四、ポイタンが一、水の量は食材の半分の重さ、ですね」

と、いきなり背後から声があがったので、俺はギクリと振り返ってしまう。そこでは、比較《ひかく》的《てき》若めの男性が大きな木の板を画板のように抱《かか》えて立《た》ち尽《つ》くしていた。

「あの、あなたは何をされているのですか？」

「はい。わたしは料理の作り方を書き留める役を仰《おお》せつかりました」

見るとその板にはパピルスのようなごわごわとした紙が張りつけられており、男性の手には筆が握《にぎ》られていた。腰には黒い塗料《とりょう》の注がれた木筒《きづつ》が下げられている。宿場町ではあまり見かけない道具である。というか、そもそも宿場町においては店の看板や罪人の手配書ぐらいでしか文字というものが使われていなかったのだ。

（なるほどね。たった一日で正確にレシピを伝えられるかどうか不安だったけど、メモができるならちょっとは安心か）

食材の分量や、熱を入れる時間など、それを文字で残すことができるならば、だいぶん料理人たちの負担は少なくなるはずであった。

（というか、それって無《む》茶《ちゃく》苦茶《ちゃ》うらやましいぞ。森辺の女衆だって、メモがとれるならもっと

速《すみ》やかに料理のレシピを覚えられるはずだ）

これはどうにか、森辺の集落でも取り入れることはできないだろうか。何だったら、刀で板に彫《ほ》りつけるという方法でもいいのだ。あとは少しばかりの文字と数字を覚えることができれば、後世にまで俺やレイナ＝ルウたちのレシピを正確に残すことができるはずだった。

（まあ、その文字を覚えるってのが大ごとだもんな。森辺のみんなが興味を持つようだったら、焦《あせ》らずじっくり取り組んでみよう）

そんなことを考えながら、俺は講義を進めていった。

水を入れて生地をこねたら、今度はそれを寝《ね》かせている間に、めんつゆの調理に取りかかる。燻製《くんせい》にされた魚と海草のあわせ出汁《だし》だ。それを煮立《にた》てている間に、タートゥマイがぼそりと発言した。

「アスタ殿の作るその汁《しる》は、非常に美味でした。しかし、魚や海草の燻製というのは、西の王都から届けられる希少な食材です。これだけの数の料理人がそれを扱《あつか》ったら、いずれ数が足りなくなってしまうのではないでしょうか」

ヴァルカスの弟子であるタートゥマイは、東の血を引く老練の料理人だ。身分は西の民であるそうだが、いつも東の民さながらの無表情であるため、その発言も非常に重々しく響《ひび》いた。

そんなタートゥマイに、ポルアースはきょとんとした目を向ける。

「だけどそれらの食材はヴァルカス殿やアスタ殿ぐらいしか持ち帰ろうとしなかったから、まだまだ山のように余っていたじゃないか？　それほど腐《くさ》る心配はないようだけれど、足りなくなるぐらい使ってもらえるなら、こちらは大いに助かるよ。もっとたくさんの量が必要になるようなら、それにあわせて仕入れを増やせば問題もないだろう」

タートゥマイは、静かに目を光らせながら「しかし」と言いつのった。

「西の王都から食材が届くのは、せいぜい年に一度か二度なのでしょう？　新たな数を要求してもそれが届くのは数ヶ月《すうかげつ》後か一年後になりますし、また、必要な数が確実に手に入るかも知れたものではありません」

「それはごもっともな意見だけどね。僕たちとしては、まず食材を腐らせずに使いきるというのが一番肝要《かんよう》なのだよ」

珍《めずら》しくも、ポルアースの笑《え》みがやや苦笑《くしょう》っぽいものに変じていた。

「王都から食材を買いつけているのはトゥラン伯爵家と、それを半分肩代《かたが》わりしているジェノス侯爵家だ。ヴァルカス殿がそれを独占《どくせん》したいと願っているのなら、自分で王都の商人たちと話をつけるしかないだろうね」

タートゥマイは、無言で一礼して引きさがった。きっとこの老人は、むやみに希少な食材を使われたくないと願うヴァルカスの気持ちを代弁していたのだろう。

「まあ、シムの香草《こうそう》やジャガルのタウ油なんかも、これまで以上の量を取り引きするように改められたんだ。それはジェノスにより多くの富をもたらしてくれる話でもあるのだから、必要とあらば、どんな食材でも十分な量が取り引きされるように手を打ってもらえると思うよ」

大局を見る、という意味においては、間違《まち》いなくポルアースのほうが上を行っているはずだ。

というか、ヴァルカスは最初から大局などは見ておらず、ひたすら美味なる料理の探求に情熱を注いでいるばかりなのである。俺としてはそのひたむきさに胸を打たれなくもないが、「希少な食材が不出来な料理に仕立てられるぐらいなら、腐らせたほうがマシである」というヴァルカスの意見には同意できない立場であったので、大人しく口をつぐんでおくことにした。

「燻製魚や海草が尽きてしまうようならば、他の食材を使って美味なる料理を作るばかりです。もとより、汁の味付けについてはおのおのが研鑽《けんさん》するべきものでありましょうからな」

そのように発言したのは、ティマロであった。ヴァルカスをライバル視する、壮年の料理人である。

「そうでなくては、料理人の沽券《こけん》に関《かか》わりましょう。わたしどもは、アスタ殿の弟子ではないのですからな」

「うん、それももっともな意見だね」

鷹揚《おうよう》にうなずきながら、ポルアースが俺のほうに視線を転じてくる。

指導の手は休めぬまま、俺はそちらに笑いかけてみせた。

「俺もティマロと同じ意見です。今回の眼目はあくまで『黒フワノをいかに美味しく仕上げるか』ということですので、汁のほうまで俺の味を真似る必要はないと思います」

「ふむ。べつだん燻製魚や海草という食材にこだわる必要はない、と？」

「もちろんです。俺の生まれは島国で、魚や海草に不自由することはありませんでした。そういう土地《と ち》柄《がら》だからこそ、こういう出汁の取り方が主流になったのでしょう。料理というのはその土地の恵《めぐ》みから導きだされるものなのですから、このジェノスではジェノスらしい料理を考案するのがもっとも正しい姿なのだろうなと思います」

「なるほど」と、ポルアースも得心したように微笑《びしょう》する。自分の意見が通ったのに、ティマロはあんまり嬉《うれ》しそうな顔をしていなかった。

（まあ、お偉方《えらがた》の都合で作りたくもない料理を作らされるんだとしたら、それは料理人として面白《おもしろ》くないところだろうしな）

ならば、この料理を叩《たた》き台《だい》として、さらに美味なる料理を考案してもらえれば幸いだ。ティマロであれば、さぞかしユニークなジェノス流のそばを作りあげることも可能なのではないだろうか。

（俺としては、ジェノスで麺の料理が根付くだけでも大満足さ）

なんとなく、俺の心中にわだかまっていた最後の懸念も、ティマロのおかげで解消できたような気がしていた。

これはウェルハイドやバナームの人々に対する贖罪《しょくざい》の気持ちから請《う》け負《お》った仕事である。しかしそれはバナームに対して負い目のある俺たちの都合であるので、ティマロたちに対してはずいぶん面倒《めんどう》な仕事を押《お》し付《つ》ける結果になってしまったのかな、と俺はこっそり気に病《や》んでいたのだった。

貴族たちに命じられれば、彼らにもあらがう道はなかっただろう。それでこんな若造に料理の指南をされなければならないのだから、決して面白くはないはずだ。

だけど彼らが料理人としての矜持《きょうじ》をもって、この『黒フワノのつけそば』を自分たちなりに改良するか――あるいは、これよりももっと美味なものを作れるはずだ、と新たな黒フワノ料理を考案してくれれば、それは誰にとっても損のない話だろう。

いずれも真剣《しんけん》な眼差しをした料理人たちの姿を見守りながら、俺はそんな風に考えることができた。

2

それからおよそ九十分ていどが経過したのち、『黒フワノのつけそば』は無事に完成した。

ひかえめながら、各種の天ぷらも同時に作りあげている。それらを口にした人々は、非常な熱意をもって感想を述べ合っていた。

「これは奇妙《きみよう》な料理ですな」

「フワノにこのような食べ方があるとは、考えも及びませんでした。いささかならず食べにくい料理ではあるようですが」

「しかし、美味です。こちらの揚《あ》げ料理とも、非常に相性《あいしょう》はよいように感じられます」

これが二度目の試食となるヤンたちなどは、その様子を静かに見守っている。その中で、シリィ＝ロウがヴァルカスを呼ぶために退席していた。この次は、新たに届けられた食材の検分が開始されるのである。

そうしてヴァルカスの登場を待つ間も、料理人たちはひたすらディスカッションを繰り広《ひろ》げている。

「やはり、他の食材とともに煮込むのではなく、別々に熱を入れることによって、この食感が生み出されているのでしょうかな」

「食感に関しては、やはりこの細長い形からもたらされるものが大きいでしょう。ですが、短い時間で熱を通すからこそ、という面も無視はできませんし……ううむ、色々と試《ため》してみないことには何とも言えませんな」

「そもそもこれは、バナームのフワノなのです。あげくにポイタンなどという馴染《なじ》みのない食材まで使われているのですから、その時点でこれまでの知識は半分がた役に立たないのかもしれません」

トゥール＝ディンのこしらえた試食品を彼らと同じようにたいらげたポルアースはその様子をしばらく満足そうに眺めていたが、やがて手を打ち鳴らしながら「さて！」と大きな声を張り上げた。

「アスタ殿の本日の指南はここまでとなるけれども、いかがなものかな？　僕は料理についてなど門外漢なので、技術の習得というものにどれほどの時間がかかるのかも見当がつかないのだよ」

ポルアースの言葉に、料理人を代表してヤンが進み出る。

「作り方そのものに難しいところがあるわけではありませんので、これ以上アスタ殿のお手をわずらわせる必要はないかと思われます。あとは各自が研鑽して、美味なる料理に仕上げられるように励むばかりでありましょう」

「それならよかった。アスタ殿を何度も城下町に呼びつけるのは申し訳ないからね。他のみんなにも異存はないかな？」

異存は、ないようであった。

なんとなく、誰もが試食をする前よりも目つきが鋭《するど》くなっているように感じられる。早く自分の厨に戻ってあれこれ試したい、とでも願っているかのようだ。それをなだめるように、ポルアースが朗らかな笑みをふりまいた。

「では、次の仕事は食材の吟味《ぎんみ》だね。これもまた、黒フワノの料理に劣《おと》らず大事な仕事だ。……先の復活祭の折には、また多くの商団がこのジェノスを訪れることになった。それで、ここしばらくは食料庫に不足していたさまざまな食材がどっさりと届けられることになったんだ。本当にトゥラン伯爵家の前当主というのは、あちこちに商売の手をのばしていたようだねえ」

料理人たちは、真面目《まじめ》くさった様子でその言葉を聞いている。次男坊《じなんぼう》とはいえ、ポルアースはダレイム伯爵家の本筋の血筋であるのだ。本来であれば、みずから厨に出向いてくるような立場ではないのだろう。

「トゥラン伯爵家と縁のなかった料理人には、それらの食材をどのように扱うかもわからないはずだ。それをこの場で、ヴァルカス殿やティマロ殿に説明していただこうという試みなのだよ。なかなか扱いの難しい食材も多いようだが、その目新しさはきっと城下町の民にも喜ばれると思う。希少な食材を腐らせることなく、前当主の悪念を民の喜びに変じてほしいというのが、ジェノス侯爵マルスタインからのお言葉だ」

料理人たちは、やはり無言で礼をしている。ポルアースは普段通りの立ち居振《ふ》る舞《ま》いであるのに、周りがへりくだることによって貴族らしさが増しているように感じられてしまうというのが、なかなか不思議な作用であった。

と、俺《おれ》がそんな埒もない想念にふけっているところで、厨の扉が外側から開かれた。シリィ＝ロウがヴァルカスを連れて戻ってきたのだ。

「……どうもお待たせいたしました」

「ああ、ヴァルカス殿。それじゃあ、この後はおまかせするよ。ひと通りの説明は済ませておいたからね」

「……はい」

ヴァルカスは、あんまり覇気《はき》のない感じで俺たちの前に立った。

ティマロがいくぶん胸をそらしながら、そのかたわらへと歩を進める。

「ようやくご登場ですか。わたしなどと同列に扱われて、ヴァルカス殿もさぞかし不本意なことでしょうな」

「……いえ」

「しかし、ヴァルカス殿のみでは役目を果たせぬと判断されてしまったのでしょう。何せあなたは、この食料庫に運び込まれる食材を誰にも横取りされたくない、などと考えておられるのですからな。不遜《ふそん》な物言いになってしまうやもしれませんが、そうして希少な食材を独占したいと願う気持ちは、伯爵家《はくしゃくけ》の前当主とさして変わらぬ心情なのではないでしょうか？」

「……かつての主人がどのような心情でいたのかは知りませんが、わたしはただ希少な食材を無駄《むだ》に使われることが不本意なだけです」

そのように言って、ヴァルカスは小さく息をついた。その年齢不詳《ねんれいふしょう》の白い面に感情らしい感情は浮かんでいないが、どことなくしょんぼりしているように見えてしまう。

ティマロは「ふふん」と鼻を鳴らしながら、横合いに控えていたシリィ＝ロウらに顎《あご》をしゃくった。

「では、お弟子らには食材を運んでいただきましょう。時間には限りがあるのですからな」

もちろんシリィ＝ロウは刺《さ》すような目つきでティマロの姿をにらみ返していたが、他の三名はお行儀《ぎょうぎ》よく一礼してきびすを返した。

きちんと確認《かくにん》したことはないが、きっと彼らはヴァルカスがこの屋敷《やしき》で働いていた頃《ころ》からの弟子なのだろう。ロイもまた立場は異なるがこの屋敷に勤めていた身であるので、誰もがティマロとは旧知の間柄《あいだがら》であるわけだ。

ともあれ、そんな彼らの手によってさまざまな食材が運ばれてきた。ずっと静かにしていた森辺のかまど番たちも、期待の表情でそれを見守っている。

「まずは、ジャガルの食材からですな。こちらはホボイの実とタウの豆、こちらはケルの根、それにシィマとマ・プラとマ・ギーゴに、あとはニャッタの発泡酒《はっぽうしゅ》と蒸留酒です」

ダイコンのごときシィマ、パプリカのごときマ・プラ、サトイモのごときマ・ギーゴはすでにお馴染みの食材であったが、それ以外は俺にとっても未見の品である。いったいどのような食材なのかと目を凝《こ》らしてみると、ホボイの実にタウの豆というのはまだ袋《ふくろ》の中なのでその姿はうかがえず、ケルの根というのは高麗人参《こうらいにんじん》のような形状をした白い根菜であった。二種の酒類は、どちらも土瓶《どびん》に封《ふう》じられている。

「シィマとマ・プラとマ・ギーゴに関しては、これまでも食料庫に残っておりましたが、あまり城下町でも出回っていない食材であったようなので、いちおう準備させていただきました。ご説明は、不要でありましょうかな？」

この問いかけに、半数ぐらいの料理人が「不要にあらず」という言葉を返した。この食料庫に届けられる食材が市場に解禁されて、すでに四ヶ月《かげつ》ぐらいが経過しているが、彼らの店では取り扱う機会がなかったらしい。

「マ・プラとマ・ギーゴというのは、その名が示す通り、プラとギーゴの亜種《あしゅ》であります。これはジャガルのみならず、セルヴァの西部からも届けられる食材です。マ・プラにはプラのような苦みがなく、マ・ギーゴにはギーゴのような粘《ねば》り気《け》がない。そういった考えで扱えば、これまでの料理に応用することも難しくはないでしょう」

「では、シィマというのは？　すいぶん奇妙な形をした野菜のようですが」

「シィマはジャガルでのみ採れる野菜です。生で食することもできますが、タウ油などで煮込むのが主流でありますな」

ダイコンに似たシィマであるが、表皮はヘチマにそっくりであるのだ。だけどこのへんの講釈《こうしゃく》は、俺もすでにミケルから聞《き》き及んでいた。

「これらの野菜は以前から城下町でも多少は出回っておりました。が、大きな商団はすべてトゥラン伯爵家のみと通じ合っていたので、ごく限られた店でしか扱うことはかなわなかったようです。……しかし、これらの食材は前回の会合でもお披露目《ひろめ》されているはずですな、ヴァルカス殿？」

「…………」

「アスタ殿やヤン殿の尽力《じんりょく》によって、宿場町ではもうこれらの野菜も多く出回っているようです。それなのに、城下町の料理人にはまだこの扱い方《かた》を知らされていない人間が存在するというのは奇異《きい》なるものです。このていどの説明をするのに大した手間などかかることはなかったでしょうになあ？」

どうやらヴァルカスを責めるためなら、俺を持ち上げることさえ厭《いと》わないようだ。なかなか確執《かくしつ》の深そうな両者である。

それにしても、「前回の会合」というのは俺の知らない話であった。ひょっとしたら、以前にもこのような集まりが城下町においては開催《かいさい》されていたのだろうか。そうしてその講師役を担ったヴァルカスが、食材を独占したいがためにロクな説明をしなかった――と考えれば、テイマロの発言も納得することができる。

（本当に業の深い人間なんだなあ、ヴァルカスは）

もしかしたら、俺やヤンが宿場町での普及《ふきゅう》活動に失敗していたら、これらの食材も食料庫で腐り果てる結果になっていたのかもしれない。やたらと俺たちに感謝しているトルストの言動も、そう考えればそんなに大げさではなかったということだ。

「では、いよいよホボイの実とタウの豆、それにケルの根に取りかかりましょう。これらは掛《か》け値《ね》なしに、トゥラン伯爵家にしか届けられていなかった食材です。かつてこの屋敷に雇《やと》われていた方々以外は、全員が初のお目見えとなりましょう」

いっぽうティマロは、これまでで一番いきいきしているように見えた。性格的に、こういう役目があっているのだろう。やっぱり適材適所というのは大事なのだ。

「ホボイの実は、いささか扱いが難しいやもしれません。料理の味を壊《こわ》す恐《おそ》れが少ない反面、効果的に使うのが難しい食材であるのです」

ティマロの手によって、片方の袋の中身が木皿にぶちまけられると、若干当惑《じゃっかんとうわく》したようなざわめきが人々の間からたちのぼった。それはひと粒《つぶ》が二ミリていどの大きさしかない、とても小さな種子のような食材であったのだ。

「これは――シムから持ち込まれる、香《かお》りづけの種子のようなものなのでしょうか？」

「そうですな。すり潰《つぶ》して使えば、甘《あま》い香りを放ちます。わたしなどは、カロンの乳や乳脂《にゅうし》を使った汁物《しるもの》料理でこのホボイの実を使うことが多いですな」

ティマロはうなずき、一番近くにいた料理人に木皿を手渡《てわた》した。

「これはすでに熱を通してありますので、味や香りをお確かめください。一見ちっぽけな食材に見えてしまいますが、このホボイの実というのはとても滋養《じよう》が豊かなのです。ジャガルでも、誰もが喜んで口にする食材なのですよ」

そうして料理人たちは小さな種子を嗅《か》いだりかじったりしていたが、その面はいずれも曇《くも》ったままであった。こんなものを使ってどんな料理を作ればいいのか、と言わんばかりの表情である。

で、最後に俺たちのもとへも回ってきたので、同じように味と香りを確かめさせていただいたのだが——俺はひとり、喜びの声をあげることになった。

「ああ、これはいいですね。そんなに値の張らない食材なのでしたら、俺も買わせていただきたいです」

ティマロは「ほほう」と俺を振《ふ》り返ってきた。

「重さで換算《かんさん》すれば、値はチットの実と同じていどでありますよ。しかし、これを料理に活《い》かす自信がおありなのでしょうかな？」

「はい。俺の故郷にも、これとよく似た食材はありましたので」

そのホボイの実から感じられるのは、ゴマとよく似た味と風味であった。白ゴマか、あるいは金ゴマに近い、甘くてふわりとした風味である。ぷちりと簡単に噛《か》み潰せる食感もなかなか心地《ここち》好《よ》い。

「確かにシムの香草のようにはっきりとした味や香りをつけることは難しいのでしょうが、色々な料理に使えるような気がします。……あと、この実から油を搾《しぼ》ることはできないのでしようか？」

「油？　何故《なぜ》、そのような？」

「俺の故郷では、そういう使われ方も主流であったのです。まあ、味が似ているだけで油分が少ないなら、そういう使い方はできないのでしょうが」

「いいえ、ジャガルの南部ではレテンと同じぐらいホボイの油が使われておりますよ。作り方も、レテンとそれほどの差はないはずです」

そのように発言したのは、南の民《たみ》たるボズルであった。

「わたしはジャガルでも北部の生まれですので、あまり口にしたこともありませんが、しかし、きわめて風味の強い油であったように思います」

「そうですか。ホボイの油がジェノスでも使えるようになったら、俺はとても嬉しいですね」

ゴマそのものよりもゴマ油のほうが、俺としては格段に献立《こんだて》の幅《はば》を広げられるのである。というか、今でも中華風《ちゅうかふう》の料理を何点か作製しているが、ゴマ油が存在しないためにひと味足りていない献立が多数存在するのだ。

「……まあ、ジャガルでもそのような使われ方をしているならば、試してみるのも一興やもしれませんな」

なんとなく言葉を濁《にご》しつつ、ティマロは「さて！」と気を取りなおした様子で大きな声をあげた。

「お次は、タウの豆ですな。これは名前からも察せられる通り、タウ油の原材料として使われている食材です。これも味が弱いゆえに、使いどころに迷う食材であります」

新たな木皿に、新たな食材がぶちまけられる。そちらは親指の爪《つめ》ぐらいの大きさをした、まん丸の種子であった。色は象牙色《ぞうげいろ》でつやつやしており、そのまま大豆に見えなくもない。

「この豆から、タウ油が作られるのですか。色合いはまったく異なっていますし、さして香りも感じられませんな」

「タウ油というのは、ジェノスではあまり馴染みのない『発酵《はっこう》』という技術が使われていますからな。シムやジャガルにはジェノスよりも気温の高い土地が多々存在するようなので、食材を保存する、という点において独自の技術を身につけるに至ったのでしょう。……ああ、こちらは熱を通していないので食することはできませぬよ。言ってみれば、これはフワノのようなものなのです」

「フワノ？　それでは粉にしてから練り上げるのでしょうか？」

「いえ、このまま煮込《にこ》めばやわらかくなりますので、それで食することはかないます。形を残すか潰して使うかはそれぞれの好みでありましょうな。ジャガルやシムの一部では、そうしてこれをフワノの代わりとして食しているのです」

ティマロの視線を受けて、今度はタートゥマイが進み出る。

「シムではフワノやシャスカが主食として食べられていますが、それらの育ちにくい南西部の地域などでタウの豆は食べられているようです。ジャガルでも、そこに近い地域で同じように食べられているのでしょう」

「ああ、ジャガルでいえば北東部ですな。つまり、シムとの戦《いくさ》が繰り広げられている地域でよく食べられている、ということです」

ボズルの発言に俺は一瞬《いっしゅん》ドキリとしてしまったが、タートゥマイはあくまで西の民であるので、東と南の抗争《こうそう》には無関心であるようだった。皺《しわ》深い顔に無表情をキープしたまま、静かな眼差しをタウの豆に向けている。

「こちらも強い味を持つ食材ではないので、フワノを扱うような気持ちで扱えば、手立ては見つけやすいかと思われます。……それでは最後に、ケルの根ですな」

うねうねと奇怪《きかい》な形状をした根菜である。ティマロは作業台の菜切り刀で、それを手早くみじん切りにした。

「こちらは、きわめて強い味と香りを有しております。気持ちとしては、シムの香草を扱うつもりで臨《のぞ》むべきでありましょう」

その言葉を受けて、人々はわずかな量をつまみ、味や香りを確かめた。

同じように、小さな指先でケルのみじん切りを口に放《ほう》り入れたリミ＝ルウが、「わゃー」という判別の難しい悲鳴をあげる。

「からーい！　何だか、生のミャームーみたい！」

「確かに、風味はずいぶんと異なるようですが、この辛《から》みはミャームーに通ずるものがあるようですな」

と、遠くのほうからヤンが相槌《あいづち》を打ってくれる。

確かめてみると、みんなの言う通り強烈《きょうれつ》な味と香りであった。みじん切りで、ほんの少量しか口に入れていないのに、ぴりりとした辛さが舌を刺してくる。確かにこれは、ニンニクに似たミャームーや香草と同じように、調味料として扱うべき食材であるようだった。

（だけど、けっこう後味はすっきりしてるな。どことなく、生姜《しょうが》に似ているような感じがしなくもないし）

ならば、ギバ肉との相性も期待できそうだ。

そのように考えていたら、「いかがですかな、アスタ殿？」とティマロに名指しで問われてしまった。

「アスタ殿はヴァルカス殿に驚嘆《きょうたん》されるぐらい、香草の使い方にも長けていると聞き及んでいます。そんなアスタ殿であれば、このように強い味を持つケルの根も正しく扱うことができるのでしょうかな」

「そうですね。とりあえず、タウ油や砂糖や果実酒などとの相性を確かめてみたいと思います。それに、さきほどみなさんに食べていただいた『黒フワノのつけそば』の薬味にも適しているかもしれません」

ティマロは、ぎょっとしたように目を剥《む》いた。

「……ずいぶん具体的なのですな。これもアスタ殿の故郷に似たような食材が存在した、ということなのでしょうか」

「え？　ああ、はい。わりあい似ているかもしれません。それに、ミャームーとの相性も気になるところですね」

うまくいけば、生姜焼きの応用であみだしたミャームー焼きを、より理想に近い味に仕立てられるかもしれない。ならば、ホボイやタウよりもいっそう俺にはありがたい存在になりうるだろう。

「……あとはニャッタの発泡酒と蒸留酒ですな。ジェノスではママリア酒が好まれているため、いまひとつ売れ行きは芳《かんば》しくないようですが、ジャガルではこれらの酒で肉を煮込むという作法が存在しますので、料理に取り入れるのもひとつの手段やもしれません」

発泡酒は、俺もすでに知っていた。が、ママリアの果実酒よりも値は張るし、あんまり風味の強い酒でもなかったので、けっきょく使用には至っていない。ナウディスなどはこの発泡酒に漬《つ》けると肉がやわらかくなる、と言ってそれを実践《じっせん》していたが、それでもやっぱり値段の高さがネックになってしまうのだ。

しかし、同じ原材料でありながら、ニャッタの蒸留酒というのはかなり風味が豊かであるようだった。俺は酒などたしなまないが、清酒のように甘くてまろやかな香りがする。これを主体にしなくても、『ギバの角煮《かくに》』や『ギバ・チャッチ』などで風味づけとして使えば、料理の味を高められるかもしれなかった。

「ジャガルの食材は、以上となります。あとは各自で持ち帰っていただき、実際に使ってもらうべきでありましょう。……ヴァルカス殿、何か他につけ加えるべきことがあればどうぞ」

「……いいえ、べつだん」

「食材を無駄に使われたくないというお気持ちならば、むしろ率先《そっせん》して助言するべきではないでしょうかな？」

「……わたしと同じ使い方をしても同じ味になるわけではありませんし、食材の使い道というのは料理人それぞれで異なってくるのが当然と思っています。食材の説明や来歴についてはティマロ殿が十分に説明してくださったので、わたしからは特につけ加えるべき言葉もありません」

ヴァルカスはぼんやりとした口調で応じ、ティマロは「そうですか」と肩《かた》をすくめた。

「ですがこの後には、シムの食材が控《ひか》えております。香草などについてはヴァルカス殿が誰《だれ》よりも多くの知識を蓄《たくわ》えておられるのですから、そうして黙《だま》りこくっているわけにもいかなくなるでしょうな」

「…………」

「では、シムの食材をよろしくお願いいたします」

ヴァルカスの弟子たちが、再び食料庫に消えていく。

そうして次に彼《かれ》らが戻《もど》ってきたとき、その手には色とりどりの香草が掲《かか》げられていた。さまざまな香りがごっちゃになって、嗅覚《きゅうかく》を刺激《しげき》してくる。これはなかなかの破壊力《はかいりょく》だ。

「……右から順に、イラ、シシ、ナフア、ユラルです。そちらの肉はギャマの燻製肉、壺《つぼ》に入っているのはギャマの角と、ラムリアの黒焼きですね」

「ラムリア？　それは香草でなく、獣《けもの》の名であるのでしょうか？」

「はい。シムの草原に住む赤い蛇《へび》だそうです」

蛇、の一言で料理人たちの顔色が変わった。中には後ずさっている者までいる。

「シムでは蛇を食するのですか？　それはまた……ずいぶんおぞましい習わしですな」

「シムにおいても、食材としてはそれほど好まれていないようです。しかし、ラムリアの黒焼きには強い滋養があるのです。……食料庫にも、ラムリアを漬けた酒がまだ残っていたはずですね」

そのように言ってから、ヴァルカスはポルアースのほうを振り返《かえ》った。

「ポルアース殿《どの》、ギャマの角やラムリアの黒焼きというのは、シムでも薬として扱われているものどもです。これを料理に使うには、それこそ数年の修練が必要となりましょう。量を間違えれば毒にもなりかねませんし、これを無理に町で売ろうとするのは控えるべきだと思えるのですが……」

「なるほど。そういうことなら、そのふた品は差《さ》し控えておこうか。どのみち、有り余るほどの量は届いていないようであったしね」

「……ありがとうございます」と述べるヴァルカスは、やはり無表情であったが、ずいぶんほっとしているように見受けられた。

ということで、残るは四種の香草にギャマの燻製肉である。燻製肉は、ビーフジャーキーのように平たい形状で仕上げられている。黒みがかった赤褐色《せきかっしょく》で、けっこう脂肪《しぼう》の白い筋も見えていた。

「……ジェノスでは新鮮《しんせん》なキミュスやカロンの肉を食することがかなうのですから、あえて燻製の肉を食したいと望む人間も少ないのではないでしょうか？　値段も、カロンの倍ほどもしてしまいますし……」

「うん、だけどまあ、君以外にもその食材を上手《うま》く使いこなせる料理人がいるかもしれないじゃないか？　使う使わないは各自の判断に任せるとして、とりあえずひと切れずつは持ち帰ってもらうべきじゃないのかな」

「……そうですか……」

「そういえば、裏の飼育小屋には生きたギャマまで届けられていたね。あれには驚《おどろ》かされてしまったよ」

ヴァルカスは切なげに目を細めながら、ポルアースのほうに一歩だけ詰《つ》め寄《よ》った。

「あれは、わたしの要望で特別に届けてもらうことがかなったギャマたちなのです。生きたギャマを運べる商団など、シムでも彼らの他にはなかなか存在しないことでしょう。彼らは年に二度ほどしかジェノスを訪《おとず》れることはなく、そして、十頭以上のギャマを運ぶのは難しいと仰《おっしゃ》っておりました。あれらはわたしひとりでも十分に使いこなすことができますので、他の方々の手をわずらわせる必要は――」

「だけど、生かしている間の餌代《えさだい》は、トゥラン伯爵家が負担しているのだよね？」

「それぐらいならば、わたしが支払《しはら》います。必要であれば、わたしの家にギャマの小屋も作らせましょう」

たぶんヴァルカスは、俺が知る限りでは最上級に慌《あわ》てふためいていた。表情はぼんやりとしたままであるが、わずかに早口になっているようなので、この予想はおそらく間違っていないと思う。

そんなヴァルカスを前にして、さしものポルアースも呆《あき》れたように笑い声をあげた。

「わかったよ。それじゃあ餌代と、ギャマの面倒を見る従者の手当ぐらいは君に負担してもらうことにしようか。……同じだけの負担を負ってまで、ギャマの肉を扱《あつか》ってみたいという人はいるかな？」

反応する料理人はいなかった。

そんな中で、俺はひかえめに「あの」と手をあげてみせる。

「俺もギバ肉が専門なのでギャマ肉は不要ですが、あとで生きたギャマというのを見物させていただけますか？　ギャマは頭の剥製《はくせい》ぐらいしか見たことがないので、一度その姿を見てみたかったのです」

「ああ、もちろんかまわないよ。……かまわないよね、ヴァルカス殿？」

「ええ、見るだけならば」

ヴァルカスは、ひと仕事を終えたかのように深々と息をつく。

それを横目に、ポルアースは丸っこい頬《ほお》を撫《な》でていた。

「それにしても、十頭ものギャマを運べる商団か。ヴァルカス殿、それはひょっとして《黒の風切り羽》という商団のことなのかな？」

「はい。トゥランの前当主とは、七年来のつきあいがあるそうです」

「なるほどね」と言い置いて、ポルアースはちらりと俺たちのほうに視線を飛ばしてきた。が、それ以上は言葉を重ねようとはせず、またヴァルカスのほうに向きなおる。

「それではギャマの燻製肉は各自に持ち帰っていただくとして、香草の説明をお願いしようか」

「はい。……イラには心臓の働きを助ける効能があります。シシは胃と腸、ナフアは咽喉《のど》の痛み、ユラルには悪い毒を解きほぐす効能があるとされていますね」

それきりヴァルカスが口をつぐんでしまったので、ティマロが「あのですな」と声をあげる。

「それは、薬としての効能でありましょう。我々が知りたいのは、それを如何《いか》にして料理に使うか、ということなのです」

「……イラは直接火にかけるとすぐに砕《くだ》けてしまうので、香味《こうみ》焼きには適しません。ユラルは熱を加えると、香気《こうき》がすぐにとんでしまいます」

「…………」

「…………」

「ですから、ヴァルカス殿──」

「それ以上、どういった説明が必要なのでしょうか？　わたしは複数の香草をあわせて使うのを常としていますが、その組み合わせや量を定めるのは、それぞれの料理人の手腕《しゅわん》でありましょう？」

「…………」

「それを明かせというお話なのでしたらやぶさかではありませんが、しかし、どのような料理を作るかで組み合わせや量は異なってきます。それらのすべてをお伝えするには、まずわたしの扱っている二十種あまりの香草のすべてを知っていただくところから始めなければなりませんが――」

「もうけっこうです。味や香りを確かめさせていただきますよ」

舌打ちをこらえているような顔で言い捨てて、ティマロが手ずから香草を取り分け始めた。

イラは赤いモミジのような葉、シシは黄色いモンキーバナナのような果実、ナフアは細長い笹《ささ》のような葉、ユラルは黄緑がかった長ネギのような茎《くき》である。ユラル以外はからからに干されており、四ついっぺんに手渡されたので、この段階ではどれがどのような香りを発しているのかも判然としなかった。

「あ、リミ＝ルウは無理して口に入れなくてもいいからね？」

俺がこっそり呼びかけると、早くも眉尻《まゆじり》を下げていたリミ＝ルウが「そうなの？」と反問してきた。

「でも、かまど番としてついてきたのに、リミだけ仕事をしなくていいのかなあ？」

「この検分の仕事については、無理をすることないよ。それに、小さな子供っていうのは舌が敏感《びんかん》にできているんだ。リミ＝ルウは、他のみんなより苦さや辛さを強く感じてしまうんだよ」

「そうなんだ？　でも、苦いのはララのほうが苦手なのにね」

「うん、ララ＝ルウは舌だけまだ子供なのかもね」

リミ＝ルウは楽しそうに微笑《ほほえ》み、香りだけを確かめることに決めたようだった。

「あ、トゥール＝ディンも無理しなくていいからね？　リミ＝ルウとは二歳《さい》しか離《はな》れていないんだしさ」

「いえ、わたしは自分のために仕事を果たしたいと思います」

そう言って、トゥール＝ディンは赤いイラの葉をひとかけらだけ口に運んだが、とたんに涙《なみだ》目《め》になってしまった。匂《にお》いはあんまり強くもないが、噛んでみると、激烈《げきれつ》に辛いのだ。チットの実をさらに強烈にしたかのような、トウガラシ系の辛さであった。

(これが心臓の働きを助けるって、本当なのかな。むしろ血圧が上がりそうだけど)

続いて干したモンキーバナナのごときシシは、これまた刺激的《しげきてき》であった。香りは清涼《せいりょう》だが、すうっと鼻に抜《ぬ》けていく辛さで、量を間違えたら涙がこぼれそうだ。

ナフアというのはこんなに乾燥《かんそう》しているのに妙《みょう》に青臭《あおくさ》い香りであり、噛んでみると、とてつもない苦さが口に広がった。これ単体では使い物にならなそうな苦さだ。

で、長ネギのごときユラルは、触《さわ》ってみるとみっしり中が詰まっていた。茎根ではなく、枝と称《しょう》してもいい硬《かた》さかもしれない。で、香りはほんのりと甘い感じで、お味のほうはミント系である。これまた料理で使うには難しい味わいだ。

「……どうにも扱いの難しい香草ばかりであるようですな。このユラルというのは、熱を入れると香気が失《う》せてしまうというお話でありましたか？」

仏頂面《ぶっちょうづら》をしたティマロの呼びかけに、「はい」とヴァルカスは小さくうなずく。

「若干《じゃっかん》の甘みは残りますが、風味などは消えてしまいます。砂糖や蜜《みつ》や果実の甘みに色を足す感覚か、あるいは生のまま後で加えるのが正しい使い方だと思われます。シムにおいては、子供が菓子《かし》の代わりに生でかじっているという話でありましたが」

「ふむ。菓子で使うというのは、ひとつの手かもしれませんな」

ここに来て、初めてティマロがヴァルカスに同意を示した。確かにミント系の香草であるならば、菓子でのほうが使い道はあるかもしれない。

「しかし、それ以外の香草については……ううむ……こちらのイラの葉などはチットの実とあまり変わりのないものであるようなのに、値段はずいぶん異なるはずでしたな？」

「ええ。その一枚で、チットの実の五十粒に値《あたい》するのではないでしょうか。……チットの実と変わりがないと感じられたのなら、チットの実を使えばよろしいかと思われます」

ティマロは、ぶすっとした顔で小皿を台に戻した。

「ヴァルカス殿の仰る通り、これらの香草は他の香草と組み合わせる他ないでしょう。すべてを持ち帰り、自分の厨《くりや》で試させていただきます」

「そうですか」と、ヴァルカスは低い声で応じた。やっぱりその面には何の感情も浮《う》かんでいなかったが、俺にはとても残念そうにしているように見えてしまった。

3

その後も、セルヴァの別の町から届けられたという食材がお披露目されたが、それほど目新しいものはなかった。

すでにお馴染みのチャンやロヒョイや、それに緑色をしたタラパ、やたらとサイズの大きなチャッチ、色が白くて甘みの強いネェノンなどである。王都アルグラッドぐらい遠い土地であれば物珍《ものめずら》しい食材もそろっているのだろうが、このたびはもっと近在の町からしか商団はやってきていなかったのだ。この場に集められた料理人たちもチャンやロヒョイの存在は見知っていたので、特に説明を賜《たまわ》る必要もなく、それらを買いつけることを約束していた。

そうしてティマロを筆頭とする料理人たちは食材を抱《かか》えて厨を出ていき、残されたのは森辺のかまど番とヴァルカスの一派、それにポルアースのみである。この時点で、時刻は下りの四の刻の半。下りの三の刻に召集《しょうしゅう》された族長たちも、そろそろ帰路についている頃合《ころあ》いかもしれない。が、俺たちにとっては、ここからが大事な後半戦であった。

「ご挨拶《あいさつ》が遅《おく》れました。あなたがあのミケル殿のご息女なのですね」

ヴァルカスが、作業台をはさんでマイムに一礼する。

「わたしは《銀星堂《ぎんせいどう》》のヴァルカスと申します。ミケル殿とは面識がないのですが、《白き衣《ころも》の乙女亭《おとめてい》》では何度となく料理を味わわせていただきました。わたしとはずいぶん作法が異なるようですが、ミケル殿はジェノスでも屈指《くっし》の料理人とお見受けしておりました」

「ありがとうございます。父が聞いたら、とても喜ぶと思います」

頬を火照《ほて》らせながら、マイムもぺこりと頭を下げた。

「わたしも父から、あなたの評判は聞いていました。今日はあなたの料理も食べさせていただけるのですよね？」

「はい。そちらにばかりお手数をかけさせるのは申し訳なかったので」

「とても嬉しいし、とても光栄です。わたしなどの料理ではとてもご満足はいただけないと思いますが、今の自分にできる最善のものを仕上げてきましたので、どうかご感想をお願いいたします」

俺たちは、各人がそれぞれの料理をすでに保温の状態にまで仕上げていた。俺とヴァルカスとマイムとレイナ＝ルウたち、いったいどの料理から手をつけたものであろう。

「……この中ではわたしたちが一番未熟でありましょうから、まずはこちらの料理から味見をしていただけますか？」

そのように言いたてたのは、レイナ＝ルウであった。

リミ＝ルウやユン＝スドラたちが配膳《はいぜん》を手伝って、ヴァルカスたちの前に皿を並べていく。品目は『照り焼き肉のシチュー』である。ポルアースは、とてもうきうきとした様子で手先を揉《も》んでいた。

「いやあ、こいつは美味《おい》しそうだ。『黒フワノのつけそば』の試食をしたら、むやみに胃袋《いぶくろ》が騒《さわ》いでしまってね。こんな中途半端《ちゅうとはんぱ》な刻限なのに、さっきからずっと空腹でたまらなかったのだよ」

「……お口にあえば幸《さいわ》いです」と応じながら、レイナ＝ルウたちはヴァルカスの姿しか見つめていなかった。

「では、味を確かめさせていただきます」

ヴァルカスは気負うことなく金属製の匙《さじ》を取り、他の人々もそれにならった。

しばらくは静かにシチューをすする音だけが響《ひび》き、俺は自分の料理が食べられるときよりも緊張《きんちょう》してしまう。前回の煮込み料理とは異なり、これはレイナ＝ルウとシーラ＝ルウにとって一、二を争うぐらい完成度の高いオリジナル料理であるのだ。これで駄目《だめ》を出されてしまったら、さすがのレイナ＝ルウたちもへこたれてしまうかもしれない。

そんな息詰《いきつ》まる静寂《せいじゃく》の果てに、ヴァルカスはぼそりと「美味です」とつぶやいた。

「タウ油や砂糖の配合が、きわめて理にかなっているようです。それにこの風味は――ジェノスのママリア酒を使用しているのでしょうか？」

「はい。砂糖よりも果実酒の甘みのほうがこの料理には大事である、とアスタからも意見をいただきましたので」

レイナ＝ルウが無言であったので、シーラ＝ルウがそのように答えることになった。

「タラパを味の主体として、そこにタウ油や果実酒を加えているのですね。さらに砂糖と塩と、乾燥させたピコの葉と――パナムの蜜も使っているのでしょうか」

「ええ、ギバの肉を焼く際に、少しだけ使っています」

「なるほど。ギバの肉というのは野生の獣ゆえか非常に力強く、かつ乱暴な味わいでありますが、これらの味付けがそれを正しい形に調《ととの》えているのでしょう」

ヴァルカスはうなずき、シーラ＝ルウとレイナ＝ルウの姿を静かに見比べた。

「失礼ですが、あなたがたは本当にあの試食会で同席した方々なのでしょうか？」

「はい？　それはどういう――」

「申し訳ありません。わたしは人間の顔を覚えるのが、とても不得手なのです。失礼ながら、あなたがたはみな同じような装束を身に纏《まと》っているので、なおさら見分けがつかなくなってしまいます」

シーラ＝ルウは、やや困惑《こんわく》気味に口もとをほころばせる。

「はい、わたしたちはまぎれもなく、あの際に同席させていただいた森辺のかまど番です。以前の試食の会では不出来な料理をお出ししてしまい、申し訳ありませんでした」

「そうですか。同じ人間が作ったとは思えぬような仕上がりでありました。これならば、アスタ殿が作った料理と言われても信じてしまったかもしれません」

そのように言いながら、ヴァルカスはロイのほうに視線を転じた。

「森辺の料理人を侮《あなど》るべからずというのは、正しい言葉でありましたね。ええと……」

「俺はロイですよ。そろそろ名前ぐらい覚えていただけませんかね」

ロイは仏頂面で答え、ヴァルカスは「失礼しました」と頭を下げる。

「まさしくロイ殿の仰っていた通りです。アスタ殿の他にもこれだけのものを作れる料理人が存在するのかと、非常な驚きにとらわれました」

「ヴァルカス、下働きの人間に敬称《けいしょう》は余計では？」

と、シリィ＝ロウがすかさず声をあげ、ヴァルカスの首を傾《かし》げさせる。

「ですが、わたしはロイ殿を雇っているわけでもありませんので、ぞんざいに扱うわけにもいかないでしょう。そのような相手を呼び捨てにする気持ちにはなれません」

「え？　ロイはヴァルカスに弟子入りしたのではないのですか？」

俺が思わず口をはさんでしまうと、ヴァルカスは「いいえ」と首を振った。

「わたしにはこの三人がいれば十分ですし、これ以上の弟子を増やすゆとりもありません。ですから、弟子入りに関してはお断りさせていただいたのです」

「それでも彼が引き下がらなかったので、ヴァルカスではなく我々の仕事を手伝ってもらっているのですよ。ヴァルカスの仕事を邪魔《じゃま》しない、という条件でね」

豪放《ごうほう》に笑いながら、ボズルがそのように補足した。

「賃金も発生していないので、正確には下働きとすら呼べません。彼は我々とともにあり、その仕事を手伝うことで、少しでもヴァルカスの技術を学ぼうとしているのです」

「なるほど、そうだったのですか」

俺はロイに目を向けたが、ぷいっとそっぽを向かれてしまった。色々と伝えたい言葉はあったが、このような場では彼も気恥《きは》ずかしいだろう。ということで、彼の決意と覚悟《かくご》は胸の中だけで賞賛させていただくことにした。

「しかし、本当にこの料理は美味ですな。アスタ殿と同様に、肉の扱いが素晴《すば》らしく長《た》けています。キミュスやカロンではなくギバだからこそ、活きる味でしょう。ヴァルカスの言う正しさというのは、そういう意味なのです」

そのように言ってから、ボズルはおどけた仕草で分厚い肩をすくめる。

「まあ、わたしはすでに宿場町でその腕前《うでまえ》を知らされておりましたからな。それはヴァルカスにも伝えていたのに、ちっとも耳に入れようとはしないのです」

「耳には入れました。ただ、自分の舌で確かめるまでは何もわからないと答えたまでです」

ヴァルカスのつかみどころのない眼差《まなざ》しが、ゆっくりと俺たちを見回してきた。

「だけどこれは、やっぱりアスタ殿と同じ作法で作られた料理のようですね。彼女《かのじょ》たちは、アスタ殿のお弟子なのでしょうか？」

「弟子というわけではありませんが、色々と手ほどきはしています」

「そうですか。では、ボズルやシリィ＝ロウらと同じような立場なのでしょうね。……わたしから技術を学んでいるボズルらがゆくゆくはどのような料理を作りあげるのか、わたしはとても楽しみにしています」

そこでヴァルカスの視線が、レイナ＝ルウたちのもとで留《とど》まった。

「あなたがたも、いずれはアスタ殿とは異なる道を進み始めるのでしょう。そのときにどのような料理が生まれるのか、わたしはとても楽しみです」

「ありがとうございます。あなたの料理には強く心を揺《ゆ》さぶられましたので、そのように言っていただけるのはとても光栄です」

シーラ＝ルウは深々と頭を下げてから、笑顔《えがお》でレイナ＝ルウのほうを振り返った。それと同時にレイナ＝ルウの身体がぐらりと力を失い、シーラ＝ルウにもたれかかってしまう。

「ど、どうしたのですか、レイナ＝ルウ？　具合でも悪いのですか？」

「ごめんなさい……何か急に、力が抜けてしまって……」

シーラ＝ルウに支えられながら、レイナ＝ルウもヴァルカスに礼をした。その青い瞳《ひとみ》には、うっすら涙が浮かんでしまっている。

「ヴァルカス、ありがとうございます。本当に、心からあなたの言葉を嬉《うれ》しく思っています」

「わたしの言葉などに、それほどの重みはありませんよ。あなたがたが重んじるべきは、アスタ殿の言葉のみです」

ヴァルカスは素っ気なかったが、そんなことはどうでもいいのだろう。寄り添《そ》い合ったレイナ＝ルウとシーラ＝ルウは、この上なく幸福そうな表情をしていた。

彼女たちにとっても、ヴァルカスの存在は特別なのだ。そんな彼女たちがヴァルカスに認めてもらえたことが、俺《おれ》には我《わ》がことのように嬉しく思えてしまった。

「それでは次は、わたしの料理をお願いいたします」

マイムの言葉とともに、新たな皿が並べられていく。カロン乳をベースにした煮汁《にじる》で煮込まれ、焼いたポイタンではさみ込まれた、ギバ肉と野菜の料理である。

「ふむ、これは宿場町で売られていた料理と同じものですな？」

ボズルの問いに、マイムは「はい！」と元気にうなずく。

「復活祭を迎《むか》えてからは商売が忙《いそが》しくて、他の勉強を進めることもできなかったので、今のわ

たしにとってこれを超《こ》える料理はありません。とても粗末《そまつ》な料理ですが、ご容赦《ようしゃ》お願いします」

「ほうほう。これもまた、実に美味しそうな香りじゃないか」

そんな風に言いながら、率先してマイムの料理を取りあげたポルアースは「うん、美味《うま》い！」と瞳を輝《かがや》かせた。

「これは美味だね！　粗末だなんて、とんでもないよ。……ああそうか、ヤンも君のことはさんざんほめちぎっていたんだ。忙しさにかまけて、宿場町を訪れた際にはそんなことも頭から飛んでしまっていた。いやあ、これもまたアスタ殿に劣《おと》らぬお手並みだなあ」

「ありがとうございます」と、マイムはほっとしたように息をついた。やっぱり彼女にとっては、貴族たるポルアースの機嫌《きげん》を損《そこ》ねることが一番心配だったのだろう。

いっぽう、ヴァルカスたちはというと――シリィ＝ロウ以外は、レイナ＝ルウたちの料理を食したときと同じような反応であった。すなわち、ヴァルカスとタートゥマイは無表情で、ボズルは笑顔、ロイは仏頂面である。

シリィ＝ロウは、ものすごく真剣《しんけん》な面持《おもも》ちになってしまっていた。およそ三口ていどで食べることのできるマイムの料理を、一口ずつ丹念《たんねん》に噛んでいる。なんというか、鬼気《きき》迫《せま》るという言葉がぴったりの物凄《ものすご》い気迫《きはく》であった。

「これは、ミケル殿の料理です」

やがてヴァルカスが、感情の読めない声で言った。

「いえ、かつてミケル殿が同じ料理を作っていたという意味ではありません。それでもこれは、ミケル殿の作法で作られた料理です」

「はい。わたしの師は、父ですので。……もちろん、最近ではアスタの影響《えいきょう》も受けてしまっているとは思いますが」

「アスタ殿は、もともとミケル殿に通じる作法を備えていますからね。だけどあなたは、やっぱりミケル殿のお子なのです」

ヴァルカスは、真正面からマイムの顔を見据《みす》えた。

「マイム殿と仰られましたか。あなたはいったい、おいくつなのでしょう？」

「わたしはこの銀の月で、十一歳になりました」

「十一歳……アスタ殿やシリィ＝ロウより、七歳も若いのですね」

そういえば、シリィ＝ロウは俺と同い年であった気がする。そんな彼女も、新年の訪れとともに十八歳となったわけだ。ただ俺は、自分が森辺に出現した黄の月の二十四日を新たな誕生日と定めさせていただいたので、いまだ十七歳のつもりであった。

それはともかく、ヴァルカスは不動のまま静かに昂揚《こうよう》しているようである。

「あなたはすでに、自分の求める味をつかんでおられるように感じられます。このひと品だけの完成度でいえば、失礼ながらアスタ殿の力量をも超えていると言えるかもしれません」

「い、いえ、決してそんなことは――」

「しかし、ひと品の料理しか作れぬ料理人を、一人前と評することはかないません。まだそのようにお若いあなたが、今後はどのような料理を作りあげていくのか……想像しただけで、胸が打《う》ち震《ふる》えます」

そうしてヴァルカスは、小さく頭を振って息をついた。

「ただ、ひとつだけ懸念《けねん》があります。アスタ殿の仰る通り、幼子というのはとても鋭敏《えいびん》な味覚を有しているのです」

「え？」と俺は思わず声をあげてしまう。それはもしかして、食材の検分の際にリミ＝ルウやトゥール＝ディンに告げた言葉のことなのだろうか。あのときは、他の人々に聞こえぬよう声をひそめていたはずなのだが。

「あなたの舌がその鋭敏さをどこまで保つことができるのか、それによってあなたの道は定まるでしょう。もしもあなたがその卓越《たくえつ》した味覚を備えたまま、歳を重ねることができたなら――間違《まちが》いなく、わたしやミケル殿を超える料理人になれるはずです」

「父を超えることなんて、わたしには到底《とうてい》できそうにありません」

そのように応じるマイムは、まったく普段《ふだん》と異なる様子もなく無邪気《むじゃき》に微笑んでいた。

「でも、あなたにそのように言っていただけるのはとても光栄です、ヴァルカス。これからも父の教えに従って、一歩ずつ前に進んでいきたいと思います」

「はい。あなたがどのような料理人に育つのか、それを見届けるまでわたしも生きながらえたいものです」

そう言って、ヴァルカスはちらりとシリィ＝ロウのほうを見た。

「シリィ＝ロウ、今度はあなたより若い料理人がこのように素晴らしい腕《うで》を見せてくれました。

あなたも励《はげ》みにしてください」

「……はい」と、シリィ＝ロウは低い声音《こわね》で応じる。俺が賞賛されたときのように取り乱したりはしていないが、その瞳はあのとき以上に爛々《らんらん》と燃えさかっているように感じられてしまった。

「それでは次は、俺の料理をお出ししますね。トゥール＝ディン、手伝ってもらえるかな？」

「は、はい。承知しました」

俺の料理には、仕上げが残っていたのだ。それを手早く片付けてから、俺はユン＝スドラたちに器《うつわ》を運んでもらった。

「ああ、この料理を心待ちにしていました」

そのように言いながら、ヴァルカスはけげんそうに小首を傾げた。

「しかし、いささか香《かお》りが異なるようですね。海草や魚の燻製《くんせい》まで使っておられるのですか？」

「香りでそれがわかってしまうのですね。さすがはヴァルカスです」

俺がこの場で準備したのは、カレーそばであった。

ヴァルカスは、ボズルが宿場町から持ち帰った『ギバ・カレー』を大いに気に入ってくれたとのことであったし、本日は『黒フワノのつけそば』を作る仕事があった。ならば、このメニューが一番相応《ふさわ》しいし負担も少ないのではないかと考えたのだ。

商売用のと一緒《いっしょ》にこしらえたカレーを持参して、それをこの場でこしらえためんつゆで割っている。後から加えたのは、とろみをキープするためのチャッチ粉のみである。

個人的にはカレーうどんのほうが好みであるのだが、そばでも悪いことはないだろう。唯一《ゆいいつ》の休業日であった銀の月の一日の晩餐《ばんさん》で、めんつゆの比率や麺《めん》のゆで加減はじっくり研究させていただいた。出来栄《できば》えは、それなりのものだろうと思っている。

「ヴァルカスはこの食料庫にある最高の食材でカレーを作ってほしいと仰っていましたが、宿場町でも新鮮な食材を手に入れることはできるので、それほど仕上がりに差は出ないと思うのですよね。だけど、以前に食べていただいたのと同じものをお出しするのでは面白《おもしろ》みに欠けるので、黒フワノのそばと合わせたこの料理を召《め》し上《あ》がってもらおうと考えました」

「この中には、あの細く切った黒フワノが沈《しず》められているのですか」

「はい。少々食べにくいかもしれませんが、ヴァルカスは温かいそばにも興味を示されていたようなので、ちょうどいいかと思いまして」

「ありがとうございます。何やら口にする前から胸が高鳴ってきてしまいました」

そのように述べながらも、ヴァルカスはやっぱり無表情だ。

なお、この料理はマイムや森辺のかまど番たちにとっても初のお披露目《ひろめ》であったので、全員分を用意させていただいた。

箸《はし》の扱いを練習中のレイナ＝ルウ、シーラ＝ルウ、トゥール＝ディンの三名以外は、フォーク状の食器を手に取っている。さらに、麺を食べなれているタートゥマイ以外は、それでパスタのように麺を巻き取って、匙でこぼれないよう支えながら口に運んでもらうしかなかった。

そうして真っ先に声をあげてくれたのは、やはりポルアースであった。

「うん、これも美味だね！　というか、さきほど料理人たちに教えた冷たい汁《しる》で食べる食べ方よりも、いっそう美味に感じられるじゃないか！」

「そうですか。ありがとうございます。……まあ、カレーを仕上げるのはさきほどの汁よりも、ずいぶん手間や費用がかかりますからね」

「城下町であれば、費用については問題ないだろう。確かにこちらのほうがいっそう食べにくいように思えるけれど、やっぱり温かい料理のほうがジェノスの民《たみ》には喜ばれるのではないかなあ」

ならばいっそのこと、つけそばではなくかけそばにするべきであっただろうか。しかし、とろみのないつゆではカレーそばよりいっそう食べにくいし、あまり食べるのに手こずると麺がのびてしまう恐《おそ》れもある。いちおうそこまで考えて、俺は温かいかけそばではなく冷たいつけそばをチョイスしたのだった。

「それに、そもそもこのかれーという料理が絶品だからね！　シム料理を食べなれていない宿場町の民にすら受け入れられているのなら、城下町ではそれより多くの人気を集めることもできるだろう。いっそのこと、かれーという料理の作り方も城下町の料理人たちに伝授してもらえれば、いっそうたくさんのシムの香草《こうそう》を買いつけることも――」

「いけません」と、ヴァルカスが静かに口をはさんだ。

ちょっと目を離した隙《すき》に、お茶碗《ちゃわん》サイズの試食品を綺麗《きれい》にたいらげてしまったようである。器には汁も残っていない。

「以前の試食の会でも取《と》り沙汰《ざた》されましたが、美味なる料理の作り方というのは料理人にとっての財産なのです。それを迂闊《うかつ》に余人に広めることは、つつしむべきだと思われます」

「いや、だけど、黒フワノの料理についてはああして広めてしまったし、君だってさっきその気があるなら香草の使い方を教えようと言っていたじゃないか？」

「香草の扱い方《かた》と完成された料理の作り方というのは、まったく異なる話です。そして、黒フワノの料理に関しては――『フワノを細く切る』という料理が世に出された時点で、多かれ少なかれ余人に模倣《もほう》されるでしょう。アスタ殿はそこにかかる時間と手間をはぶいただけなのだと、わたしはそのように理解しています」

無表情のまま、またヴァルカスが少し早口になっていた。

「ですが、この料理を模倣することが誰にできましょう。これは、アスタ殿の功績です。この作り方を知るのは、アスタ殿の認めた人間のみであるべきです。わたしとて、弟子ならぬ人間に自分の料理の作り方を教えようとは思いません。料理人とは、そうあるべきなのです」

「ふうん、そういうものなのかなあ。……アスタ殿は、どのように思うのかな？」

「そうですね。これもまた自分の故郷では珍《めずら》しくもなかった料理ですので、そういう意味では人に隠《かく》すようなものではない、とも思えますが――」

だけど俺は、そこでよく考えてみることにした。

ヴァルカスとは少し異なる観点から、俺も何かが心にひっかかっていたのである。

「――だけど、この料理をこの地で再現するには、大変な手間と時間がかかりました。それを手伝ってくれたのは、もちろん彼女たちを始めとする森辺の女衆です。たくさんの香草をみんなで挽《ひ》いて、味を確かめて、色んな組み合わせを試《ため》してみて、それでようやくこの味を再現することができたんです。もしも俺がひとりでその作業に取り組んでいたら、この料理はまだ完成していなかったかもしれません」

ルウの集落やファの家で、とてもたくさんの女衆が俺の仕事を手伝ってくれた。最近ではどの料理を開発するのにも同じような協力を得られていたが、やっぱり一番苦労が多かったのはこのカレーであったのだ。

「そんな苦労をして作りあげたカレーという料理の作り方をうかうかと広めてしまうのは、みんなに対して申し訳ないように思えてしまいます。もちろん、カレーの素《もと》を使って独自の料理を作っていただくのは大歓迎《だいかんげい》ですし、実際に宿場町ではそういう扱いにしていますが、みんなで苦労をして完成させた香草の配合については、もうちょっと慎重《しんちょう》に考えたく思います」

「なるほど。アスタ殿がそういう気持ちでいるのなら、もちろん無理強《むりじ》いはしないよ。それに現時点でも、かれーに使う香草は少し足りないぐらいの状態であるのだからね」

黄色く染まった口もとを丁寧《ていねい》にぬぐいつつ、ポルアースはにっこりと微笑んだ。

「そして、そのように正直な心情を述べてくれるのも、とてもありがたく思っているよ。これからも、森辺の民とは手を取り合っていきたいからね。また僕《ぼく》が知らぬ内に無茶《むちゃ》な申し出をしてしまったときは、遠慮《えんりょ》なく言葉を返してほしい」

「はい、ありがとうございます」

「それにしても、ヴァルカス殿の入れ込みようもなかなかのものだね。『黒フワノのつけそば』は試食すらしようとしなかったのに、こちらの料理に対しては目の色が変わってしまっているじゃないか？」

「この料理は特別なのです。これほど巧《たく》みにシムの香草を扱える料理人は、城下町にもなかなかいないでしょう。しかもアスタ殿は今日、その料理に海草や魚の燻製までをも使用して、さらなる広がりを見せてくださいました」

深い緑色をしたヴァルカスの目が、ゆっくりと俺のほうに差し向けられる。

「この料理は完成されています。唯一、野菜の選別にはまだ考慮《こうりょ》の余地があるようにも思えますが……」

「ああ、これは宿場町で売りに出している商品ですので、材料費を抑《おさ》えているのですよね。自分の家で作るときは、別の野菜やキノコを使ったりもしています」

「ですから、わたしはそういう十全な形で、この料理を味わってみたかったのです」

ヴァルカスの秀麗《しゅうれい》な眉《まゆ》が、ほんの少しだけ角度を下げる。

「それは申し訳ありませんでした。でも、他の献立《こんだて》に関しても同じことが言えますが、料理に唯一絶対の形というものは存在しないように思うのですよね」

「……それは、どういう意味でしょう？」

「ええ、この料理で言うならば、使う肉だってギバにこだわる必要はないのだと思います。キミュスやカロンでだって同じぐらい美味しく仕上げることができますし、使う野菜も個人の好みで変わってくるでしょう。宿場町の宿屋のご主人たちも好きな野菜を使っていますし、人によってはそちらのほうが美味である、と感じると思います」

それでもまだ真意が伝わっていないようなので、俺はさらに言葉を重ねることにした。

「俺の故郷では、カレー専門店というものがあって、それで色々なカレーを楽しむことができたんです。たとえば揚《あ》げた肉を添えてみたり、焼いた卵を載《の》せてみたり、ふんだんに野菜やキノコを使ってみたり――あとは辛《から》さの度合いも調節できましたし、どういう出汁《だし》を使うかを選べる店などもあったようですね」

「使う出汁まで変えてしまったら、それはもう異なる料理になってしまうのではないですか？」

「いえ、それでもこの料理は香草の味と香りが強烈《きょうれつ》なので、やっぱり『カレー』という枠《わく》の中に収められるのだと思います。それで、どんなカレーを望むかは人それぞれですので、唯一絶対の答えなどはない、と俺には思えてしまうのですよね」

ヴァルカスは、しばらく沈思《ちんし》してから「なるほど」とつぶやいた。

「あなたはやっぱり特別な料理人です、アスタ殿。渡来《とらい》の民なのですからそれが当然なのでしょうが、わたしはその意味をようやく理解することができました」

「はあ。それはどういうことでしょう？」

「マイム殿やそちらの森辺の方々も、決してアスタ殿に劣る腕ではないように思うのです。このかれーという料理はわたしの中で特別なものですが、それ以外の料理と比べるなら、彼女たちの腕はアスタ殿に匹敵《ひってき》しています。だけど、それでも、やっぱりあなたは特別な存在なのです。異国で生きてきたあなたの考え方、あなたの作法というものが、あまりに特別に過ぎるのです。だからわたしは、アスタ殿の存在に執着《しゅうちゃく》してしまうのでしょう」

そう言って、ヴァルカスはそっとまぶたを閉ざした。

「あなたの作法を真似《まね》ることはできません。でも、わたしはあなたの料理を欲《ほっ》し、あなたを知りたいと願ってしまうのです。どんな料理人にも、このような思いを抱《いだ》くことはありませんでした。あなたはわたしにとって特別な存在なのです、アスタ殿」

「……ありがとうございます」と、俺は頭を下げてみせた。

しかし、昂揚しているヴァルカスと異なり、俺は若干の物寂《ものさび》しさを感じてしまってもいた。

俺が特別なのは、俺の努力の結果ではない。俺はただ、何かの見えざる手によって、ここまで運ばれてきただけの身であるのだ。この世界で俺は特別な存在なのかもしれなかったが、そんなことを誇《ほこ》る気持ちにはなれなかった。

(でも、そんな俺だからこそ、森辺のみんなのお役に立てているんだよな)

そして、ヴァルカスのような料理人ともこうしてただならぬ縁《えん》を結ぶことができたのだ。変にいじけたりはせず、その結果は素直《すなお》に喜ばせていただこう、と俺は心の中で決断することにした。

そうして本日の締《し》めくくりとして、俺たちはいよいよヴァルカスの料理を試食することになったのだった。

4

「こちらは、ギギの葉を使った汁物《しるもの》料理となります」

俺たちの前に、陶磁《とうじ》の皿が並べられていく。そこに注がれていたのは、かつてのキミュスの丸焼きと同じように漆黒《しっこく》の色合いをした、濃厚《のうこう》なるスープであった。

「うわ、これは見た目からして、ただならぬ料理ですね」

「ギギの葉を多く使った料理は、こうして黒い色合いになるのです。熱を失う前に、どうぞお味をお確かめください」

ヴァルカスの言葉に従って、俺はさっそく匙を取り上げた。

しかしこのスープは見るからにねっとりとしており、中の様子などまったくうかがうこともできない。ただわかるのは、何種類もの香草が組み合わされた複雑なる芳香《ほうこう》ばかりであった。

スープの表面に匙をつけてみると、予想以上の手応《てごた》えが返ってくる。まるで溶《と》けたチーズみたいに、重たい質感だ。マイムの作りあげたカロン乳の煮汁をも超える重量感であるかもしれない。

(いったい、どんな料理なんだろう)

いやが上にも期待感をあおられながら、俺はその真っ黒なスープだけを口に運んでみた。

とたんに、さまざまな味が口内に爆発《ばくはつ》する。やっぱり複雑な味わいだ。あのキミュスの丸焼きと同じように、深い苦みが基調となりつつ、ひっそりと味のバランスを取っている。甘《あま》くて、辛くて、酸《す》っぱくて、苦い。どれかひとつが飛《と》び抜けているのではなく、おたがいがおたがいを支えあっているような、そんな配合であった。

甘みに感じるのは、やはり果物のまろやかさだ。とてもフルーティで、かつ、蜜のようにねっとりと甘い。

辛いのは、香草らしいスパイシーな辛みであった。トウガラシ系ではなく、ペッパー系であろうか。ひょっとしたら、ピコの葉も使われているのかもしれない。それでいて清涼感も強いのは、あのケルの根の効能なのかもしれなかった。

酸っぱいのも、ママリア酢《す》だけではなく果実や香草の存在が感じられる。そしておそらくは、その果実は甘みも補っており、香草は辛さも補っているのだ。いったい何種類の果実と香草を使っているのか、俺には想像もつかなかった。

そして今回は、あのキミュスの丸焼きよりも多量のギギの葉が使われているらしく、はっきりと苦かった。これはやっぱり、カカオ的な苦みである。もう七ヶ月《かげつ》以上もご無沙汰《ぶさた》であった、チョコレートやココアを思わせる風味さえ感じられるのだ。

そしてもちろん、それらの味が上っ面《うわつら》だけのものにならないよう、しっかりとした肉と野菜の出汁が取られている。油分もかなり強めであるが、これは乳脂《にゅうし》でも投じられているのだろうか。それに、魚介《ぎょかい》の風味も感じられなくはない。

と、たった一口でこの有り様なのである。

俺は内心の昂揚を抑えつつ、スープ以外ではどのような具材が使われているのかと匙で中身を探《さぐ》ってみた。

まず捕《と》らえたのは、どうやらチャッチの破片《はへん》であるようだった。ただし、肉の筋が網《あみ》のように絡《から》んでいる。ひと口分のスープとともに、俺はそれを口に入れてみた。

チャッチは入念に煮込《にこ》まれており、スープの複雑な味がしっかりとしみこんだ上で、噛《か》む必要もないぐらいやわらかかった。それに絡んでいたのは、どうやらカロンの肉の筋だ。まるで牛スジみたいにとろとろで、こちらも抜群《ばつぐん》にやわらかい。

具材のほうも、申し分なく美味であった。これほど複雑な味付けなのに、素直に美味だと感じることができる。俺の舌も、だいぶんヴァルカスの料理に免疫《めんえき》ができてきたようだ。

それ以外に使われているのはネェノンとナナールぐらいで、あとの具材は判別がつかない。多量の野菜は出汁としてのみ使われているのか、形がなくなるぐらい煮込まれているのか、そのどちらかなのだろう。明確な肉というものも存在せず、ただ牛スジのごときカロンの筋がまんべんなく行《い》き渡《わた》っている感じだ。

そしてこの料理は、咽喉ごしがたまらなかった。やっぱりとろけたチーズのように、じわりじわりと咽喉を通り過ぎていくのだ。なかなか満足感が去らないので、ひと口を味わうのに物凄く時間がかかってしまう。難癖《なんくせ》にもならないような、それがこの料理の特性であった。

このとろみは、いったい何なのだろう。ティマロと同じようにフワノ粉をそのまま投じているのか、あるいはギーゴの粘《ねば》り気《け》を活用しているのか。俺の作るシチューよりも、格段にねっとりとした質感であった。

「……これが、ヴァルカスの料理なのですか……」

最初にあがったのは、驚嘆《きょうたん》しきったマイムの声であった。

「これは、とてつもなく美味しいです。いったいどれほどの数の食材が使われているのでしょう……」

「何の食材が使われているか、あなたにはどれぐらい判別がつきますか？」

逆に問われて、マイムは「え？」と目を見開いた。

「実はわたしは、あれこれ食材に手を出すことを父に禁じられているのです。宿場町で買えるようになった食材にも、まだ半分ていどしか手をつけていません。そんなわたしに判別できるのは、アリアとチャッチとネェノンと、あとはナナールとギーゴと……それに、以前アスタに味見をさせていただいた、シィマやマ・ギーゴも使われているようですね」

ひょっとしてアリアは溶かし込まれているのかなとは思ったが、ダイコンのごときシィマやサトイモのごときマ・ギーゴの存在など、俺はまったく感じることができなかった。

「肉はカロンで、部位はわかりません。わたしは足肉しか扱《あつか》ったことがありませんので。……調味料は、塩と砂糖とタウ油とピコの葉、あとは乳脂と赤いママリアの酢。香草は、アスタがかれーに使っているものが何種類か含《ふく》まれているようですが、それもわたしは取り扱ったことがないのでよくわかりません。……あ、それと、ラマンパの実をすり潰《つぶ》したものと、それにさきほど味見をしたホボイの実やケルの根も使われていると思います」

「すべて当たっています。果実に関してはいかがでしょう？」

「ああ、果実はシールとアロウとラマムがすべて使われているようですね。他にも覚えのない甘みや酸味を感じましたが」

「十分です。そこまで的確に言い当てることのできる人間など、城下町にも一人か二人しか存在しないことでしょう」

ヴァルカスは、満足そうにうなずいた。

「やはりあなたは、類《たぐ》いまれなる味覚の鋭敏さをお持ちのようです。そんなあなただからこそ、わずかな食材であれほどの料理を作ることがかなうのでしょう」

「いえ、わたしなどは本当にまだまだです。そして、父があれほどまでにあなたを賞賛していたのが、よく理解できました」

そう言って、マイムは少しまぶしそうに目を細めた。

「父が言っていた通り、あなたは父をも超える料理人であったのですね。それを思い知らされてしまって、わたしはとても悔《くや》しいです」

「それは、ミケル殿《どの》が身を引いてしまったためでしょう。ミケル殿が料理人として腕を磨《みが》き続けていたならば、きっとあの頃《ころ》以上に美味なる料理を作りあげていたはずです」

ヴァルカスもまた、遠い過去に思いを馳《は》せるかのように目を細めている。

「ミケル殿はわたしよりも年長であったのに、非常にすぐれた味覚を有しているようでした。人間というのは盛りを過ぎるとますます鋭敏な味覚を失ってしまうはずなのに、それは驚《おどろ》くべきことです。ですから、あなたがその味覚をミケル殿から受《う》け継《つ》いでいるのだとしたら、年を重ねても今と同じ鋭敏さを保てるかもしれません」

「わかりませんが、わたしは今日あなたの料理を口にできたことを、西方神に何度でも感謝したいと思います。……それに、わたしをこの場に招いてくださった、アスタにもですね」

「はい。アスタ殿自身がわたしにとってはかけがえのない存在であるのに、あなたのような存在にまで引き合わせていただいて、わたしも心から感謝しています」

思わぬところで感謝のはさみ撃《う》ちをされてしまい、俺は面食《めんく》らってしまった。

「いえ、もともとヴァルカスとミケルは深いところで繋《つな》がっていたのですから、こうしておふたりが出会うことになったのも神の導きだったのでしょう。俺が案内役を担《にな》うことになったのは、まあ運命の妙《みょう》というものですよ」

そういえば、ミケルはサイクレウスに料理人としての道を絶たれた人間であり、ヴァルカスはサイクレウスに目をかけられたおかげでさらなる修練を積むことがかなった人間であったのだ。何気なく口にしてしまったが、そんなミケルの子たるマイムとヴァルカスが邂逅《かいこう》することになったのは、本当に運命の妙であり、西方神の導きであったのかもしれなかった。

「ヴァルカス、ひとつおうかがいしたいのですが……」

と、そこでひかえめに声をあげたのはシーラ＝ルウであった。

「この料理で使われているギギの葉というのは、いったいどの香草であったのでしょう？　アスタがかれーを作る際に、シムの香草はひと通り味見をしたはずなのですが、このような色合いと味をしたものにはまったく覚えがないのです」

「ああ、ギギの葉はそのまま使っても大した役には立たないでしょうね」

そのように言ってから、ヴァルカスはタートゥマイのほうを見た。

「タートゥマイ、ギギの葉をこちらに」

「……よろしいのですか？」

「かまいません。この場にいる方々には、どのような食材でも自由に使う資格があります」

ティマロあたりが居残っていたら、どうしてヴァルカスに資格を問われなければならないのだと憤慨《ふんがい》していたところであろう。

ともあれ、タートゥマイは食料庫から一枚の小さな香草を持ってきてくれた。濃《こ》い褐色《かっしょく》で、直径五センチぐらいの円形をした葉である。形は小さいが肉厚で、干されているはずなのにそれほどしなびてはいない。

この香草には、見覚えがあった。確かにけっこう苦みがあって、カレーのスパイスには使えなそうだな、と除外した香草である。

「これが、ギギの葉ですか。色も香りもまったく異なるようですね」

「はい。これはいわゆる茶葉なのです。セルヴァではゾゾやチャッチの茶が好まれますが、シムではこのギギを煎《せん》じて茶にしているそうです」

「ああ、チャッチの皮というのは、茶の原料にされているそうですね。ちょうどつい最近、ダレイムでその茶をいただく機会がありました。……それで、ギギの葉はその煎じ方に特別な方法が存在するのでしょうか？」

「そうですね。ギギの葉を詰《つ》めた鍋《なべ》に蓋《ふた》をして、焦《こ》げつかないていどの弱火で熱を加えるのです。そうすると色は黒く変じ、ギギの葉ならではの苦さと香りが生まれます。東の民は、それを湯で溶かして茶にするそうです」

「なるほど。熱を加える際に、水などは入れないのですね？」

「ええ、むしろ水分を飛ばすために熱を加えるのです。日に干すだけでは、完全に水分を飛ばすことができませんので」

ならばそれは、いわゆる焙煎《ばいせん》に相当する下ごしらえなのだろうか。あんなカカオみたいな味と風味が豆ではなく葉からもたらされるというのは、なかなか面白い。

「アスタ殿たちも、ギギの葉を使いますか？　苦みというのは、かなり扱いの難しいものでありますが」

「そうですね。トゥール＝ディンなんかは、上手《うま》く使えるかもしれません」

うっかり頭に浮《う》かんだ言葉をそのまま発してしまい、俺は大事な同胞《どうほう》をひどく慌《あわ》てさせることになってしまった。

「わ、わたしが何ですか？　わたしには、そんな難しい香草の扱いなんて……」

「あ、ごめん。これはむしろお菓子《かし》作りで役に立つかもな、と考えてしまったんだ。余計なことを口にしてしまったね」

誓《ちか》って言うが、わざとではないのだ。しかしトゥール＝ディンは、みんなの視線から逃《に》げるように俺の背中に隠れてしまった。

「ギギの葉を、菓子で使おうというのですか？　苦みというのは、菓子にとって一番相応しくない味とされているはずですが」

ヴァルカスの言葉に、俺は「ええ」とうなずいてみせる。

「俺の故郷では、わりと頻繁《ひんぱん》に使われていましたね。酸味と同じように、苦みで甘さを引きたてる、という感覚だと思います」

「とても興味深い話です。少なくとも、わたしはギギの葉を菓子で使おうなどとは夢さら思ったこともありません」

「そうですか。とりあえずこのギギの葉を持ち帰らせていただいて、色々と試してみようかと思います。……って、それはポルアースから承諾《しょうだく》を得ないといけないのでしたね」

「うん、もちろん好きなだけ持ち帰っておくれよ。以前に取り決めた通り、研究用として持ち帰る分の銅貨はこちらで負担するからさ」

愉快《ゆかい》そうに笑いながら、ポルアースはトゥール＝ディンを視線で追いかける。

「それで美味《おい》しい菓子を作ることがかなったら、ぜひオディフィア姫《ひめ》に食べさせてあげておくれよ。どうも月にいっぺんぐらいは君を茶会に招待しないと、幼き姫は癇癪《かんしゃく》を起こしてしまいそうなんだ」

「……はい。承知しました」

消え入りそうな声で言いながら、トゥール＝ディンは俺の背中の服をぎゅっとつかんでしまっていた。

「よし、それじゃあ試食会も無事に終了《しゅうりょう》かな？　実に楽しい時間を過ごさせていただいたよ。あとはあちらで生きたギャマを見物してから、解散ということにしよう。報酬《ほうしゅう》の銅貨は、別室に準備してあるからね！」

食器はそのままでかまわないということであったので、俺たちはぞろぞろと奥《おく》の扉《とびら》に移動することになった。この後は、貴賓《きひん》のための晩餐が他の料理人たちによって作製されるのだ。小さなほうの厨《くりや》でも作業は進められているのだろうが、時刻はすでに下りの五の刻を回っているはずなので、きっと料理人たちもこの厨が空くのをやきもきしながら待っていることだろう。

そうして移動をしているさなか、「おい」と呼びかけてくる者があった。しかし、呼びかけられたのは俺ではなくレイナ＝ルウで、なおかつ呼びかけてきたのはロイであった。

「何だか今日は、ずっと大人しくしてやがるな。ヴァルカスに腕をほめられて、心ここにあらずってところか？」

たちまちレイナ＝ルウは眉を寄せて、下からロイの仏頂面《ぶっちょうづら》をにらみあげる。

「何でしょうか？　あなたに難癖をつけられる筋合いはないと思うのですが」

「皮肉のひとつぐらい言わせろよ。俺なんて、まだ自分の料理をヴァルカスに食べてもらうことさえできていないんだからな」

歩きながら、ロイはぶっきらぼうに言った。ルド＝ルウがさりげなく姉のかたわらに寄《よ》り添ったが、そんなことは気にせずに、同じ調子で言葉を重ねる。

「ま、俺の料理なんて珍しいところのひとつもないんだから、ヴァルカスの興味をひけないのもしかたない。お前はアスタの縁者《えんじゃ》ってことでヴァルカスに関心をもたれているだけなんだから、それは忘れるなよ？」

「……今日はずいぶん饒舌《じょうぜつ》なのですね。人を貶《おとし》めるときだけ、あなたの口はよく回るのですか？」

「貶めてるんじゃなく、忠告してるんだよ。これからもあれぐらい上等な料理を作り続けることができれば、ヴァルカスに名前を覚えてもらうこともできるだろうからよ」

そうしてロイは、いくぶん光を強めた目でレイナ＝ルウを見つめ返した。

「……俺は以前、ミケルの下で働いていた。あの人がどういう作法で料理を作りあげているか、それぐらいのことはもう俺にもわかってるんだ。自分にできるできないは別にしてな。で、今さらあの人の下についたところで、あの人の娘《むすめ》さんの上を行くことはできねえんだよ」

「それが、何だというのですか？」

「何だって、お前が以前に尋《たず》ねてきたことだろうがよ。どうしてミケルじゃなく、ヴァルカスの下についたのかってな」

レイナ＝ルウの顔を見つめたまま、ロイは言い捨てる。

「少なくとも、今の俺に必要なのはミケルじゃなくヴァルカスの力だ。じゃないと、この屋敷《やしき》で積み上げてきたもんが全部無駄《むだ》になっちまうんだよ。こんな状態でミケルに弟子《でし》入りしたって、俺には何も成《な》せやしないんだ」

レイナ＝ルウは、困惑《こんわく》気味に眉をひそめている。その顔をしばらくにらみつけてから、ロイはふいっと顔をそむけた。

「俺はお前のせいで、最後に残っていた自尊心を木っ端微塵《こっぱみじん》に打ち砕《くだ》かれたんだ。絶対に、お前より上等な料理人になってやる」

「………………」

「さっきの料理も、死ぬほど美味かったよ。くそっ」

そうしてロイは歩調を速めて、ボズルたちに追いすがった。

レイナ＝ルウは、同じ表情のまま、俺のことを見つめてきた。

「ア、アスタ。わたしは、どうするべきなのでしょう？」

「え？　別にどうする必要もないんじゃないのかな。ロイは口が悪いだけで、レイナ＝ルウを本気で敵視しているわけではないと思うよ」

「別にわたしも、そのようなことを心配しているわけではありません。でもまるで、彼《かれ》はアスタやマイムではなく、わたしのせいで人生が曲がったのだと言わんばかりの口ぶりだったではないですか？」

何だかレイナ＝ルウは、いつになくオロオロしているように見えてしまった。そうすると、年齢《ねんれい》よりも幼げな面立《おもだ》ちをしたレイナ＝ルウである。一気に子供っぽくなってしまう。

「だからそれは人生が曲がったんじゃなく、レイナ＝ルウのおかげで奮起させられたってことだろう？　この前の試食会でも、そんなようなことを言っていたじゃないか」

「いえ、ですが……」

「ずっと前、レイナ＝ルウはシーラ＝ルウに先を行かれたような気持ちになって、それを悔しく思ってしまうんだと言ってたよね。それと同じような気持ちをロイも抱くようになって、それでヴァルカスに弟子入りを願うことになったんじゃないのかな」

あくまで俺《おれ》の想像であるが、そんなに的外れではないと思う。ロイというのは短気で不器用な人柄《ひとがら》であるが、何よりも負《ま》けず嫌《ぎら》いであり、そして、俺たちに劣らず料理への情熱というものを強く胸に宿しているのである。

「要するに、ロイもロイなりに頑張《がんば》るつもりだし、その気持ちをレイナ＝ルウに伝えておきたかったってことなんじゃないのかな。負けず嫌いの彼があんな風に自分の本音をさらすのは、きっとそれだけレイナ＝ルウの存在が彼の中で大きいからなんだと思うよ」

「はあ……」

それでもやっぱり、レイナ＝ルウの表情が晴れることはなかった。しかし、腹を立てたり気分を害したりしている様子はまったくない。ただひたすら当惑《とうわく》しているような感じだ。

「……やっぱりあのロイという者と口をきくと、わたしはむやみに心を乱されてしまうようです」

小さく息をつくレイナ＝ルウの肩《かた》ごしに、ルド＝ルウがにやにやと笑いながらウインクをしてくる。何となくその意図はつかめなくもなかったが、まあ、そんな気安く彼女《かのじょ》たちの行く末を茶化《ちゃか》す気持ちにはなれなかったので、俺は肩をすくめるだけに留《とど》めておいた。

「さあ、これが生きたギャマというものだよ！　飼育部屋の中は、やはりなかなかの獣臭《けものくさ》さだね！」

ポルアースの紹介《しょうかい》とともに、俺たちは生きたギャマと対面することになった。

ヤギのような面相に、老人のごとき長い顎鬚《あごひげ》。バッファローのごとき立派な角はすべて折り取られてしまっていたが、乳のとれるメスのギャマはシム本国でも重宝されているので、ここに連れてこられたのはすべてオスである、という話であった。

《玄翁亭《げんおうてい》》で見た頭部の剥製《はくせい》は黒色の毛皮を有していたが、白色や茶色の毛皮をしたやつもいて、胴体《どうたい》の長さは一メートル強。ヤギと同じように黒目が横長であることにリミ＝ルウたちは驚嘆の声をあげていたが、なかなか愛嬌《あいきょう》のある顔をした獣である。それより何より俺が驚かされたのは、それらのギャマがいずれも六本もの足を有していることであった。

ともあれ、俺たちの城下町における本日の仕事は、それでようやく終わりを迎えることになったのだった。

ただしその裏で、なかなかとんでもない話が進行していたことを、俺たちは集落への帰宅後に知ることになる。メルフリードと会談をした森辺の族長たちは、ジェノス城から正式にふたつの仕事を依頼《いらい》されてしまっていたのだ。

その内のひとつは《ギャムレイの一座》に関《かか》わる話であり、そしてもうひとつは《黒の風切り羽》なるシムの大商団からもたらされた話であった。

幕間★★★ファの家の夜

「いやあ、なかなかとんでもない話になってきちゃったな？」

　俺がそのように呼びかけると、晩餐のギバ肉をがつがつと食らいながら、アイ＝ファは「うむ」とうなずき返してきた。

　城下町での仕事を終えて家に戻《もど》ってきた、銀の月の五日の夜である。俺たちは帰りがけに立ち寄ったルウの集落において、族長たちがメルフリードから仰《おお》せつかった申し出についてを聞かされることになったのだった。

「まさか、ギャムレイたちの要望がこんなにすんなり通っちまうなんてな。いくら貴族にコネがあるっていっても、こんな話は頭っからはねつけられるのかと思ってたよ」

　まずひとつ目は、その件についてであった。見世物にするためにギバを捕らえたいというギャムレイらの要望は、ジェノス侯爵《こうしゃく》マルスタインの名において正式に認められてしまったのである。どうやら吟遊《ぎんゆう》詩人のニーヤは、その甘い歌声によってジェノス侯爵家に縁ある子爵《ししゃく》家の姫君《ひめぎみ》を篭絡《ろうらく》していたらしく、そこから座長らの要望をマルスタインへと届けることに成功していたようなのだ。

　しかし、そこまでは予想の範囲内《はんいない》であった。問題は、それがこのようにあっさりと許諾《きょだく》されてしまったということだ。どうしてそんな話がまかり通ってしまったのか。聞いてみると、それはマルスタインの保守的な部分と能動的な部分が複雑にからみあった結果であるようだった。

「モルガの山麓《さんろく》に広がる森というのは、とても広大です。森辺の民が狩場《かりば》としているのは、その広大なる森のごく一部に過ぎないのです。……そして、森辺の民の狩場を除けば、モルガの森に踏《ふ》み入ってはならじという法は存在しないようなのですね」

族長らに同行したガズラン＝ルティムは、普段《ふだん》通りの穏《おだ》やかな口調でそのように説明してくれた。

「その反面、モルガの山そのものに踏み入るのは、とても強い禁忌《きんき》です。山を守るヴァルブの狼《おおかみ》、マダラマの大蛇《だいじゃ》、赤き野人の怒《いか》りに触《ふ》れれば、ジェノスは滅《ほろ》ぶとさえ言われています。しかし、あくまで禁じられているのはそれらの獣が巣くう山中に踏み入ることのみであり、山麓のギバを狩《か》ることは誰《だれ》にでも許されているのです」

「ええ、ジェノスにとってはギバが減るに越《こ》したことはないのですから、わざわざそれを禁じたりはしないのでしょうね」

「はい。ですがもちろん、森辺の民が狩場としている区域に無断で足を踏み入《い》れることは、ジェノスの法で禁じられています。うかつに足を踏み入れれば、森辺の民の仕掛《しか》けた罠《わな》で生命を落とすことにもなりかねないのですから、それもまた当然の話です。……裏を返せば、その狩場でアイ＝ファと遭遇《そうぐう》したというアスタは、一番初めからジェノスの法を破っていたことになりますが」

俺は「あはは」と頭をかき、ガズラン＝ルティムもにっこり笑ってから、また真面目《まじめ》な表情を取り戻した。

「それで話を戻しますと――モルガの山は、その四方を森で囲まれています。我々が狩場としているのは、その森の西側のみ、ジェノスの町とモルガの山の間に存在する区域のみです。森の中で夜を過ごすことはできませんので、日没《にちぼつ》までに戻れる範囲《はんい》でしか、我々は狩場とすることがかなわないのですね。つまり、森辺の集落から半日以上離《はな》れた区域であれば、モルガの森に入ることは誰にでも許されているのです。……正確に言えば、危険なギバの徘徊《はいかい》する森の中に足を踏み入れようとする町の人間などは最初から存在しなかったので、それを禁ずる法を立てる意味もなかった、ということなのでしょうが」

そこにこのたび、《ギャムレイの一座》という酔狂者《すいきょうもの》の集団が登場してしまった。つまり彼らはジェノスの貴族や森辺の民に集落や狩場に踏み入ることを拒絶《きょぜつ》されても、別の区域でギバを狩ることが可能である、ということだ。

「しかし、町の人間には森と山の境界を見分けることもなかなか難しいでしょう。そんな彼らが人知れず森の中に足を踏み入れたら、何かの間違《まちが》いで山の中にまで踏み入ってしまい、ヴァルブやマダラマや野人の怒りを買ってしまいかねない、ということです」

ならばいっそのこと、森辺の狩人《かりうど》にその動向を見守ってもらい、管理してもらったほうが、よっぽど危険は少ないのではないか。要約すると、そういう話であった。

「この話を受けて、モルガの森に踏み入ることそのものを禁ずる法を立てるべきではないか、ということも取り沙汰されたそうです。しかし、どのような法を立てたとしても、広大なる森の周囲を常に見張ることはできません」

「なるほど。でも、モルガの山に踏み入るというのは、そんなに強い禁忌なのでしょうかね。彼らがヴァルブの狼とかを怒《おこ》らせたとしても、それで怖《こわ》い目にあうのは彼らだけのような気もしてしまうのですが」

「わかりません。それは、私たちの祖がモルガの森辺に移り住む前から存在した禁忌であるのです。……ひょっとしたらジェノスの民はこの地に町を作る際、モルガの森や山をも切り開こうとして、その際に何かとてつもない恐怖《きょうふ》を感じることになったのかもしれません」

何にせよ、ジェノスの貴族らは《ギャムレイの一座》というあやしげな集団を放置したり拒絶したりするのではなく、協力という形で監視《かんし》する方向に決断してしまったのだった。

「幸か不幸か、現在ルウの集落の周囲は休息の期間が明けたばかりで、ギバの数もそんなには多くありません。森の恵《めぐ》みが完全に回復して多くのギバが戻ってくるにはまだかなりの猶予《ゆうよ》がありますので、それまではあまり危険もなく町の人間を狩場に招き入れることも可能である、ということです」

ギャムレイたちはギバを生きたまま捕獲《ほかく》したがっているので、罠に掛《か》かったギバなどを安全に持ち帰ることさえできれば、それで用事は足りるということだ。

「もちろんどのような時期であれ、森に入ればあるていどの危険がつきまといます。それでその者たちがどのような目にあおうとも、森辺の狩人に責任はない。なおかつ、我々の仕掛けた罠で捕らえたギバをその者たちに受け渡すならば、牙《きば》と角と毛皮と肉から得られるだけの銅貨を支払《しはら》わせる。……以上の条件で、一日の報酬は白銅貨十枚として、《ギャムレイの一座》の者たちをギバ狩《が》りに同行させてほしい。それが、メルフリードからの言葉でした」

メルフリード個人は、この素《す》っ頓狂《とんきょう》な話に特別な感慨《かんがい》を抱いている様子はなかった、という話であった。彼はジェノスの法さえ守られれば、あとのことは大して気にかけない性分《しょうぶん》なのである。

「まあ我々にしても、町の人間を同行させるだけならば、さしたる苦労があるわけでもありません。この時期は、仕掛けた罠が成果をあげているかどうかを見回るぐらいで、特別にギバを捜《さが》したり追ったりすることもないのです」

ガズラン＝ルティムは、そのように言っていた。

「ですから、どちらかというと、族長たちはもうひとつの話のほうにこそ、頭を悩《なや》ませているようでした」

「シムの商団、《黒の風切り羽》ですか。確かにそっちは、ギャムレイたちの話を超《こ》える大ごとですよね」

サイクレウスとは七年来の交流があり、このたびは生きたギャマを始めとする数々の食材を携《たずさ》えてきたシムの大商団、《黒の風切り羽》。その団長をつとめるククルエルという人物から、ギャムレイをも凌駕《りょうが》するとんでもない話が提示されてしまったのである。

すなわちそれは、「モルガの森の中にシムへと通じる街道《かいどう》をこしらえてほしい」という提案であったのだった。

「我々は、モルガの山を迂回《うかい》するためにその南側の自由国境地帯を通過して、シムからジェノスへと渡ってきております。しかしその行路には現在、ジャガルの民《たみ》が集落を築きあげてしまっているのです」

ククルエルなる人物は、そのように語っていたそうだ。

「そこは荒涼《こうりょう》なる自由国境地帯の、希少な水場でもありました。戦乱によって故郷を追われたジャガルの民が、その地に移り住んでしまったのです。水場を利用して土を耕し、岩を砕いて煉瓦《れんが》を作り、すでに数百名にも及《およ》ぶ人間がそこで暮らしている様子でありました。このままでいけば、数年と待たずして強固な砦《とりで》を打ち立てることになるやもしれません」

そうして砦が築かれてしまえば、もはや東の民にはそのかたわらを通《とお》り抜《ぬ》けることさえ難しくなってしまうのだという。

「そうなったら、我々はモルガの北側からしかセルヴァに出る道を失ってしまいます。その際は、ジェノスにおもむこうという商人も大幅《おおはば》に減じてしまうことでしょう。モルガの北側を抜けるならば、別の町に向かうほうがよほど容易なのですから」

しかしそちらは危険な野盗が多く出没《しゅつぼつ》する区域であるので、彼らとしてもそれは避《さ》けたい未来なのだという。

「しかし、モルガの森の西端《せいたん》から東端《とうたん》に抜ける道さえ切り開くことがかなったなら、そこを起点として、我々は新たな行路を築くことが可能になります。いわばそれは、シムとセルヴァを繋ぐ第三の行路を確立する、ということなのです。……聞けば、以前にはそうした行路を開く試みが、二度ほど為されたそうではないですか？」

それはかつて、レイトの父親やミラノ＝マスの義兄《ぎけい》が切り開こうとした行路であった。しかしその試みは、ザッツ＝スンらによって無残に打《う》ち砕かれてしまったのだ。

二度目の試みというのは、他《ほか》ならぬメルフリードがカミュア＝ヨシュをともなって、スン家を罠にはめるために商団を偽装《ぎそう》したときの話である。それが偽装であったという事実は、秘密扱いではないものの、あまり公《おおやけ》に語られることもない。

「メルフリードたちの謀略《ぼうりやく》はともかくとして、最初の試みは確かに『もっと危険なくシムへと旅立てるように』という思いで為された計画であったのだそうですね。その行路が確立されれば、シムとジェノスは今よりも容易に交易を結ぶことも可能になるはずだ、という。……どうにかそれを実現させたいというのが、そのククルエルなる人物の主張であるようです」

レイトの父親たちの野望が、十年越しに取《と》り沙汰《ざた》されることになったわけである。それはそれで、何だか胸の熱くなる話ではあった。

だが、森辺の民にしてみれば、なかなか簡単には応じ難《がた》い話でもある。

「だけどそれは、いちいち森辺の民に案内させるのではなく、いつでも誰でも通れるような道をモルガの森の中に切り開きたい、という話なのですよね？　実際問題、そんなことが可能なんでしょうか？」

「まったく不可能というわけではないようです。その中で、ギバの出る区域は半日から一日ていどの行程で、あとは岩場の道になるそうですから」

そういえば、かつてカミュア＝ヨシュもそのように言っていたような気がする。狩人の案内が必要なのは最初の一日だけで、あとは岩場を伝って森の外に出るのだと何だとか、そんなような話であったのだ。

「また、ギバの餌《えさ》となる実をつける樹木を伐採《ばっさい》してしまえば、切り開かれた道にギバが寄ってくることもありません。集落を繋ぐ道に、ギバが現れないのと同じことです。それならば、誰でも通ることは可能になるでしょう」

「でも、まったく問題がないわけではないですよね？」

俺の素人《しろうと》考えでも、ひとつやふたつは大きな問題点をあげることができた。

まずひとつ目は、そんなに長々と道を切り開いたら、それだけギバの活動範囲がせまくなってしまう、ということだ。ギバが飢《う》えれば、ダレイムの畑はこれまで以上の脅威《きょうい》にさらされることになる。そんな未来は、誰ひとり望んでいないはずであった。

そしてふたつ目は、そんな大がかりな工事を誰が受け持つのか、ということだ。どんなに銅貨を積まれたって森辺の民にそんな時間を捻出《ねんしゅつ》することはできないし、また、町の人々だってギバのあふれかえる森の中でそんな仕事に従事する気持ちにはなれないことだろう。

「畑に関しては、ジェノスの貴族たちもそこまで懸念《けねん》は覚えていないようでした。ここ数ヶ月《すうかげつ》はダレイムの畑が荒《あ》らされることもなく、我々が受け取る褒賞金《ほうしょうきん》の額も一・五倍に引き上げられることになったのです」

なおかつ今後は、ダレイム領に面する森との境界にも少しずつ塀《へい》を築いていく計画があるのだそうだ。これはダレイム領の人々にとって、何よりの朗報であった。

「そして、誰がそのような仕事を受け持つのか、という話に関しては……貴族たちは、そこにトゥランの奴隷《どれい》たちをあてがう心づもりのようです」

「えっ⁉　それはあの、マヒュドラの民たちのことですよね？」

「はい。雨季にはフワノを育てる仕事もなくなってしまうので、その期間に仕事を与《あた》えられるならばちょうどよい、と。かつてトゥランに築かれた塀についても、そうして雨季のたびに仕事を進めさせていたようです」

あの屈強《くっきょう》なる北の民たちがモルガの森に召集《しょうしゅう》されて、道を切り開く仕事に従事させられるのか。俺は、どんな気持ちでその話を受け止めればいいのかもわからなくなってしまっていた。

「……狩人の守りもなくモルガの森の中で仕事をするなんて、そんなのは危険なんじゃないですか？」

「はい。なるべく危険がないように仕事を進めるにはどうするべきか、森辺の民にはそれを指南してほしいという申し出でありました。北の民が作業をするかたわらでは町の兵士たちが見張りをつとめるのでしょうから、そちらに危険が生じることを何より危惧《きぐ》している様子でしたね」

そのように言ってから、ガズラン＝ルティムは俺をなだめるように微笑《ほほえ》んだ。

「しかし、斧《おの》や鉈《なた》で道を切り開いている間は、ギバが寄ってくることもなかなかないでしょう。

ギバは、人間の気配や騒々《そうぞう》しさを嫌《きら》う習性を持っているのです」

「ガズラン＝ルティムは、この話に賛成なのですか？」

「反対ではない、というぐらいの気持ちです。その道はサウティの集落のすぐそばを通ること になりますので、ダリ＝サウティなどはたいそう迷惑《めいわく》げな様子でしたが、これはまた町の人間 との垣根《かきね》を除く行いにも成り得るのではないでしょうか？」

俺には、何とも判別がつかなかった。しかし、このモルガの森辺は事実上ジェノスの領土で あるのだから、どのように扱うかの決定権はマルスタインに帰結するのである。

「しかし、森辺の民の意向を軽《かろ》んずるつもりはない。ギャムレイたちについても道の工事につ いても納得《なっとく》いくまで言葉を交《か》わし合おう、とのことでした。グラフ＝ザザとダリ＝サウティは それぞれの家で眷族《けんぞく》たちと協議して、明日またルウの集落にやってくる予定です」


そんな話を聞いたのが、今から一刻ほど前のことであった。

もりもりと食を進めているアイ＝ファを横目に、俺はふっと息をつく。

「本当に、他の話題が吹《ふ》っ飛んじゃうような話ばっかりだったよな。サトゥラス伯爵家《はくしゃくけ》との和 解だとか、褒賞金が引き上げられた話とかだって、本来は十分に大ごとなはずなのにさ」

ちなみにサトゥラス伯爵家とは、和解の晩餐会《ばんさんかい》が執《と》り行《おこな》われることがすでに決定されている。

森辺の民はあくまで「貴賓」として招かれる身であるが、その力をサトゥラス伯爵家に思い知 らせたいという心づもりがあるならば、ひと品かふた品の料理を準備してみては如何《いかが》か、という話であった。

「ギャムレイたちの話はまだしも、北の民を使って森辺に道を切り開くだなんてさ……俺にはまったく、現実味が感じられないよ」

「我々が思《おも》い悩んでも、詮無《せんな》きことだ。ややこしい話は、族長たちに任せておけばよい」

そのように述べたててから、アイ＝ファは空になった木皿をずいっと突《つ》きつけてきた。「ああ、はいはい」と、俺は鉄鍋《てつなべ》で保温されていたスープを新たに注いでみせる。本日は、具だくさんのカロン乳スープである。

「だいたい、旅芸人の件で苦労をするのはルウの者たちであり、道を切り開くという件で迷惑をするのはサウティの者たちであろう。この家の前を町の人間たちが自由に行き来する、などという話であれば、私も今少しは頭を悩ませることになったろうがな」

「いや、だから、ルウやサウティの人たちが気の毒じゃないか？」

「気の毒だが、何か力を貸せる話でもない」

アイ＝ファの白い歯が、焼きポイタンの生地《きじ》を噛みちぎる。何だか俺との話よりも、食事に夢中になっている様子である。

まあ確かに、ここで何を語り合っても族長らの心労をなだめることはできないだろう。俺も気持ちを切《き》り替《か》えて、まずは中断していた食事を再開することにした。

「それにしても、アイ＝ファはずいぶん空腹だったみたいだな。まあ、普段よりは遅《おそ》めの晩餐《ばんさん》になっちゃったけどさ」

「うむ。それに、三日前から狩人としての修練を始めたので、むやみに腹が空いてしまうのだ」

確かにそれまでは身体を動かす機会も減っていたので、食欲も減退気味であったのだ。その遅《おく》れを取り戻さんとばかりに、アイ＝ファはものすごい食欲を発揮していた。

「……ケルの根を使った、新しい『ミャームー焼き』のお味はどうだ？　ぶっつけ本番のわりには、上手くいったと思うんだけど」

「うむ、美味《うま》い」

「もともと俺が『ミャームー焼き』に求めていたのは、こういう味なんだよな。レイナ＝ルウたちにも取り入れてみたらどうかと、提案するつもりでいるんだ」

「そうか」とうなずきながら、アイ＝ファが空になった木皿を突き出《だ》してきた。

「え？　今おかわりしたばかりだろ？　本当にすごい食欲だなあ」

「お前の料理が、美味いおかげだ」

しかし、その美味い料理も残りはわずかであった。カロン乳のスープも、これが最後の一杯《ぱい》だ。

会話に熱を入れていたので、俺のほうはまだ半分ぐらいしか食事が進んでいない。そうして数十秒後には、自分の分を綺麗《きれい》にたいらげたアイ＝ファに、じっと横顔を見つめられることになった。

「……えーと、おすそわけを所望《しょもう》しておられるのかな？」

「馬鹿《ばか》を吐《ぬ》かすな。お前とて、しっかり食べねば身が持つまい」

などと言いながら、アイ＝ファの視線は俺の顔から離れない。どう考えたって、これはおねだりモードの目つきである。

「そうか、わかった、追加で新しい料理を作ればいいんだな」

「そんなものは、お前の食事が済んでからでよい」

「そんなじっくり見つめられてたら、落ち着かないんだよ！　かまどに薪《まき》を追加しておいてくれ」

空になった鉄鍋は床《ゆか》に移動させ、壁《かべ》にたてかけておいた鉄板をかまどに設置する。それが温まるまでに、俺は手早くティノとバラ肉を切り分けることにした。

「ソースとマヨネーズが余ってるから、お好み焼きな。おまけでキミュスの目玉焼きもつけてやろう」

「うむ」

「だけど、今までだって食べる量がそこまで減ってたわけじゃないのにな。運動不足で太ることを心配してたけど、こんなにバカスカ食べてるほうが、よっぽど危ないんじゃないか？」

「馬鹿を吐かすな。修練を始めてまだ三日目だが、ここまで無駄な肉を落とすことがかなったのだぞ？」

と、床にまな板を敷《し》いてティノを刻んでいた俺の眼前に、アイ＝ファが膝《ひざ》立ちのまま近づいてきた。すっきりと引《ひ》き締《し》まったアイ＝ファの腹部が、目の前に突きつけられる。

わずかに力を入れるだけで腹筋があらわになるような、きわめてシャープな腹部である。褐色の肌《はだ》はなめらかで、おへその形までもが美しい。

「正しく力が戻ってきていることが、一日ごとに実感できる。これもお前が正しい食事を準備してくれるおかげだな、アスタよ」

「それは恐悦至極《きょうえつしごく》でございます」

「この調子で回復していけば、半月を待たずして森に出ることがかなうであろう。レム＝ドムとの約定も、もうじきに果たすことがかなう」

「それは何よりでございます。……ただ家長殿、あまりに接近されすぎると、家人アスタは若《じゃっ》干《かん》気《き》恥《は》ずかしさを誘発《ゆうはつ》されてしまうのですが」

アイ＝ファは無言で、膝立ちのまま後ずさっていった。

ほっと息をつき、俺は切り終えた肉の横に調理刀を置く。

とたんに、頭をはたかれた。

「痛いな！　何をするんだよ！」

「お前がいらぬことを吐かすからであろうが！　刀を置くまで待ってやったのだから、感謝をしろ！」

そのようにわめくアイ＝ファは、お顔が真っ赤である。

「いや、そこでお前に照れられると、俺もますます気恥ずかしくなっちゃうんだけど」

さらに数発、頭をはたかれた。

何でも言い合える関係になった副作用であろうか。とりあえず、こんな照《て》れ隠《かく》しの攻撃《こうげき》でも、脳震盪《のうしんとう》を起こしそうな破壊力《はかいりょく》であった。

「ちょ、ちょっと待て！　それ以上殴《なぐ》られたら、明日の仕事に支障が出てしまいそうだ」

「やかましいわ！　とっとと食事の準備を進めろ！」

そうしてファの家の夜は、今日も平和に過ぎていったのだった。

第二章★★★ルウ家のお泊り会

1

城下町に出向いた日から、二日後――銀の月の七日である。

それぐらいになると、宿場町もだいぶん落ち着きを取り戻し始めていた。

とはいえ、まだ完全に復活祭の余韻《よいん》から解放されたわけではない。街道にはジェノスを離れようとする大勢の旅人たちが行き来をしており、彼らの引くトトスや荷車でたいそう賑《にぎ》わっている。そして、最後のギバ料理を楽しもうとたくさんのお客がその通りがけに立ち寄ってくれたので、その日も俺たちはなかなかの忙《いそが》しさであった。

『滅落の日』には千四百十食にまで達した料理も、今は千食ていどに抑《おさ》えている。今日ぐらいまでは、問題なくこの数をさばけそうな勢いである。

人員は、屋台に二名ずつという配置はそのままに、青空食堂の担当を五名から三名に減らしていた。ルウの眷族でも小さき氏族でもこのまま働き続けたいという声があがっていたので、一日ごとにローテーションで顔ぶれが変わる、という形式だ。それでもかまど番の総数は十三名であり、それを護衛する狩人《かりうど》の数は七名である。五つの屋台と八十四の座席を管理するには、これぐらいの人員が必須《ひっす》であったのだった。

町が完全に落ち着きを取り戻せば、護衛役はいなくなる。が、卓《たく》や椅子《いす》などを集落に持ち帰ってもあまり使い道はなさそうなので、よほど客足が落ちない限りは青空食堂もこの規模のまま継続《けいぞく》していく方針であった。

もちろん、ただ屋根が張られているだけのスペースは、次回の更新《こうしん》時に解除する予定である。平時には、八十四もの座席があればそれで十分であろう。現時点でも、平地のスペースにまでお客があふれることはあまりなくなっていた。

それでも料理は千食以上も売れているし、青空食堂を開店した当初に比べれば、倍以上の売り上げである。まあ、復活祭に合わせて食堂の規模を拡大した時点で八百六十食もの売り上げを叩《たた》き出していたのだから、今後は五百食から八百食ぐらいの間で客足は落ち着くのではないだろうかと俺は予測を立てていた。

「それじゃあな。また半年ぐらい経《た》ったら、ジェノスに立ち寄る予定だからさ」

「俺たちがいない間に、店をたたんだりしないでくれよ？」

名も知れぬお客たちが、笑顔《えがお》で別れを告げていく。本当に再会の日は訪《おとず》れるのか、そのような未来は誰にも予見することはできない。そうであるからこそ、俺はせいいっぱいの真情を込めて「またのご来店をお待ちしています」という言葉を返してみせた。

そんな中、その一団がやってきたのは、そろそろ下りの一の刻を回ろうかという頃合《ころあ》いであった。革《かわ》のフードつきマントで人相を隠した、東の民の一団である。その先頭に立っていた、やや小柄《こがら》な人物がフードを外すと、それはジェノス城の客分たる占星師のアリシュナであった。

「ああ、アリシュナ。年末の、城下町での試食会以来ですね」

「はい。おひさしぶりです、アスタ」

顔をあわせるのは十日ぶり、屋台を訪れてくれたのは半月以上ぶりだろうか。復活祭の間は忙しくて、なかなか城下町を離れることのできなかったアリシュナであるのだ。

「ようやくそちらも一段落ですか？　お疲《つか》れさまでしたね」

あまり深くは聞いていないが、きっと彼女はジェノスを訪れる貴賓たちから星読みの仕事を頼《たの》まれることが多く、それで多忙《たぼう》であったのだろう。その表情の欠落した面《おもて》から疲弊《ひへい》の色を見て取ることはかなわなかったが、それはなかなかの激務であったのだろうなと察せられた。

「今日も『ギバ・カレー』の日だったので、後でヤンに託《たく》そうと思っていたのですが、どうします？　こちらで食べていかれますか？」

「はい。せっかくですので、そうしたい、思います」

「では、お預かりしている食器のほうはどうしましょう？　今後のお届けが不要ならば、今の内にお返ししておきましょうか？」

この言葉に、アリシュナは無表情のまま、すうっと身を寄せてきた。

「私、毎日、城下町を離れる、できません。可能であれば、今後も料理、届けていただきたいのですが……アスタ、迷惑ですか？」

「いえ、以前にもお話しした通り、俺は《タントの恵み亭《てい》》のどなたかに料理を受《う》け渡《わた》すだけですので、何の苦労もありはしません。苦労をしているのは、それをアリシュナのもとにまで届けるヤンたちのほうなのですよ」

「そちらには、御礼《おれい》の言葉、届けています。必要であれば、代価、払《はら》う気持ちです。どうか今後も、お願いいたします」

「はい、了解《りょうかい》いたしました」

ということで、俺はアリシュナのほっそりとした肩ごしに、その後方をうかがい見ることにした。

「それで、そちらの方々は？　アリシュナのお連れですか？」

「はい。案内、頼まれました。彼ら、シムの商人です」

その言葉を受けて、ひときわ長身の人物がアリシュナのかたわらに進み出てくる。

「初めてお目にかかります。私は《黒の風切り羽》の団長、ククルエル＝ギ＝アドゥムフタンと申します」

そのように自己紹介《しょうかい》をしながら、革のフードを背中にはねのける。その下から現れたのは、壮年《そうねん》の東の民の面であった。

年齢は、四十路《よそじ》を超えているだろう。東の民らしく面長《おもなが》で、切れ長の目は細く、鼻は高く、唇《くちびる》は薄《うす》い。セルヴァやジャガルの男性のように髭《ひげ》などは生やしておらず、長い黒髪《くろかみ》を後ろでひとつに束ねている。無表情だが目の光の強い、なかなか研《と》ぎ澄《す》まされた雰囲気《ふんいき》を持つ人物であった。

「へーえ、あんたが突拍子《とっぴょうし》もないことを言い出した、商団の頭《かしら》かよ？」

と、少し離れたところで屋台を警護していたルド＝ルウが、軽妙《けいみょう》な足取りで近づいてくる。護衛役の狩人は知らない顔が増えていたが、ルド＝ルウかダルム＝ルウのどちらかはその束ね役として必ず町に下りていたのだ。

「俺は森辺の族長筋、ルウ本家の末弟《まってい》ルド＝ルウってもんだ。あんたはいったい、こんなところまで何をしに来たんだ？」

「私は料理を食べに来ました。こちらのアリシュナから、素晴《すば》らしい料理が宿場町で売られていると聞きましたので。……そしてそれを売るのが森辺の民であるとも聞いたので、是非《ぜひ》ご挨《あい》拶《さつ》をさせていただこうと思いたったのです」

「ふーん。どうでもいいけど、言葉が達者だな。そんなにすらすらと西の言葉を喋《しゃべ》るシム人は初めて見たぜ」

「はい。私は幼き頃《ころ》から、もう三十年以上も西に通っていますので」

ククルエルは、静かに一礼する。ちょっとリャダ＝ルウに似た雰囲気にも感じられるし、また、シュミラルが年を重ねたらこういう風に成熟を遂《と》げるのかもしれない、などという想像をかきたてられる人物であった。つまり、俺にとっては非常に魅力的《みりょくてき》に感じられる人物である、ということだ。

「さきほど、ジェノス侯爵から使者を遣《つか》わされました。我々の提案する話を前向きに検討してくださるとのことで、その件についても御礼を申しあげたかったのです」

「それについては、まだ礼を言われる段階じゃねーけどな。頭ごなしに反対することはできないって返事を届けただけのはずだぜ？」

「はい。それでも森辺の民にとっては苦渋《くじゅう》の決断であったでしょうから、御礼の言葉を申しあげたかったのです。自らの住む地に道を切り開かれるなど、誰にとっても愉快《ゆかい》な話ではありえないでしょう」

どんなに言葉が流暢《りゅうちょう》でも、やっぱり感情の起伏《きふく》は感じられない東の民である。が、その低くて落ち着いた声音《こわね》には、目の光と同様にとても強い意志の力が感じられた。

「今後も同じように商売を続けたいというのは、我々と町の人間の都合です。狩人たる森辺の民には、益の薄い話でありましょう。このような無理を願い出ることになり、私は私なりに心を痛めていたのです」

「って言っても、俺らもいちおうジェノスの民だからな。ジェノスの領主に逆らったりはできねーし……それに、シムから荷物が届かなくなったら、このかれーとかも作れなくなっちまうんだろ？　だったら、俺たちにも無関係な話ではねーさ」

ルド＝ルウは気安く肩をすくめてから、ククルエルににやりと笑いかけた。

「ま、それでもあんな突拍子もない話を持ちかけてきたのがあんたみたいな人間なら、少しは安心することができるよ。あんまり信用ならねーような人間だったら、俺の親父《おやじ》たちもいっそう頭を悩ませることになってただろうからな」

「恐縮《きょうしゅく》です」と一礼してから、ククルエルは視線を隣《となり》の屋台へと差し向けた。ルド＝ルウが口にした『ギバ・カレー』は、トゥール＝ディンの管理するそちらの屋台で販売《はんばい》されていたのだ。

「それは香《かお》りだけでも素晴らしい料理と察せられます。私どもにも売っていただけますか？」

「もちろんです。あちらに座席がありますので、ごゆっくりお召《め》し上《あ》がりください」

ククルエルは五名もの団員を引き連れていたので、その内のひとりがトゥール＝ディンに注文をすることになった。

こういう団体連れのシムの商団は、否応《いやおう》なくシュミラルの存在を思い出させてくれる。《銀の壺《つぼ》》がジェノスに戻ってくるには、まだひと月ぐらいの時間が残されているはずであった。

「……シムというのも広い国だそうですが、商団同士でおつきあいがあったりはするのでしょうか？」

だから、そんなことを聞いたのも、少しでもシュミラルの面影《おもかげ》を追いたいゆえであった。ククルエルは、静かに俺の顔を見つめ返してくる。

「名のある商団であれば、耳に入ってくることもありましょう。商売を円滑《えんかつ》に進めるためには、そういった商団の動きを知ることも必要であるのです」

「そうですか。俺は《銀の壺》という商団の方々と、特に深いおつきあいをさせていただいているのですよね」

「《銀の壺》……その名前ならば、知っています。たしか、ジの民が団長をつとめる十名ていどの商団でありましたな」

「ジの民、ですか？」

「はい。シムを離れて商売をするのは、おもに草原の民です。草原には、ジとギの一族が住まっているのです」

そういえばシムには七つの部族があり、それが「藩《はん》」という制度のもとにそれぞれの領地を治めているという話であった。

「ああ、そういえば団長の方のお名前には、ジという言葉が入っていたような気がします。シユミラル＝ジ、なんとかかんとかっていう……それではあなたは、ギの民ということですか」

「はい。ジとギはともに草原を治めているので、シムの中でも特に縁《えん》が深いのです。私の団にも、ジの人間は七名います」

「なるほど。あなたの商団は、とても規模が大きいという話でしたね」

「《黒の風切り羽》の総勢は、三十二名です」

ならば、《銀の壺》の三倍以上の規模ということだ。それぐらいでなければ、十頭ものギャマを運ぶのは難しい、ということなのだろう。

「そういえば、アリシュナはどちらのお生まれでしたっけ？」

ずっと静かに俺たちの問答を見守っていたアリシュナが、ぐらりと頼《たよ》りなく倒《たお》れかかる。

「……私の名前、アリシュナ＝ジ＝マフラルーダです。最初に出会ったとき、名乗った、思います」

「す、すみません。長い名前を覚えるのが苦手なもので。……それじゃあアリシュナは、俺の懇意《こんい》にしている方と同郷であったのですね」

しかしアリシュナは、祖父がそのジの藩主《はんしゅ》を怒らせたために故郷を追われた身であるのだ。

シュミラルが戻ってきた際に何か確執《かくしつ》が生まれてしまうのでは、と少し心配になってしまう。

「……こちらのアリシュナは、かつてジの領土を追放された占星師の末裔《まつえい》だそうですね。その血族はシムの地を踏むことをいまだ許されてはいませんが、シムの外で諍《いさか》いになることはありません」

と、ククルエルが俺《おれ》の心情を瞬時《しゅんじ》に見抜《みぬ》いたかのように言葉をはさんできた。やはりなかなか、侮《あなど》れない御仁《ごじん》であるようだ。

「《銀の壺》はジェノスからアブーフ、それからマヒュドラをも訪れて、西の王都アルグラッドを目指したはずですね。我々はこれから真《ま》っ直《す》ぐアルグラッドに向かいますので、どこかで彼《かれ》らとすれ違《ちが》うこともあるかもしれません」

「あ、そこまで《銀の壺》の動向を把握《はあく》しておられるのですか」

「はい。同じ時期にジェノスやアルグラッドを訪れては、おたがいの商売の邪魔《じゃま》になってしまいましょう。……アルグラッドからジェノスまで、荷車を引かせたトトスで三十日から四十日ばかりはかかりますので、そろそろ彼らも出立した頃合いでしょうか」

それで三十日から四十日の後には、シュミラルたちが王都から買いつけた商品を携えてジェノスを訪れ、ククルエルたちはシムから持参した商品やこのジェノスで買い付けた商品を携えて王都を訪れる、ということだ。そうして彼らが世界中を駆《か》け巡《めぐ》ってくれているからこそ、俺たちは動かずしてさまざまな商品を手にすることがかなうのである。

「モルガの南側を通ってジェノスを訪れたのに、わざわざ北の地までを巡るというのは、あまりない話です。《銀の壺》という商団は、我々以上に軽い翼《つばさ》を持ち、そして貪欲《どんよく》であるようですね」

そのように言いながら、ククルエルはわずかに目を細めた。それはやっぱり、シュミラルが嬉《うれ》しそうに目を細めるときとそっくりの仕草であった。

「彼らと縁を持つわけではありませんが、とても好ましい生き様です。旅を愛するのは、草原の民の性なのです」

「ええ、あなたは俺の知るシュミラルと少し似ているように感じられます」

「それは光栄です。……そして、モルガの森に道を切り開くことがかなえば、彼らにもよき星が巡ることでしょう」

そのように言って、ククルエルは切れ長の目を強く明るくきらめかせた。

「私たちがアルグラッドから戻るのは、どんなに早くとも三ヶ月《かげつ》ののちです。話がうまくまとまれば、ちょうど道を切り開く仕事が一段落している頃合いでしょうか。この話があなたがたにもよき星をもたらすよう、私も祈《いの》りながら旅を続けたいと思います」

そうしてククルエルとアリシュナたち七名は、カレーの器《うつわ》を手に食堂へと立ち去っていった。その背中を見守っていたルド＝ルウが、「ふーん」と鼻をこすっている。

「やっぱシム人ってのは、ああいう感じの人間が多いんだな。べつに強そうな感じはしねーけど、なんか森辺の民に似たとこがあるよな」

「うん、俺もそう思うよ」

「あのサンジュラとかいうやつは、腕《うで》が立つ代わりに大嘘《おおうそ》つきだったもんな。西の血がまじると、シム人もあんな風になっちまうのかな」

「いやあ、それはあまりに差別的な発言だと思うよ、ルド＝ルウ？　サンジュラは、複雑な生《お》い立《た》ちのせいでああいう気性《きしょう》になってしまったんじゃないのかな」

「ま、なんでもいーや。あのシュミラルってやつだったら、森辺の民ともうまくやっていけるだろうしよ」

幸いなことに、本日はヴィナ＝ルウがお休みの日取りであったので、弟の言葉に赤面する羽目にもならなかった。

シュミラルは、はたしてギバを狩るための新たな知識や技術などを手中にすることができたのか。それが森辺の民に受け入れられることはできるのか。受け入れられたとして、ヴィナ＝ルウの婿《むこ》になりたいという願いはかなえられるのか――それもいいよいよ、ひと月後には取り沙汰されることになるはずなのであった。

そこで「アスタ」と、フェイ＝ベイムに呼びかけられる。気づくと、無人であった屋台の前に旅装束の客人がぽつねんと立ちつくしていた。

「あ、どうもいらっしゃいませ。こちらの商品をお求めですか？」

それは珍《めずら》しくも、女性の旅人であるようであった。東の民のようにすっぽりと革のフードをかぶっており、おまけに口もとをショールのようなもので隠していたので人相はわからないが、シーラ＝ルウぐらいの身長で体格もほっそりしている。

「……あの娘《むすめ》は、どこで屋台を開いているのですか？」

「え、何です？」

「あのマイムという娘はどこにいるのかと聞いているのです」

光の強い鳶色《とびいろ》の瞳《ひとみ》が、フードの陰《かげ》から俺をにらみつけてくる。それは二日前に別れたばかりのヴァルカスの弟子《でし》、シリィ＝ロウであったのだ。

「ああ、これはこれは……こんなところで、何をされているんですか？」

「だから、あのマイムという娘を捜しに来たと言っているではないですか。何回同じ言葉を言わせれば気が済むのですか？」

とたんに、後方に引きさがっていたアイ＝ファが音もなく進み出てくる。人の悪意や敵意には、誰《だれ》よりも過敏《かびん》な森辺の狩人なのである。

「マイムの料理をお求めでしたか。それは残念でした。彼女《かのじょ》は紫《むらさき》の月いっぱいで、屋台の仕事を取りやめてしまったのですよ」

俺の言葉に、シリィ＝ロウはまぶたが裂《さ》けんばかりに目を見開いた。

「何故《なぜ》ですか？　あの娘も、宿場町で屋台の仕事に励《はげ》んでいるのだと言っていたではないですか！」

「その屋台の仕事のおかげで、勉強の時間がなくなってしまったとも言っていたでしょう？　また新たな料理を考案するまでは休業して、しばらく勉強に専念するそうです」

なおかつ、ユーミやナウディスも銀の月の三日までで屋台の仕事は取りやめてしまっている。彼らはみな、大きな収入の見込める復活祭にのみ屋台を出す計画であったのだ。

そんな風に考えている人間はたくさんいたので、屋台の数も復活祭の前と同じぐらいの数に減ってきている。そのたびに俺たちの屋台や食堂は空白を埋《う》めるために南側へとずれ込んでいき、北側には無人のスペースが広がっていったのだった。

ということで、シリィ＝ロウは自分の膝に手をついて、がっくりとうなだれることになってしまった。

「そんな……貴重な時間を潰《つぶ》して、わざわざこんな場所にまで足をのばしてきたというのに……」

「残念でしたね。よかったら、俺の料理でも食べていきませんか？」

「あなたの力量は、もう知れています。わたしはあのマイムという娘の力量を、もう一度確認《かくにん》したかったのです」

うなだれたまま、シリィ＝ロウはぷいっとそっぽを向いてしまう。これだけ力を失っているのに俺への反感をおろそかにしないというのも、なかなか見上げた根性《こんじょう》である。

「シリィ＝ロウは、ずいぶんマイムのことを気にかけているのですね。やはり、自分よりも年下だからですか？」

「……ミケルというのは、ヴァルカスが認めた数少ない料理人のひとりです。その娘の行く末を気にかけるのは、当然のことです」

「そうですか。それじゃあ渡来《とらい》の民である俺のことは、作法が邪流《じゃりゅう》であるゆえに気にかけたくない、ということなのでしょうか」

シリィ＝ロウは、下からすくいあげるように俺をねめつけてくる。

「いや、マイムのためならこうして宿場町にまで足を運んでくるんだな、と考えたら、少々悔《くや》しく感じてしまったのですよね。ヴァルカスのお弟子さんであるあなたとあまり良い縁を結べていないのも、ちょっと気にかかっていたところでしたし」

「……あなたに悔しい思いをさせることがかなったのなら、それだけでもこんな場所まで出向いてきた甲斐《かい》はあったかもしれません」

ずいぶん意地の悪いことを言いながら、シリィ＝ロウはのろのろと身を起こした。

「帰ります。あの娘に会ったら、くれぐれもよろしくお伝えください」

「あ、マイムだったらあと一刻もしない内にやってくると思いますよ。今日はこの後、彼女を森辺の集落に招待する予定なんです」

「森辺の集落に？　何故？」

「何故と言われても困りますが、まあ親睦会《しんぼくかい》のようなものでしょうかね」

そう、本日はかねて計画を立てていた、ルウの集落におけるお泊り会なのである。

メンバーは六名。前回と同じく、ドーラの親父さん、ターラ、ユーミ、テリア＝マス、ミケル、マイムという顔ぶれであった。

「……よかったら、シリィ＝ロウも参加しますか？」

シリィ＝ロウは、また愕然《がくぜん》とした様子で目を見開いた。

「どうしてわたしが、そのようなものに参加せねばならないのですか？　このように埃《ほこり》っぽい場所に出向いてくるだけで、こんなにも苦痛であるというのに！」

「いや、前々から城下町の方にも参加してもらえたら嬉しいなあと考えていたんですよ。今日の集まりには、マイムばかりでなくミケルもやってきますしね」

シリィ＝ロウはものすごく動揺《どうよう》した目つきになり、マントの裾《すそ》をいじったりこめかみのあたりに手をやったりしてから、「……そのように得体の知れない会に加わることはできません」という言葉を絞《しぼ》り出した。

「それにわたしは、これからすぐ仕込みの仕事に戻《もど》らねばならないのです。昼の休みに、急いで抜け出してきた身であるのです」

「そうですか。それは残念です。……それじゃあ、三日後ではどうでしょう？　実はこの会合も、そちらが本番であったりするのですが」

翌日に屋台の商売が控《ひか》えていると、なかなかしっかりと客人をもてなすこともかなわない。それゆえに、休業日の前日である銀の月の十日に、俺たちは改めて歓迎《かんげい》の宴《うたげ》を催《もよお》す計画であったのだった。

「どうしてそのように、しつこく誘《さそ》うのですか？　わたしとあなたは、そのように気安い関係ではないはずですよね？」

「それはあなたが一方的に、俺のことを嫌っているだけじゃないですか。俺はヴァルカスのお弟子さんとは、なるべく友好的な縁を紡《つむ》いでいきたいのですよ」

シリィ＝ロウはまた同じだけの長さの沈黙《ちんもく》を守ってから、やおら「ふん！」ときびすを返してしまった。

「わたしはあなたなどに、絶対懐柔《かいじゅう》されません。ヴァルカスを惑《まど》わすあなたは、わたしの敵なのです」

そのように言い捨てて、すたすたと小走りに街路を進んでいく。

「絶対に、懐柔なんてされませんからね！」

これはいわゆる、フラグというやつなのだろうか。

そうしてシリィ＝ロウは、あっという間に人混《ひとご》みの向こうへと消えていってしまったのだった。

「……あの娘は、ヴァルカスがお前に執着《しゅうちゃく》することを快く思っていないのであろう。私から見ても、あの執心《しゅうしん》っぷりは常軌《じょうき》を外れているように思えるからな」

と、アイ＝ファがいくぶん不機嫌《ふきげん》そうな声でそのように告げてきた。

「そしてアスタよ、ルウ家の許しもなく勝手に客人を増やすような真似《まね》はつつしむべきであろう。町から客人を招くのは、あくまでルウ家の行いであるのだぞ？」

「ああ、そっか、ごめん、軽率《けいそつ》だったよな」

「……そしてお前は、また若い娘と縁を紡ごうと腐心《ふしん》しているわけだな」

「え？　いや、あれはあくまで俺を嫌っている相手との関係性を正したかっただけで……おい、聞けってば！」

しかし、こういう際のアイ＝ファは、聞く耳を持ってくれないのである。結果として、俺は弁明の言葉を向ける相手を失い、そしてかたわらのフェイ＝ベイムからじっと見つめられることになった。

「……アスタは、若い娘とばかり縁を紡ごうとしているのですか？」

「そんなわけないじゃないですか！　たまたまですよ！」

「冗談《じょうだん》です。あまり気持ちを乱すと、理解を得られなくなってしまいますよ」

始終むっつりとしているフェイ＝ベイムが冗談口《じょうだんぐち》を叩けるぐらいの心境になってくれているならば、それは幸《さいわ》いなことである。そうとでも思わなければやりきれない、宿場町の昼下がりであった。

そうして時は移りゆき、下りの二の刻である。本日も千食あまりの商品を無事に完売し、俺たちは後片付けに取りかかった。そろそろマイムたちがやってくる頃かな、と考えたところで、別の人物がひょっこりと現れる。《ギャムレイの一座》のピノである。

「どうもォ、お疲れさァん。それじゃあこの後は、どうぞよろしくお願いいたしますねェ、森辺の皆《みな》サンがた」

彼女たちにギバ狩《が》りの同行を許す、という話も、今日の朝方に届けられたのである。それで本日は、こまかい取り決めをするために、一座の何名かがルウの集落を訪れる予定になっていたのだった。

よりにもよって町の人々との親睦会と日取りがかぶってしまったが、うかうかしているとギバの数が増えて、一座の者たちを森に招くことも難しくなってしまう。彼らは短い挨拶をするだけであるし、いちおう客人たちとも大体が顔見知りであるのだから大きな問題はないだろう、という話に落ち着いたのだ。

「こちらも荷車で、後を追いかけさせていただくからねェ。意地悪をして、置いていかないでおくれよォ？」

振袖《ふりそで》みたいなたもとで口もとを隠し、くすくすと笑う。『滅落の日』を過ぎてから、彼女は以前よりもいっそう素直《すなお》に感情を表すようになっていた。

「あの、そちらの荷車は一台だけですよね？　いったいどなたが挨拶にやってくるのですか？」

「うウン？　今日はアタシと、座長と、シャントゥと、あとはロロの四人だけですよォ。それがどうかしたのかァい？」

「いえ、実は、今日は他にも客人があるので、そちらと折り合いが悪くならなければいいな、と思ってしまったんです」

ピノは同じ表情のまま、小動物のように小首を傾《かし》げた。

「あァ、そういうことなら、なァんも心配はいらないよォ。町の皆サンを怖《こわ》がらせちまう座員なんて、せいぜいザンとドガとゼッタぐらいだろうからねェ。ご存じの通り、座長も太陽が出ている間はおとなしいもんだからさァ」

「すみませんね、失礼なことを聞いてしまって。あなたたちが何か悪さをする、なんて考えているわけではないのですが――」

ただ、テリア＝マスがちょっとばっかり《ギャムレイの一座》を怖がってしまっていたので、いちおう確認しておきたかったのである。仮面をかぶっている小男のザンや、途方《とほう》もない大男であるドガなどは、その外見だけでテリア＝マスの恐怖心《きょうふしん》を誘発してしまうようなのだ。

「町の人間なら、アタシらを嫌《いや》がるのが当たり前さねェ。すっかりお祭り気分もおさまっちまって、アタシらも身の置きどころがなくなってきたところさァ」

天幕はまだ張られたままであったが、彼女たちはすでに商売を取りやめていた。銀の月の三日が過ぎて、復活祭が完全に終わってしまうと、とたんに人々の財布《さいふ》の紐《ひも》は固くなってしまうのだそうだ。

「ま、この時期はどこの町に移ったっておんなじようなもんだからねェ。首尾《しゅび》よくギバをとっつかまえたら、今度はのんびり南のほうにでも向かうつもりだよォ」

「そうですか。まもなくお別れかと思うと、さびしくなってしまいますね」

「そんな風に思ってもらえている内が花でさァ。飽《あ》きるぐらいに顔をあわせてたら、とたんに鬱陶《うっとう》しくてたまらなくなっちまうだろうからねェ」

そんな風に言ってから、ピノはにいっと唇を吊《つ》り上げた。

そうして俺たちは、なかなか尋常《じんじょう》でない数の客人を引き連れて、森辺の集落に帰ることになったのだった。

2

下りの二の刻の半、俺たちは無事にルウの集落に帰りついていた。

同胞《どうほう》を乗せた四台の荷車と、客人を乗せた二台の荷車である。町の客人六名を乗せているのは、ドーラ家がふだん畑の仕事を手伝わせているトトスに引かせた荷車であった。

もうけっこう老齢《ろうれい》のトトスなのだろうか。褐色《かっしょく》の羽毛《うもう》もだいぶんすりきれてしまっている。それでもこのトトスは毎日親父さんたちを宿場町に送迎《そうげい》している他、畑で収穫《しゅうかく》した野菜を倉まで運ぶのにも重宝されており、ドーラ家にはなくてはならぬ存在であるのだそうだ。

「こいつもひさびさに遠出ができて、喜んでるだろう。さ、みんな気をつけて降りておくれよ」

野菜を運ぶための屋根なしの荷車から、ターラやユーミたちが地面に降り立つと、ルウルウの荷車に乗っていたリミ＝ルウもすかさずそちらに駆けつけた。ついに念願のお泊り会が実現するのである。ターラとリミ＝ルウはおたがいの手をぎゅっと握《にぎ》りしめながら、まるで姉妹のようにそっくりな表情で微笑《ほほえ》みを交《か》わしていた。

そして、そこから少し離《はな》れた場所に停車した箱形の荷車からも、《ギャムレイの一座》の座員たちがぞろぞろと姿を現し始めている。手綱《たづな》を握っていたのは獣使《けものつか》いのシャントゥで、ピノ、ロロ、ギャムレイの順で、彼ら旅芸人もいよいよ森辺の集落の地を踏《ふ》むことになった。

「ようこそ、ルウの家に。そちらのみなさんはおひさしぶりだね。ダレイムの人らには、うちの家族がすっかりお世話になっちまって」

と、集落の入口で待ちかまえていたミーア・レイ母さんが笑顔で近づいてくる。トトスの手綱を握ったドーラの親父さんは「いやいや」とにこやかに笑《え》みをふりまいた。

「こっちこそ、復活祭では楽しい夜を過ごさせていただいたよ。今日はまた、そのお返しとばかりに図々《ずうずう》しく押《お》しかけちまって申し訳ない」

「とんでもない。大したもてなしはできないけど、どうぞ自分の家のようにくつろいでおくれよ。次に来るときは、他の家からも眷族《けんぞく》を集めるからさ」

三日後の銀の月の十日、屋台の休業日の前日に執《と》り行《おこな》われるその歓迎の宴では、眷族の家からも二十名ばかりの人間がやってくる予定であった。翌日に宿場町の仕事さえ控えていなければ、ルウ家の人々もぞんぶんに客人をもてなすことができる、という寸法だ。

では、なぜその日ばかりでなく今日まで客人を招いたのかというと、それは四回もダレイムに招かれたのに、こちらが招くのがたった一回では釣《つ》り合《あ》わない、とリミ＝ルウらが強く主張した結果であり、ミーア・レイ母さんはもちろん、ドンダ＝ルウもとりたてて反対はしなかったようである。

ドーラ父娘ばかりでなく、ユーミやマイムも口々にお礼の言葉を述べている。やや引っ込み思案のテリア＝マスのもとにはいつのまにかシーラ＝ルウがぴったりと寄《よ》り添《そ》っており、あたりにはたいそう和《なご》やかな空気が生まれつつあった。

そんな心の温まる人々の交流を眺《なが》めつつ、俺はファファの手綱を握ったガズの女衆を振《ふ》り返《かえ》る。

「それじゃあ、みんなをよろしくお願いします。あ、アイ＝ファ――」

「うむ。ファの家の家長アイ＝ファは、アスタの仕事を手伝う女衆がファの家の戸を開き、中に踏み入ることを許す」

「確かに承《うけたまわ》りましたよ。それじゃあ、また明日に」

この場に居残るのはトゥール＝ディンとユン＝スドラのみで、あとの女衆はファの家で待ちかまえているフォウやランの女衆と合流し、カレーの素《もと》や乾燥《かんそう》パスタの作製、それにポイタンを焼く作業などに取り組んでくれるのである。商売用の下ごしらえの中でも、そういった作業はもう俺やベテラン勢がいなくとも成《な》し遂げられるぐらい、かまど番たちはスキルアップしていたのだった。

俺たちはルウの集落で肉の切り分けなどの下準備をしたのち、余った時間はひさびさの勉強会に費やして、あとは晩餐《ばんさん》をご馳走《ちそう》になってから家に戻る予定であった。

「……さて、それであんたたちが、噂《うわさ》の旅芸人って方々なわけだね」

ファファの荷車と、それにヤミル＝レイやアマ・ミン＝ルティムらルウの眷族も立ち去ったところで、ミーア・レイ母さんがピノたちに向き直る。

「あたしはルウの家長ドンダ＝ルウの伴侶《はんりょ》で、ミーア・レイ＝ルウってもんさ。いちおうこのルウの集落で女衆を束ねさせてもらっているから、見知っておいてもらえれば嬉しいね」

「これはご丁寧《ていねい》に。俺は旅芸人の座長をつとめるギャムレイ、こっちの三人は座員のピノ、シャントゥ、ロロと申します」

今日も日差しに目をしょぼしょぼとさせたギャムレイが、芝居《しばい》がかった様子で一礼する。その周囲には、荷車を降りたルド＝ルウたちがさりげなく散っており、家の仕事に励んでいた分家の女衆や子供らも、目を丸くして彼らの様子を見守っていた。

目にも鮮《あざ》やかな真紅《しんく》の装束で、隻眼隻腕《せきがんせきわん》のギャムレイと、振袖のような朱色《しゆいろ》の装束を纏《まと》い、三つ編みにした髪《かみ》を足のほうにまで垂らした童女のピノ、ぼろきれのような灰色の長衣《ながころも》を纏った白髪《しらが》の老人シャントゥ。この三名だけでも人の注目を集めるには十分であり、男装とはいえ身なりにおかしなところのないロロなどは、そんな彼らの陰に隠れるようにしてひっそりとたたずんでいた。

「今日は大人数なんで、家の外で挨拶をさせていただきますよ。家長を呼んでくるので、家の前で待っててくださいな」

そうして俺たちは四方から好奇《こうき》の視線をあびつつ、集落の広場を横断していくことになった。

初めて足を踏み入《い》れたギャムレイたちは、べつだん集落や人々の様子を物珍《ものめずら》しく思う風でもなく、粛々《しゆくしゆく》と歩を進めている。妙《みよう》におどおどとしているのは、小心者のロロばかりだ。そして、同じ客人の立場であるドーラの親父さんたちも、歩きながらちらちらとギャムレイたちの様子を見やっていた。

親父さんを除けば、全員が《ギャムレイの一座》の天幕に足を踏み入れたことがあるので、素顔《すがお》をさらしているロロ以外は見知った相手である。が、ギャムレイなどは実に日の光が似合わない御仁であるし、ピノもシャントゥも、ただ歩いているだけでそこはかとなく目を引いてしまう存在であるのだ。奇矯《ききょう》な格好をしている、というだけではなく、やっぱり町の民《たみ》とはいささか纏っている空気が異なるのである。祭の浮《う》かれた空気の中では自然に見えていた彼らの姿も、こういう平時では異端者《いたんしゃ》めいて見えてしまうのかもしれなかった。

「戻ったか。ご苦労だったな」

ミーア・レイ母さんに呼ばれて、ルウの本家からドンダ＝ルウがぬうっと登場する。

左肩《ひだりかた》に包帯を巻き、腕を吊った姿は相変わらずであるが、やっぱりその迫力《はくりょく》にはいささかの陰りも見られない。家の前に立ち並んだ十名の客人たちを、森辺の族長は青く燃える目で鋭《するど》く睥睨《へいげい》した。

「もう名乗る必要はない相手ばかりだな。まず、ダレイムのドーラには家人や同胞が世話になった礼を言っておく。今日から明日の朝にかけては、このルウの家で客人としてくつろいでもらいたい」

「ありがとうよ、ドンダ＝ルウ。娘のターラも、本当に喜んでいるんだ」

リミ＝ルウに手を握られたまま、ターラははにかむように微笑んだ。ドンダ＝ルウは、そちらに向かって重々しくうなずきを返す。

「そしてそちらもひさかたぶりだな、旅芸人どもよ。このたびはジェノス侯爵《こうしゃく》マルスタインの命により、貴様たちをも森辺の集落に招くことになった」

「感謝しておりますよ、森辺の族長ドンダ＝ルウ。決して森辺の平穏《へいおん》は脅《おびや》かさないと約束するので、どうぞ俺たちをギバのもとまで導いていただきたい」

ギャムレイは、また気取った仕草で一礼した。

それをうろんげににらみ返しつつ、ドンダ＝ルウは「ふん」と鼻を鳴らす。

「森辺の狩人は、中天を合図に森に入っている。貴様たちが同行を望むならば、明日の中天にまたやってくるがいい」

「ご随意《ずいい》のままに。……それで、ひとつふたつ確認させていただきたいのですがね。明日からギバを捕獲《ほかく》するまでの間、俺たちはこの集落に逗留《とうりゅう》させてもらってかまいませんかね？」

「なに？」と、ドンダ＝ルウは目を光らせた。

「貴様たちは、総勢で十三名であったはずだな。そのような人数を逗留させるほど家は余っていないし、また、そこまでの世話をするように申しつけられた覚えもない」

「いえいえ、俺たちは七台の荷車を家としているので、それを置く場所をお借りできれば十分です。たとえばこの広場の片隅《かたすみ》でも、何ならそのあたりの道端《みちばた》でもかまいはしないのですよ。決して勝手にうろつき回って、集落の方々を脅かしたりはしないとお約束いたします」

そのように言いたてながら、ギャムレイは愉快げに微笑んでいる。

「ギバ狩りの仕事に加わるのは、俺たちの中の四名のみです。残りの人間は中天から夕暮れまでじっとそれを待ち受けるばかりですが、祭が終わったばかりのこの時期では銅貨を稼《かせ》ぐあてもありませんし、それに、なるべく同胞とは離れ離れになりたくないのですよ。俺たち十三名は、いわば家族同然の間柄《あいだがら》なのですからね」

「ふん。そんなものは貴様らの都合に過ぎんが……その四名とは、誰のことなのだ？　ギバに襲《おそ》われたとき、生半可な人間では生命を落とすことになりかねんぞ」

「森に入るのは、この場にいる俺以外の三名と、あとはゼッタと申す人獣の子です。そら、あなたがたがモルガの赤き野人なのではと怪《あや》しんだ、例の子供ですよ」

「何だと？」と、ドンダ＝ルウはうなり声をあげる。

「野人のごとき子供というのは、この際どうでもいい。それよりも、こんな娘や老人どもを森に入れると吐《ぬ》かすつもりか？　貴様らの仲間には、ジィ＝マァムと力で渡り合えるような男もいたはずであろうが？」

「そいつは、ドガのことでしょうかね。あいつはなりばかり大きくて性根《しょうね》が据《す》わっていないので、とうていギバを狩《か》ったりはできやしません」

その返答には、俺も驚《おどろ》かされてしまった。いかにも腕《うで》っ節《ぷし》の強そうなドガやザンを差し置いて、ピノたちを森に入れようというのか。

「ああ、それについても話を通すべきでした。森にはね、四名の人間と三頭の獣を入れさせていただきたいのです。ガージェの豹《ひょう》とアルグラの銀獅子《じし》、それにヴァムダの黒猿《ざる》ですな」

「……モルガの森に、余所《よそ》の獣を入れようというつもりか」

「ええ、そのためにも、ピノやシャントゥには同行してもらわなきゃならんのです。あいつらの言葉をわかるのは、そのふたりだけなのでね」

ドンダ＝ルウは、火のような目つきでギャムレイをにらみつけた。

ギャムレイはにまにまと笑いながら、右目だけでそれを見つめ返している。

「その獣たちは決して人間を襲うような真似はしないので、何の心配もありゃしませんよ。それに、あいつらだったらギバに襲われても、むざむざと生命を落とすことはないでしょう。……ああもちろん、森の恵《めぐ》みを荒《あ》らしたりもいたしません。そいつはジェノスの法で、強い禁《きん》忌《き》とされているそうですからねえ」

「ルド」と、ドンダ＝ルウは底ごもる声で息子《むすこ》を呼んだ。

「誰か狩人を城下町に向かわせろ。モルガの森にそれらの獣を入れることは許されるのか、メルフリードからの答えをもらってこい」

「了解」

ルド＝ルウはかたわらに控えていた護衛役の狩人たちを見回し、その中から一番年配の男衆を選んだ。あれはたしか、レイの分家の男衆だ。

男衆は荷車から解放されたジドゥラの手綱を取り、急ぎ足で集落を去っていく。その後ろ姿を見送ってから、ギャムレイは下顎《したあご》のヤギ鬚《ひげ》を撫《な》でさすった。

「これも事前に話を通すべきでしたかね。お手間をかけさせてしまって申し訳ない」

「手間というなら、この話のすべてが手間だ。ギバを生け捕《いど》りにして芸をさせようなどという、馬鹿《ばか》げた話につきあわされているのだからな」

俺の隣にたたずんでいたユーミが肩《かた》を震《ふる》わせるぐらい、ドンダ＝ルウの声には気迫《きはく》がこもっていた。

「言っておくが、もう間もなくこの周囲の森にも多くのギバが舞《ま》い戻ってくる。そうなったら、貴様たちの戯《ざ》れ事《ごと》にかかずらってはいられなくなる。それまでに、その馬鹿げた望みを果たすかあきらめるかして、このジェノスを出ていくことだ」

「ええ、この数日の内に果たしてみせましょう。そうして次の復活祭には、愉快な芸をするギバの姿をお見せしたいところですな」

それでようやく、両者の会談は終了《しゅうりょう》したようだった。

きびすを返そうとするドンダ＝ルウに、ピノが「あのォ」と声をかける。

「こいつはアタシの勝手なお願いなんですけどねェ、ちょいとばっかりこの場で皆サンの暮らしっぷりを拝見させてもらえやァしませんかねェ？」

ドンダ＝ルウは、きわめて不機嫌そうに童女の姿をにらみ返す。

ピノはたもとを胸の前であわせつつ、ちょっとあどけない仕草で小首を傾げていた。

「もし貴族様からお許しがいただけたら、アタシらは明日から森ン中です。そうしたら、のんびり皆サンの暮らしっぷりを拝見するヒマもありゃァしません。アタシは前々から森辺の民ってェもんに興味を持っていたんで、そいつをさびしく思っていたんですよォ」

ドンダ＝ルウはしばらく考えてから、「好きにしろ」と言い捨てた。

「ただし、勝手に動き回ることは許さん。ルド、貴様が責任をもって、そいつらを見張っておけ」

「了解《りょうかい》。その後は、町に戻るまでを見届けりゃあいいんだよな？」

「それでいい」と、ドンダ＝ルウは今度こそ俺たちに背を向けた。その大きな後ろ姿が家の中に消えてから、ギャムレイがピノを振り返る。

「おい、集落の見物ってのは、いったいどういう話なんだ？　俺はさっきから眠《ねむ》くてたまらないんだがな」

「アンタは荷車ン中で寝《ね》てりゃあいいだろォ。町に戻ったって寝てるだけなんだから、おんなじことじゃァないか」

「そいつはごもっとも。それでは皆さん、ごきげんよう」

　ギャムレイは大あくびをしてから、頼りない足取りで荷車のほうに戻っていく。すかさずルド＝ルウの目くばせを受けて、狩人の一人がその後を追った。

　どうやら荷車に戻るのはギャムレイのみであるらしく、シャントゥはにこにこと笑いつつその場にたたずんだままで、ロロはおろおろと左右を見回している。そんな彼らの様子を眺めつつ、ミーア・レイ母さんが「ふむ」と腕を組んだ。

「小さな娘さん、あんたのことはジザからも聞いてるよ。いったい何を見物したいんだね？」

「さっきも言った通り、皆サンがたの暮らしっぷりでさァ。聞けば、こちらの方々もそういう気持ちで森辺に遊びにいらっしゃってるんでしょォ？　アタシもね、そいつを横からちょいとばっかり覗《のぞ》かせてほしいだけなんですよォ」

　どうもこのピノという童女は、他者の心にするりと入り込むのが得手であるらしい。どちらかといえば正体の知れない部類であるのに、ジザ＝ルウにすら警戒《けいかい》されなかったというのはなかなかのものであろう。ならば、気さくにして大らかなるミーア・レイ母さんが「否《いな》」と応じるはずもなかった。

　ということで、俺たちは思いもよらぬ大人数でかまどの間に向かうことになった。かまど番だけで五名、護衛役の狩人も五名、客人が九名、そして宿場町からずっと静かに付き従っていたスフィラ＝ザザと、この場で加わったミーア・レイ母さんで、総勢二十一名である。

　どうやらロロも、眠っている座長よりは起きているピノとともにあるほうが安心と思ったのか、最後尾《さいこうび》をひょこひょことついてくる。何度見ても、彼女がシン＝ルウにも匹敵《ひってき》するような猛者《もさ》だとは信じ難《がた》かった。

「みなさん、いらっしゃい。ようこそ、ルウの家に」

　かまどの間では、レイナ＝ルウたちが明日のための下準備に励んでいた。もう作業は終わりに差しかかっているらしく、ティト・ミン婆《ばあ》さんがかまどの火の始末をしている。

「あのねー、この人たちもかまどの仕事を見物していきたいんだって！」

　リミ＝ルウの言葉に、レイナ＝ルウは「そうですか」とお行儀《ぎょうぎ》よく一礼する。ピノとシャントゥとロロという組み合わせは、彼女の警戒心《けいかいしん》をかきたてるには至らなかったようだ。

「こちらはもう片付けを始めているところです。アスタたちの仕事が終わったら、ひさしぶりに手ほどきをしていただけるのですよね？」

「手ほどきというか、新しい食材の検分だね。この前持ち帰った食材で、色々試《ため》してみようと思ってさ」

「とても楽しみです。香草《こうそう》などは、やはりアスタの力がないとどうにも使い道がわかりません」

そしてまた、客人たちとの挨拶《あいさつ》が交わされる。その場にいたのはレイナ＝ルウとヴィナ＝ルウとティト・ミン婆さん、それに分家の女衆で、中には『滅落の日』の宴に参加したメンバーもまじっている様子であった。

ピノたちは、そんな人々の交流を邪魔しないよう、入口の外から静かにかまどの間の様子をうかがっている。俺もみんなの歓談《かんだん》する声を聞きながら、トゥール＝ディンとユン＝スドラに指示を送って明日のための下準備を開始することにした。

「そういえば、ララ＝ルウはどこに行ったんだい？」

ドーラの親父《おやじ》さんが、陽気な声で尋《たず》ねている声が聞こえてくる。それに答えているのは、レイナ＝ルウだ。

「ララは分家の女衆と、森の端《はし》で薪《まき》を集めています。いくら集めても無駄《むだ》にはなりませんので」

「そうか。復活祭が終わったばかりだってのに、森辺の民は働き者だなあ。俺たちは、朝の内にちょいと畑の手入れをしただけで、あとはのんびり過ごしてたよ。ま、こんなにのんびりできるのは、一年の内で今だけなんだがね」

そうして会話をしている合間にも、余所の家から女衆がちょいちょい姿を現して、親父さんやユーミたちに挨拶をしていった。きっと彼女たちもダレイムの宴に参加したメンバーなのだろう。俺が名前を知らないそういった人々と親父さんたちが楽しそうに言葉を交わす姿は、この上もなく俺の気持ちを温かくしてくれた。

「やあ、いらっしゃい。ちょいとおひさしぶりだね、マイム」

「あ、バルシャ！　今日は素敵《すてき》な格好ですね！」

「ああ、集落で鎧《よろい》を着る理由はないからねえ」

森辺の装束を纏ったバルシャが、豪快《ごうかい》に笑う。マイムは『滅落の日』をもってすっぱりと商売を取りやめていたので、両者が顔をあわせるのは七日ぶりであるはずだった。

「家の中は片付けておいたからね。五人ぐらいなら、問題なく寝れるはずだよ」

「ありがとうございます！　とても楽しみです！」

本家でリミ＝ルウと一緒《いっしょ》に眠る約束をしているターラ以外は、バルシャとジーダの住む家で夜を明かす予定なのである。不愛想《ぶあいそう》の権化《ごんげ》たるミケルやジーダと同じ部屋で眠ることになるのであろうドーラの親父さんは、いったいどのような話題で会話をつなぐのか、ちょっと覗いてみたいところではあった。

そうしてゆるやかに時間が流れていき、俺たちの下準備もそろそろ終了かな、という頃合《ころあ》いで、最後の役者が姿を現した。

俺は「あれ？」と驚きの声をあげ、壁際《かべぎわ》にたたずんでいたスフィラ＝ザザはきらりと目を光らせる。かまどの間の入口に颯爽《さっそう》と立ちはだかったのは、誰あろうレム＝ドムであったのだ。

「どうしたんだい、レム＝ドム？　今日は俺も家に戻れないので、スドラの家から晩餐をもらう手はずだっただろう？」

女衆でありながら百八十センチ近い長身を持ち、そしてギバの骨で身を飾《かざ》った勇猛《ゆうもう》なる女衆、レム＝ドムである。俺にとっては毎日顔をあわせている相手であるが、ルウの集落で遭遇《そうぐう》するのはずいぶんひさびさのことであった。ファやスドラの家のあるあたりから、ここまで駆けてきたのだろうか。その胸筋で底上げされた胸をわずかに上下させながら、レム＝ドムは「ふふ」と猛々《たけだけ》しく微笑んだ。

「あなたがたの邪魔をするつもりはないから、心配は無用よ。わたしは、こちらの娘さんと会うためにやってきたのだからね」

「え？　ボ、ボクですか？」

仰天《ぎょうてん》したように、ロロが悲鳴まじりの声をあげる。これは何かの間違《まちが》いではなかろうか、と頼《たよ》りなげに視線をさまよわせる姿が、実に気の毒な感じであった。

「ガズの女衆からあなたの風体《ふうてい》を聞いて、飛んできたのよ。あなたはルド＝ルウが話していた、ルウの勇者にも匹敵する力を持つという娘なのでしょう？」

俺がルウ家で顔をあわせるのはひさびさであるが、レム＝ドムは今でも早朝にジーダたちの野鳥狩りの仕事を手伝っているのだ。その際に、意外と早起きなルド＝ルウとも言葉を交わす機会があったのだろう。

「わたしには、まったくそんな力があるようには見えないのだけれどね。でも、それこそが、わたしが未熟な証拠《しょうこ》なのでしょう。……ねえ、わたしと力比べに興じてくれないかしら？　わたしにできることなら、どんな御礼《おれい》でもしてみせるから」

「ち、力比べって何の話ですか⁉　ピノ、これはどういうことなんです⁉」

もちろんピノにだって、事情を察することなどできようはずもない。そんなピノに探《さぐ》るような視線を差し向けられると、レム＝ドムはふてぶてしく口もとをねじ曲げながら、「わたしは狩人になるために修練を積みたいの」と言葉少なく心情を明かした。

「……アタシたちは、どんな風にふるまうべきなんでしょうねェ？」

ピノに問われて、ルド＝ルウが肩をすくめた。

「好きにしてくれてかまわねーよ。そのレム＝ドムは余所の氏族の女衆だし、ルウ家はそいつが狩人になりたがってる一件に関しては手も口も出さないって決めてるんだ」

「はァ、ルウ家と悪い因縁《いんねん》をお持ちになる御方《おかた》なんで？」

「いいも悪いもねーよ。森辺の民は、全員が同胞だ」

「なるほどォ」と、ピノは小鳥みたいに太い袖《そで》をなびかせた。

「それじゃァまァ、どうぞお好きにしてやってくださいなァ。まさか、血ィを見るような修練じゃありゃしないんでしょォ？」

「力比べは力比べよ。あなたたちは、マァム家の男衆とも力比べをしてるのでしょう？」

「棒の引きっこかい？　それとも、押しくらっこかねェ。ま、何でもいいから、怪我《けが》のないてどに可愛《かわい》がってやってくださいなァ」

「ちょっと！　ピノ！」

「うるさいねェ。森辺の皆サンには、ちょっとでも御恩《ごおん》を返さなきゃだろォ？　うだうだ言ってないで、とっととブン投げられてきなァ」

かくして甲冑《かっちゅう》を纏っていない騎士《きし》王のロロは、レム＝ドムの修練の相手として引っ張られることになってしまった。

「おーい、俺《おれ》たちの目の届かないところには行かないでくれよ？」

「わかったわ。……ありがとうね、ルド＝ルウ」

レム＝ドムの声には意外なほど素直な感謝の気持ちがにじんでおり、それに手を振るルド＝ルウもなかなか楽しげな笑顔《えがお》であった。

ひとり気の毒なのは、ロロである。俺たちは仕事の手を休めることもできないまま、少し離れた場所から響《ひび》いてくる彼女の「うひゃあ」だとか「ひょええ」だとかいう雄叫《おたけ》びに首をすくめることになった。

「ちょ、ちょっとルド＝ルウ、本当に大丈夫《だいじょうぶ》なんだろうね？」

「ああ、レム＝ドムもずいぶん狩人っぽく動けるようになってきたな。あれなら手傷を負う心配もねーだろ」

「手傷を負う心配？　負わせる心配は？」

「そんな心配が必要だったら、あいつもとっくに狩人として認められてるだろ」

ということは、聴覚《ちょうかく》から得られる情報とは異なり、レム＝ドムが一方的にやられてしまっているのだろうか。まあ、ロロはシン＝ルウに匹敵する力量かもしれない、というアイ＝ファの見立てが確かであったなら、それが当然の結果ではあるのだが。

興味をもったらしいユーミやマイムがかまどの間の外を覗いたが、すぐに眉尻《まゆじり》を下げて戻ってきた。

「すごいね。なんだか、曲芸みたい」

「ああいう乱暴なのは、わたしはちょっと苦手です」

ならばきっと、俺にも苦手な分野であろう。レム＝ドムを大事に思うスフィラ＝ザザなどは、つとめとしてこの場を離れられないまま、祈《いの》るように目を閉ざしてしまっている。

ふと気になって見てみると、アイ＝ファは壁《かべ》にもたれかかり、静かな面持《おもも》ちで腕《うで》を組んでいた。

「……アイ＝ファは、あっちの見物をしないのか？」

「その必要はないし、そうするべきでもないだろう」

「そっか」

アイ＝ファとレム＝ドムの立ち合いは、もう目前に迫《せま》っている。レム＝ドムは果たして女狩人として生きていくことはできるのか。いつまでも鳴りやまないロロの素《す》っ頓狂《とんきょう》な雄叫びを聞きながら、俺は俺の仕事を片付けることにした。

3

「みなさん、お待たせいたしました。それではひさびさに、勉強会を始めたいと思います」

切り分けた肉はピコの葉の詰《つ》まった革袋《かわぶくろ》に戻し、それを食料庫で一時保管させてもらってから、俺はようやくそのように呼びかけることができた。

日時計は、そろそろ四の刻に差しかかろうとしている。晩餐の準備もあらかた片付いているようなので、二時間ばかりは勉強会に費やすことができそうであった。

「まずは、こいつから行きましょう」

俺は作業台の隅《すみ》に置いておいた布袋を取り上げて、その中身を木皿にあけてみせた。とたんに、香《こう》ばしい香《かお》りがかまどの間に満ちる。昨日、ファの家で熱を通しておいた、ギギの葉である。

「うわあ、素敵な香りですね！　ギギの葉だけだと、こういう香りになるのですか」

「うん。香りだけだと、そこまで苦そうな感じはしないよね」

チョコレートやココアを想起させる、カカオのごとき香りである。そして、焙煎《ばいせん》したギギの葉は、その姿を漆黒《しっこく》に変えていた。もともとは直径五センチほどの丸い葉であったが、熱を加えたことにより繊維《せんい》がほどけて、すでに半分がた粉状に崩《くず》れてしまっている。

「これはもともと、お茶の原料であるそうです。かなり苦いですけど、親父さんたちも味見してみますか？」

「いいのかい？　シムの香草なんて、そんなに安いものではないんだろう？」

「なめるぐらいなら、どうということはないですよ。それに、香草の中では特別に値が張るものでもないようですしね」

なおかつ、ヴァルカスが正しい使い方を隠匿《いんとく》してしまっていたために、いまだ城下町の食料庫ではこのギギの葉が山積みになっているのだ。これを正しく使えるようになれば、またトルストやポルアースを喜ばせることができるだろう。

が、味見をした人間はかまど番も客人も例外なく、一様に渋《しぶ》い面持ちをしていた。まろやかで香ばしい芳香《ほうこう》に反して、このギギの葉は濃縮《のうしゅく》されたカカオのように苦いのだ。

「このように苦い香草をもとにして、ヴァルカスはあのように美味なる料理を作りあげていたのですか。わたしなどには、これとどのような食材を組み合わせればよいのか見当もつきません」

いくぶんへこたれた様子で、シーラ＝ルウがそのように発言した。レイナ＝ルウも、きわめて難しげな面持ちである。

「俺もまだ、料理での使い道は思いついていないのですけどね。先日もお話しした通り、まずはお菓子《かし》作りでこいつを活用してみようと思っているんです」

「えー？　苦いお菓子なんて、リミはやだなあ」

「もちろん、苦いだけのお菓子じゃあ誰《だれ》も喜ばない。でも、アロウやシールだって酸《す》っぱいけど、甘《あま》い砂糖と組み合わせれば美味《おい》しいお菓子の材料にできるだろう？　それと同じことだよ」

ということで、まずはカロンの乳を温めて、そこに砂糖とともにギギの葉の粉末を投入させていただいた。これでいっそう見た目はココアのように仕上がったが、それを知らないこの地の人々にとっては、ただの茶色い液体である。ただでさえ黒や褐色という色合いはお焦《こ》げを連想させるので、みんなには「苦そうだ」としか思えないのかもしれない。

そんな彼《かれ》らの固定概念《がいねん》を打《う》ち崩すべく、俺は味見をしながら砂糖をどんどん加えていく。むろん、カカオの香りのする香草を溶《と》かしただけで、ココアと同じ味を生み出せるわけがない。カカオからココアを作るには相応の手順があるはずであるし、そもそもこれはカカオではなくギギの葉だ。どれほど砂糖や乳を加えてみても、あの独特のまろやかで深みのある味を再現させるのは不可能な話であった。

が、カロン乳の風味と砂糖の甘さをあわせることによって、ココア風の不思議なドリンクを作ることはできた。何というか、駄菓子屋《だがしや》で売られていそうなチープな味わいである。それでもギギの葉にはおかしな渋みや酸味なども存在しなかったし、砂糖の甘さや乳の風味とも上手《うま》く調和する食材であるようなので、本物のココアを知らなければそんなに不満も生じないのではないのかな、というぐらいのレベルには仕上げることができた。

「どうだろう？　悪い味ではないと思うけれど」

小鍋《こなべ》の中身を木皿に移し、俺はみんなを振り返る。

リミ＝ルウが二の足を踏んでいると、トゥール＝ディンが意を決したように木匙《きさじ》を取り上げた。こと菓子作りに関しては、やはりトゥール＝ディンが一番の熱情を携《たずさ》えているのだろう。

そうして木皿の中身をすすったトゥール＝ディンは、やがて明るく瞳《ひとみ》を輝《かがや》かせた。

「美味しいです！　というか、とても甘いですね！」

「そりゃまあ、あれだけ砂糖を入れたからね」

それでリミ＝ルウとターラもようやく木匙を取り上げることになったわけだが、こちらはもうトゥール＝ディン以上の喜びようである。それに続いたのはユン＝スドラとスフィラ＝ザザで、甘党《あまとう》の彼女《かのじょ》たちは誰もが喜びの声をあげることになった。

「これは確かに美味ですね！　カロン乳に砂糖を加えただけのものとは、比べようもないほどに美味だと思います！」

「おお、こいつは確かに甘くて美味《うま》いや。……だけど、こうやって一口するだけならともかく、こんな甘ったるいものを茶として飲めるのかね？」

疑念を呈《てい》するドーラの親父さんに、俺は「いいえ」と首を振ってみせる。

「これはあくまで、菓子の材料です。トゥール＝ディン、君だったらこれをどうやって使おうと思うかな？」

「え……それはやっぱり、この汁《しる》でポイタンやフワノを練ってみる、という使い方でしょうか」

「うん、それが一番真っ先に思いつくよね。それじゃあ、そいつが冷めたらポイタンの焼き菓子をこしらえてみておくれよ。その間に、俺は他の準備を進めておくからさ」

そのように言いながら、俺は足もとの壺《つぼ》を取り上げた。昨日からルウ家の食料庫で保管しておいていただいた、別のカロン乳である。一晩寝かせておいたので、そちらは脂肪分《しぼうぶん》がきっちり浮いてきている。その脂肪分だけを丁寧にすくいあげ、土瓶《どびん》に封《ふう》じ込めてから、俺は入口のあたりにたたずむ愛《いと》しき家長へと声をかけた。

「アイ＝ファ、ひさびさに攪拌《かくはん》をお願いできないかな？」

アイ＝ファはいぶかしむように俺を見つめてから、土瓶を受け取った。ひょっとしたら数《すう》ヶ《か》月《げつ》ぶりぐらいになるかもしれない、ホイップクリームの作製である。むろん、乳脂《にゅうし》を作製するには同じ手順が必要となるのだが、そちらは大きな革《かわ》の袋《ふくろ》に詰めて棒で叩《たた》く、というミケルの教えに従っていたので、このやり方はずいぶんひさかたぶりなのだった。

で、俺だと七、八分はかかってしまうこの作業も、アイ＝ファに頼《たの》めばその半分の時間で仕上げることがかなう。アイ＝ファは栓《せん》が外れてしまわないよう土瓶の口もとを押さえつつ、静かに力強く土瓶をシェイクさせ始めた。

その間に、トゥール＝ディンはココアもどきを水瓶《みずがめ》の水で冷やし、それを使ってポイタンの粉を練りあげた。まさしくココアパウダーを投じたかのように、褐色のポイタン生地《きじ》ができあがっていく。味見をして、少しカロン乳と砂糖を加え、さらにそれを入念にこねあげてから、トゥール＝ディンは鉄板で生地を焼き始めた。

俺は攪拌の終わった土瓶をアイ＝ファから受け取り、その中身を木皿に移してから、新たに砂糖とギギの葉を加えていく。あとは菜箸《さいばし》でホイップすれば、ほんのり角が立つぐらいのホイップクリームが完成した。

さらには脱脂乳《だっしにゅう》を利用して、カスタードクリームも作製する。卵黄《らんおう》と砂糖とフワノ粉に、ここでもギギの葉をまぜあわせて、それを脱脂乳で溶いていく。コクを出すために乳脂もひと匙だけ加えたら、火にかけて水分を飛ばし、完成である。

かくして、ギギの葉を加えた焼きポイタン、ホイップクリーム、カスタードクリームが仕上がった。リミ＝ルウたちなどはもう、試食をする前から恒星《こうせい》のごとく瞳をきらめかせている。

「あー、美味しい！　全然苦くない！　いや、苦いのかな？　よくわかんないけど、すっごく美味しいよ！」

「うん、美味しいね？　もっといっぱい食べたいなあ」

年少組に劣《おと》らず、ユン＝スドラとスフィラ＝ザザも至福の表情である。テリア＝マスはびっくりまなこで、マイムやレイナ＝ルウたちは喜びつつも真剣《しんけん》な眼差《まなざ》し、そしてユーミやヴィナ＝ルウなどはほどほどに満足げな面持ちであった。

「ピノたちも、一口ずついかがですか？」

俺がそのように呼びかけると、ちょっと複雑そうな笑みが返ってきた。

「無理を言って居残らせてもらっているのに、そんなお情けまでいただいちまったら、森の怒《いか》りに触《ふ》れたりしやしませんかねェ？」

「母なる森はそんなに狭量《きょうりょう》ではないと思いますよ。俺もそのつもりで、この量を準備したわけですしね」

しかもロロが戻《もど》ってこないので、その場にはピノとシャントゥしかいないのだ。二人の旅芸人はしばし逡巡《しゅんじゅん》する姿を見せてから、そっと木皿の焼きポイタンを手に取った。

「あらまァ、これは……びっくりするような甘さだねェ」

「これは美味ですな。そして確かに、ギギ茶の風味が香っております」

白い髭《ひげ》を胸のあたりにまで垂らしたシャントゥが、好々爺《こうこうや》という表現がぴったりの顔で微笑んでいる。旅芸人の中でも、この老人はひときわ温厚《おんこう》な気性《きしょう》であるのだ。

「シャントゥは、ギギ茶を口にしたことがあるのですね。それはやっぱり、ずいぶん苦いお茶なのでしょうか」

「そうですな。しかし、茶葉をけちっても味気ないものでありますし、苦いからこそのギギ茶なのでしょう」

　彼らは遥《はる》かなるシムの地にまで足をのばす、流浪《るろう》の旅芸人であるのだ。それを思えば、この試食だって俺たちにとって有意なのではないだろうか。

「でも、さすがにすべてにギギの葉を使っては、せっかくの美味しさも殺し合うことになりかねないようですね。普通《ふつう》の焼き菓子にギギのくりーむを塗《ぬ》ってみたり、ギギを使った焼き菓子に普通のくりーむを塗ったりしたほうが、ひょっとしたらいっそうの美味しさを求めることができるのかもしれません」

　ひかえめながらもしっかりとした口調で、トゥール＝ディンがそのように発言した。そちらに向かって、俺は「そうだね」とうなずき返してみせる。

「なおかつ、ギギの葉の量もまだまだ研究の余地があると思う。特に火を入れる焼き菓子やカスタードクリームでは、火を入れる前と後で味が変わってくるだろうし……そのへんの配合については、トゥール＝ディンにおまかせしたいかな」

「え、わ、わたしにですか？」

「うん。好きこそものの上手なりけりって格言もあるからねえ。俺は他にも面倒《めんどう》を見なきゃいけない食材が山積みだし、お菓子作りに関してはトゥール＝ディンやリミ＝ルウに担《にな》ってほしいかな」

トゥール＝ディンは、緊張《きんちょう》と興奮のあわさった面持ちで「はい」とうなずく。

「俺は俺で、また別の使い道も模索《もさく》してみるからさ。俺が案を出して、トゥール＝ディンが完成させる。菓子作りに関しては、それが一番効率的だと思うんだよね。もちろんトゥール＝ディン自身にも、色々な使い道を考案してほしいけどさ」

ギギ風味のカスタードクリームを作製したことによって、俺も新たな道が見えていた。すなわち、擬似《ぎじ》チョコレートの開発である。冷蔵の環境《かんきょう》がなくては難しい面もあるかもしれないが、それでも俺の知るチョコレートにもっと味を近づけられそうな手応《てごた》えをつかむことはできていた。

「なるほど、菓子作りねえ。こいつはやっぱり、貴族たちのためにこしらえているものなのかな？」

と、ドーラの親父さんに呼びかけられて、「どうでしょう？」と俺は首をひねってみせる。

「もちろん貴族からも甘い菓子を所望《しょもう》されてはいますが、俺としてはやっぱりまず森辺の民のために、というのを一番に考えたいですね。ご覧の通り、森辺でも甘い菓子を好む方はたくさんいますので」

「そうか。それじゃあ、宿場町なんかではどうなんだろうね。俺はわざわざ銅貨を出してまで買おうとは思わないが、ターラなんかはずいぶん喜んでるみたいだしさ」

それは俺としても気になるところであったが、しかしジェノスを訪《おとず》れる旅人に、女性や子供というのは極端《きょくたん》に少ないものなのである。近在の町からならば多少は存在するのかもしれないが、シムやジャガルからではほとんどありえない。それぐらい、この世界における長期的な旅というのは危険なものとされているのだ。

　ということは、屋台を訪れる女性や幼子の客人は、そのほとんどがジェノス在住の人間になる、ということだ。あらためて、俺はユーミとテリア＝マスのほうに視線を転じてみた。

「うーん、どうだろうね。あたしもやっぱり、買うんだったら肉の料理かなあ。肉と一緒に食べたくなるような味ではないみたいだしさ」

「わたしは、数日置きなら食べてみたいと思うかもしれません。他の料理では味わえない味ですし」

　宿場町には数ヶ月前まで砂糖や蜜《みつ》というものが流通していなかったし、甘い果実というのも数えるぐらいしか存在しなかった。ゆえに、そもそも「甘い菓子」というもの自体がまったく未知なる存在であったのだった。

「まあ、いずれお試しで売ってみるのも面白《おもしろ》いかもしれませんね。ギギの葉はたっぷり余っているようなので、商売で使わないことにはなかなか消費できなそうですし……でもやっぱり、俺はまず森辺の集落での取《と》り扱《あつか》いを優先したいと思います」

　そこで俺は、ミーア・レイ母さんに意見を求めることにした。

「以前にも少し話題に出ましたが、日中の軽食で甘い菓子を食べるというのはどうなのでしょうね？　やはり干し肉のほうが、力が出るのでしょうか」

「いや、最近は焼いたポイタンをかじったりもしているよ。女衆ばっかりじゃなく、男衆もね。

そのほうが力が出るって男衆も多いみたいだからさ」

「ああ、俺なんかは干し肉とポイタンを半々だな。いっそアリアとかも食ったほうが、いっそう力が出るんじゃねーかなって思ってるよ」

入口のあたりから、ルド＝ルウもそのように声をあげてくる。

「それなら、女衆の軽食に甘い菓子をひとつまみっていうのもいいかもしれませんね。なんなら、一緒にお茶などもいかがでしょう？」

「お茶ねえ。あたしなんかは飲んだこともないから何とも言えないよ。城下町やダレイムなんかではそういうもんを飲むんだって、レイナたちからは聞いてるけどさ」

「宿場町の宿屋でも飲まれていますよ。宿場町の井戸《いど》ではそのまま飲める水が汲《く》めるのに、みんなあえてそれをお茶にして飲んでいるんです。お茶は美味しいし、それに滋養《じよう》もありますからね」

そこで俺は、布袋から新たなアイテムを取り出してみせた。昨日の内に干しておいた、チャッチの皮である。

「ダレイムでは、このチャッチの皮のお茶をいただいてたんですよね。城下町でもちょっとお茶の話題になったんで、帰りがけにその作り方を教わってきたんです」

何も難しいことはない。このカラカラに乾燥《かんそう》させたチャッチの皮をすり潰《つぶ》し、お湯を投じて、濾《こ》して飲むのである。

ちなみにチャッチはジャガイモのごとき食材であるが、表皮は柑橘系《かんきつけい》のような形状をしている。それを煎《せん》じたチャッチ茶も、フルーティな香りのする清涼《せいりょう》な味わいであるのだった。

「そういえば、こちらの食料庫にはずーっとゾゾの実が置いてありましたよね。俺が初めてお世話になった頃《ころ》から置いてあるので、もう七ヶ月《かげつ》ばかりも経《た》つわけですか」

「ああ、あれは腐《くさ》るもんじゃないっていうから、ずっと手つかずのままだったんだよねえ。レイナたちがたまに削《けず》って料理に使ってみては、やっぱり役立たずだって元に戻すの繰《く》り返《かえ》しさ」

「ついでにゾゾ茶の作り方も習ってきたんですよ。せっかくなので、みんなで飲んでみましょうか」

蛇《へび》がとぐろを巻いたような形状の、ゾゾの実である。蛇の抜け殻《がら》か、あるいは蜂《はち》の巣でも想起させる質感で、なおかつ中身はずっしり詰まっている。大きさはラグビーボールぐらいもあろう。

初めてこの食料庫で出会ってから七ヶ月ぐらいが経過しているのに、そのゾゾの実はまだ八割がたが残存していた。確かに、ところどころに新しく削った跡《あと》があるが、これもやたらと苦みが強いので、お茶の他にはなかなか使い道も存在しないのだ。

「中には、一年や二年も放置しておく家もあるようですよ。そうすると、渋みが増す代わりにとても香りがよくなるのだそうです。もちろん、途中《とちゅう》で濡《ぬ》らしたりしたら、腐ってしまうのでしょうけれどね」

これもまた、削って煮《に》立《た》てて濾すばかりである。専用の目のこまかい網《あみ》はまだ入手していないので、俺は目の粗《あら》い布を利用して、チャッチとゾゾの茶をこしらえてみせた。

柑橘系のチャッチ茶に対して、ゾゾ茶は漢方薬のような強い香りを有している。が、飲み口は意外にやわらかく、それほど苦いわけでもない。ドーラの親父さんなどは、「ああ、これはいい茶だ」とご満悦《まんえつ》であった。

「うちではミシル婆さんから、チャッチの皮をおすそわけしてもらってるからさ。そうそうゾゾの実なんて買うこともないんだよ」

「うちの宿ではゾゾの茶を扱っていますが、確かにこれはいい実ですね。さっき七ヶ月と仰《おっしゃ》っていましたが、一年ぐらいは寝かせていたのではないでしょうか？」

テリア＝マスの問いかけに、ミーア・レイ母さんは「そうかもしれないね」と口もとをほころばせた。

「こいつは汁物《しるもの》に入れるために買ったんだけど、ちょっぴり入れるだけで十分に香りがつくからさ、なかなか使いきることができなかったんだよ」

「そもそも、茶を飲まないのにどうしてゾゾの実なんかを買ったんだね？　これだけでかいと、けっこう値も張っただろう？」

親父さんが不思議そうに問うと、ミーア・レイ母さんはたくましい肩をひょいっとすくめる。

「何だかよくわからないけど、とにかく味を確かめてみようって話になったんだろうねえ。その頃は、野菜売りと親しく口をきくような機会もなかったからさ。茶だの何だのなんて話は、知りようがなかったんだよ」

「ああ、まあ、そりゃそうか。半年ぐらい前までは、森辺の民《たみ》と町の人間が親しく口をきくこともなかったんだもんなあ」

しみじみと言って、親父さんはルド＝ルウとヴィナ＝ルウの顔を見比べた。

「今でも、よーく覚えているよ。アスタと一緒に店に来たルド＝ルウとヴィナ＝ルウが、チャッチは好きだとかプラは嫌《きら》いだとか、そんな話をしている姿を見て、俺は心からびっくりしちまったんだ。どうせ森辺の民なんて、味もわからないまま俺の野菜を食べてるんだろうな、なんて思っちまっていたからさ」

「んー？　そんな話、したっけか？」

「したわよぉ……あれはアスタが屋台でどういう料理を出すか決めるために、一緒に町へ下りたときよねぇ……」

ヴィナ＝ルウは、懐《なつ》かしそうに目を細めている。それはきっと、アイ＝ファには狩人の仕事があったため、ヴィナ＝ルウたちに買い出しの付《つ》き添《そ》いをお願いしたときの話であろう。あのときの親父さんは、たいそうびっくりしながらヴィナ＝ルウたちの姿を見守っていたものである。

なんとなく空気がしんみりしたところで、ミーア・レイ母さんが「でもさ」と明るく声をあげた。

「やっぱりこのゾゾってほうの茶は、ずいぶん苦いんだね。別に飲めないことはないけれど、水より上等って感じはしないねえ」

「そうですか。でも、苦いお茶には菓子の甘さを引きたてるという役割もあるんですよ。それ以外でも、食事の際に口にすると、また印象が変わってくるかもしれません」

「あたしはけっこう好きな感じだよ。肉も野菜も入っていない熱い飲み物っていうのも、なかなか楽しいもんじゃないか」

そのように述べたのは、ティト・ミン婆さんであった。その言葉を受けて、ミーア・レイ母さんは「なるほどね」とうなずく。

「ま、使い道のなかったゾゾの実ってやつを腐らせずに済むなら、それだけでもありがたいことだね。こいつを使いきる頃には、美味いか不味《まず》いかの区別もつくようになってるだろうさ」

「うん、それにチャッチだって、うちでは山のように使ってるしね。晩餐《ばんさん》でチャッチを使わないと、騒《さわ》ぐ子供がいるおかげでさ」

「うっせーなー。みんなだって、チャッチは好きだろ？」

ぼやきながら、ルド＝ルウもそのチャッチ茶をすすっている。

「それにこいつも、俺は好きだよ。果実酒なんかより、よっぽど美味いじゃん」

「リミもけっこう好きかもー！　お菓子と一緒に食べたら、いっそう美味しく感じるの？」

尻尾《しっぽ》を振《ふ》る子犬のようなリミ＝ルウに、俺は「そうだね」と笑いかける。

「今日の晩餐で試してみなよ。またリミ＝ルウが、お菓子を作ってくれるんだろう？」

「うん！　ターラと約束したもんねー！」

ターラも、にこにこと笑っている。アイ＝ファやミケルなどの一部を除けば、みな笑顔だ。

前回の来訪時でもすでに十分なごやかであったが、あれからひと月ほどを経て、ますます町の人々とルウ家の人々との垣根《かきね》は取り除かれたようだった。

「それじゃあ、次の食材に取りかかりましょうか。ケルの根については、『ミャームー焼き』に応用がききそうなんですよね」

そうしてひさびさの勉強会はたゆみなく続いていき、森辺にはゆっくりと夕暮れが近づきつつあった。

ピノとシャントゥの両名は、俺たちと同じものを口にして、同じ空間にたたずみながら、それでもかまどの間の入口を境界線として、少し遠くからこの交流の場を眺《なが》めている様子であった。

4

日没《にちぼつ》の、下りの六の刻。俺たちは、ルウの本家で料理の山を囲んでいた。

《ギャムレイの一座》の面々は、もちろん日が暮れる前に帰宅している。レム＝ドムも、ガタガタの身体を引きずって自分のねぐらに戻ったようだ。それでも六名の客人に俺やアイ＝ファたちまで加わっているので、さしものルウ本家の広間も完全に人間で埋《う》まってしまっていた。

「このルウの家の晩餐に町の人間を招くというのは、初めてのことだろう。かつては不幸な行《い》き違《ちが》いでおたがいに忌避《きひ》しあっていた町の民らとこうして新たな縁《えん》を紡《つむ》げたことを、母なる森と西の神に感謝したく思う」

重々しい声音《こわね》で、ドンダ＝ルウがそのように口火を切った。

「ダレイムの野菜売りドーラ、その娘《むすめ》ターラ、宿場町の民テリア＝マス、同じくユーミ、トゥランの民ミケル、その娘マイム。……それがこの夜、ルウの家に招いた客人らの名だ」

半円を描《えが》く形に座《すわ》った親父さんたちが、それぞれ恐縮《きようしゆく》したように頭を下げる。

「こちらの名はおおかた伝わっているのだろうが、いちおう全員の名を改めて告げさせてもらう。俺はルウ本家の家長ドンダ＝ルウ、隣《となり》は最長老のジバ＝ルウ、右手に座すは、長兄《ちようけい》ジザ＝ルウ、次兄《じけい》ダルム＝ルウ、末弟《まってい》ルド＝ルウ、長姉《ちようし》ヴィナ＝ルウ、次姉レイナ＝ルウ、左手に座すは、家長の伴侶《はんりよ》ミーア・レイ＝ルウ、家長の母ティト・ミン＝ルウ、長兄の伴侶サティ・レイ＝ルウ、その子コタ＝ルウ、三姉ララ＝ルウ、末妹リミ＝ルウ――そして客人、ファの家のアイ＝ファとアスタ、ザザ家のスフィラ＝ザザ、ディン家のトゥール＝ディン、スドラ家のユン＝スドラだ」

幼児のコタ＝ルウも含《ふく》めれば、総勢二十四名という大人数である。しかも、しばらく顔をあわせない内に、コタ＝ルウは激烈《げきれつ》なる成長を遂《と》げていた。あの草籠《くさかご》の中で眠らされていたコタ＝ルウも、いまではよちよちと可愛らしく歩くことが可能になり、かなり小さめであったその身体もひとまわりぐらいは大きくなっていたのである。

何でも茶の月には、コタ＝ルウも二歳《さい》を迎《むか》えるのだそうだ。性別不明であったその小さな顔もすっかり男の子っぽくなり、黒褐色《こつかつしよく》の髪《かみ》もふさふさになっている。ひょっとしたら、もうアイム＝フォウより大きいぐらいかもしれない。いくぶん黒みの強い瞳をきらきらとあどけなく輝かせながら、コタ＝ルウはサティ・レイ＝ルウの膝《ひざ》に座らされていた。

「それでは、晩餐を開始する。……森の恵《めぐ》みに感謝して、火の番をつとめたティト・ミン、ヴィナ、レイナ、リミに礼をほどこし、今宵《こよい》の生命を得る……」

森辺の民はドンダ＝ルウの言葉を復唱し、客人たちもそれぞれの習わしに従って食前の挨拶をした。

今日の料理は、ルウ家のかまど番が作りあげたものである。勉強会の成果が後からつけ加えられたのみで、俺はいっさい手を出していない。献立《こんだて》は、ケルの根を使用した『ミャームー焼き』、タラパのソースを使ったロースおよびアリアとティノとチャンのソテー、アリアとネェノンを加えたチャッチのサラダ、そして香草をふんだんに使った肉団子とタウ豆のスープであった。

主菜は何か別の焼き肉料理を予定していたそうであるが、ケルの根を加えた『ミャームー焼き』の味わいにレイナ＝ルウがひどく感銘《かんめい》を受け、急遽《きゅうきょ》取り入れたものだ。タウ豆は、すでに完成していたスープに後から加えられたものである。

それに、果実酒をたしなまない人間の手もとには、のきなみゾゾ茶が並べられている。飲料用のカップというものが存在しないので、器《うつわ》は木皿だ。今後、ルウ家でも茶を飲む習わしが根付くようであれば、専用の器が取りそろえられることになるのだろう。

「いやあ、どの料理も美味いなあ。やっぱりルウ家ってのは、森辺の中でもとりわけ腕のいいかまど番がそろっているのかな？」

ロースのソテーを頬張《ほおば》りながらドーラの親父さんが発言すると、レイナ＝ルウがひかえめに微笑《びしょう》を返した。

「わたしたちは一番古くからファの家とつきあいがあり、そしてアスタにも一番長き時間をかけて手ほどきをしてもらえているのですから、そうありたいと願っています」

「いやあ、本当に見事なものだよ。これだけ美味い料理に仕立ててもらえて、野菜売りの冥利《みょうり》につきるってもんだ」

「ほんとだよねー。アスタたちは宿屋にも料理を卸《おろ》してるけど、あんまりそっちで手を広げられると、あたしらは太刀打《たちう》ちできなくなっちゃうよ」

「そんなことはないだろう。《西風亭《てい》》のギバ料理だって好評じゃないか？」

俺が言うと、ユーミは「いやいやー」と白い歯を見せた。

「ま、うちではあんまり立派な食材は使えないけど、たまーに《キミュスの尻尾亭《しっぽてい》》なんかに乗り込んでみると、こいつは勝てないやーって思い知らされちゃうんだよね。……で、あれってアスタとレイナ＝ルウたちが交代で作ってるんでしょ？」

「うん、そうだよ」

「それがあたしには、全然区別がつかないんだよね！　レイナ＝ルウは大したもんだよー」

レイナ＝ルウは、くすぐったそうに微笑《ほほえ》んでいる。そういえば、四姉妹の中ではレイナ＝ルウが一番ユーミと交流が薄《うす》いのかもしれなかった。

そうしてユーミは、反対の側にも視線を差し向ける。

「ところで、そっちのその子もよく食べてるね！　えーと、コタ＝ルウだったっけ？」

「ええ。わたしとジザの子です」

笑顔でうなずくサティ・レイ＝ルウの足もとで、コタ＝ルウはずるずるとスープをすすっていた。そちらで使われているのは肉団子であるし、他のギバ肉に関しても、小さく切り分けてあげれば難なく口にできる様子である。

「可愛いなあ！　目もとなんて、お母さんにそっくり！　あとでもう一回抱《だ》かせてね？」

「はい、喜んで」

たしかこの両名は、初対面であっただろうか。しかしサティ・レイ＝ルウも礼儀《れいぎ》正《ただ》しさと物《もの》怖《お》じしない気性をあわせもつ女性であるので、客人たちに対してもまったく臆《おく》するところはないようだった。

「今日は本当にありがとうねえ……婆《ばば》はずっと、この日を楽しみにしていたんだよ……」

と、ミーア・レイ母さんの手を借りて食事を進めていたジバ婆《ばあ》さんが、上座からそのように告げてきた。そちらに向き直ったドーラの親父《おやじ》さんが、朗《ほが》らかに笑う。

「楽しみにしていたのは、こっちのほうさ。本当は、他の家族も連れてきたかったんだけどね。あんまり大人数で押《お》しかけても申し訳ないから、あいつらは三日後まで我慢《がまん》してもらうことにしたんだ」

「またそちらの家にもお邪魔《じゃま》したいところだねえ……あんたがたの迷惑《めいわく》にならなければだけどさ……」

「迷惑なことなんて、ひとつもないさ！　あんな馬鹿騒《ばかさわ》ぎをできるのは復活祭ぐらいだけど、いつでも遠慮《えんりょ》なく遊びに来ておくれよ」

ルウ家の家人たちが、この先も気軽にドーラ家へと遊びに行くことは許されるのか。俺はこっそり家長や跡取《あとと》り息子《むすこ》の様子をうかがってみたが、どちらも別の意味で容易《たやす》く感情を覗《のぞ》かせるタイプではないので、詮無《せんな》きことであった。

「あたしもこの日を楽しみにしていたよ。宿場町の仕事なんて、なかなかあたしみたいな老いぼれにはつとまらないから、あんたがたと縁を結ぶ機会もなかったしねえ」

ティト・ミン婆さんも、ふくよかなお顔に楽しそうな笑《え》みを浮《う》かべている。こうして見ると、本家の女衆は気さくで大らかな人柄《ひとがら》が多い。特に年配の女衆は、これまで若い娘たちほど町の人々と接点がなかったので、ずいぶん興味をひかれている様子であった。

「そちらのあんたは、ミケルと言いなさったか。ずいぶん難しげな顔をしているけど、何か用事が足りていなかったら遠慮なく言っておくれね？」

そのように呼びかけられて、ミケルはむっつりとした面を上げる。

「俺は生来このような人間なので、気にかけてもらう必要はない。……それに、俺はただ料理の出来栄《できば》えに感心させられていただけだ」

「本当に美味ですね！　このケルの根というのは、とてもこの料理にあっていると思います！」

と、不愛想《ぶあいそう》な父親に代わって、元気いっぱいの娘が相槌《あいづち》を打つ。

「森辺のみなさんはアスタと出会うまで美味しい料理というものに関心がなかったというお話

でしたが、たった一年足らずでこんなに美味しい料理が作れるなんて、本当にすごいと思います。少なくとも、トゥランや宿場町でこんなに美味しい料理を食べられる場所なんて、そうそうないはずです」

「ほんとだよねー。数ヶ月前まで鍋《なべ》にゾゾの実をぶちこんでたなんて、信じられないよー」

強面《こわもて》の男衆がそろっているルウ家の食卓《しょくたく》においても、ユーミやマイムはまったく怯《ひる》む様子はなかった。テリア＝マスも口数は少ないが、穏《おだ》やかに微笑みつつ食事を進めている。

そしてリミ＝ルウとターラに至っては、やっぱり隣の席を確保して、さっきからずっと楽しげな声をあげていた。ただ年齢《ねんれい》が近いというだけで、なかなかここまでは仲良くなれないだろう。まわりの会話に参加していなくとも、この場の空気をなごやかにしている一因は明らかに彼女たちの笑い声にあるはずだった。

「そういえばさ、昼間にククルエルって東の民が屋台に来てたぜー」

と、やや唐突《とうとつ》にルド＝ルウがそのように発言した。

客人たちはきょとんとして、男衆の間には緊張が走る。

「眠《ねむ》くなる前に報告しておくよ。俺の見た感じでは、けっこう信用してもよさそうな東の民だったな」

「……そんな大事な話を、どうして今まで黙《だま》っていたのだ？」

ジザ＝ルウが静かに問《と》い質《ただ》すと、ルド＝ルウは「しかたねーじゃん」と肩《かた》をすくめた。

「俺は集落に戻ってからずっと旅芸人の連中を見張ってたし、ジザ兄たちがギバ狩《が》りから帰ってきたときも、連中が町に戻るのを見届けてたからよ。今まで話す時間がなかったんだよ」

「その妙《みょう》ちくりんな名前をしたやつは、誰なんだい？　俺なんかが聞いてもよければだけど」

親父さんが尋《たず》ねると、ジザ＝ルウは無言で父親に目を向けた。ドンダ＝ルウもまた無言で香り高《たか》いスープをすすり、ルド＝ルウは「いいんじゃね？」とチャッチサラダをついばむ。

「むしろ、ドーラなんかには意見を聞いたほうがいいんじゃねーのかな。貴族たちが何と言おうとも、実際に畑を耕してるのはドーラたちなんだからさ」

「おいおい、何だか穏やかじゃないね。貴族や畑がどうしたって？」

親父さんが不安げな声をあげ、それでドンダ＝ルウは心を定めたようだった。

父親にうながされ、ルド＝ルウがククルエルからもたらされた話をみんなに説明する。シムへの行路を確保するために、モルガの森に道を切り開こうという計画が練られている、という例の一件だ。

「はあ、そいつはまた突拍子《とっぴょうし》もない話だね！　しかも北の民にそんな仕事を任せようだなんて、よくもまあそんな話を思いつくもんだ」

感心したような呆《あき》れたような声で言ってから、親父さんは「うーん」と手を組んだ。

「でもまあ、どうなんだろうね？　確かにこの数ヶ月は、ギバに畑を荒《あ》らされることもなく、無事にやっているよ。森を切り開いてギバの食《く》い扶持《ぶち》が減っちまったら、またその平穏《へいおん》が破られちまうもんなのかね？」

「そいつは実際に木を切《き》り倒《たお》すまでは、わかんねーなー。ま、貴族の連中はダレイムの側にも塀《へい》をおったてるつもりだとか言ってたけどよ」

「そいつもまた、ずいぶんな大ごとのはずなんだよね。何せダレイムは広いからさ。人手も材料もたいそうな量になるはずだし……あ、もしかしたら、森辺で切り倒した木を使って塀を立てるつもりなのかな？」

「それもまだわかんねーや。そもそも俺たちだって、まだ完全にその話を了承《りょうしょう》したわけじゃねーからさ」

「そうか」と、親父さんはターバンのような布の巻かれた頭をぽんぽんと叩く。その視線が、ルド＝ルウから俺のほうに転じられた。

「まあ、俺たちには貴族の決めたことに口出しする力なんてないからな。……ちなみにこの話は、ダレイムの領主らも了承済みなのかねえ？」

「おそらく、話が通っていないことはないと思います。反対なのか賛成なのかまではわかりませんが」

あの城下町での勉強会において、《黒の風切り羽》の名が出た際、ポルアースはちょっと奇《き》妙《みょう》な目つきで俺《おれ》たちのほうを見ていた。まさしくあの頃に、族長たちはメルフリードと会談をしていたはずなのである。

「それじゃあ俺は、自分の土地の主人を信じることにするよ。領主そのものじゃなく、第二子息とやらのほうをね。あの御方《おかた》だったら、俺たち領民や森辺の民の都合ってやつをそれなりに重んじてくれるだろうさ」

「うーん、あたしは森を切り開くって話そのものより、北の民を森に入れるって話のほうが心配かなー。よく知らないけど、あいつらは西の民をしこたま恨《うら》んでるんでしょ？」

ユーミが言うと、ルド＝ルウが「ふーん？」と首を傾《かし》げた。

「よく知らないのに、心配なのか？　城下町にマヒュドラの女ってのがいたけど、ユーミに負けないぐらい色っぽかったぜ？」

「色っぽさは関係ないでしょ！　……でも、そっか。トゥランだけじゃなく城下町でも、マヒュドラの奴隷《どれい》ってのは働かされてるんだね」

その質問には、俺が答えることになった。

「いや、ジェノスで北の民を使役《しえき》しているのはトゥランの前当主だけだったみたいだよ。その女性も、トゥラン伯爵家《はくしやくけ》の屋敷《やしき》で働かされていたんだ」

どうやらこの場にはマヒュドラの民について正しく知る人間はいなかったらしく、それ以降は話が続かなかった。

そこで、大人たちの深刻ぶった話など耳に入れている様子もなかったターラが、ふいに声をあげる。

「だったら、カミュアのおじちゃんがいればよかったのにね。カミュアのおじちゃんは、もともと北の民だったんでしょ？」

虚《きょ》をつかれた様子で「確かに」と応じたのは、なんとジザ＝ルウであった。

「この行いが正しいのかどうか、一番的確に判断ができるのはあの男かもしれない。そして、あの男であれば、それを直接ジェノスの領主に伝えることもできたのだろう」

「うん、そうだよねー。……あ、ごめんなさい！　そうですよね？」

「……別に幼子が、そのように言葉を選ぶ必要はない」

ジザ＝ルウは静かに答え、少し離《はな》れた場所でその伴侶がくすくすと笑い声をあげた。

「しかし、貴様はマヒュドラの男衆とも言葉を交《か》わしたことがあったはずだな、ファの家のアスタよ」

と、ドンダ＝ルウに呼びかけられて、俺は「はい」とうなずいてみせる。

「さっきルド＝ルウが言っていた、城下町で働く女性の兄にあたる人物ですね。名はエレオ＝チェルで、妹のシフォン＝チェルがどのような様子で過ごしているかを伝えたら、感謝の言葉を述べてくれました」

「……奴隷の身でありながらそのように振る舞《ま》えるのは、強い信義の心を持つ人間だけだろう」

ドンダ＝ルウは、底ごもる声でそのように言った。

「むしろ、人間を道具のように使うジェノスの貴族こそに、罪があるのではないかと思えてならんが……しかしマヒュドラにおいては、西の民が奴隷として扱われているという話だったな」

「ええ、カミュアがそのように言っていましたね」

かつてスン家にさらわれた町の娘などは、そうしてどういうルートでか、マヒュドラに売られていったのだろう、という話であったのだ。しかし、これ以上食卓の空気を重くはしたくなかったので、この場での発言は差しひかえさせてもらうことにした。

「俺たち森辺の民は、森の外のことなどに注意を払《はら》ってこなかった。そんな俺たちが、奴隷というものについてとやかく言うことはできん。それも踏《ふ》まえて、ジェノスの貴族たちと言葉を重ねて、正しい道を探す他ないだろう」

ドンダ＝ルウも同じことを思ったのだろうか。その語調には、これ以上の問答は不要、とばかりの力強さが込められていた。それで俺たちも会話の内容をもっと世間的なものに引《ひ》き戻し、大事な客人たちとの交流に時間をついやすことにした。

族長筋の本家ということでいくぶん硬《かた》くなっていたユン＝スドラなども、時間が経つ内に持ち前の明朗さを発揮して、客人やルウ家の人々に声をかけ始める。また、町の人々は森辺の習わしについてよく聞きたがっていたので、会話が途《と》切《ぎ》れるいとまもなく、食事を楽しく進めることができた。

料理の話になればミケルにも水が向けられ、宿場町の様子についてはテリア＝マスに意見が求められる。森辺の側ではミーア・レイ母さんやティト・ミン婆さんが、客人の側ではユーミやドーラの親父さんがうまく話を繋《つな》げてくれて、そういう寡黙《かもく》な人々からも言葉を引き出してくれた。それを少しでも迷惑そうにしているのは、唯一《ゆいいつ》ダルム＝ルウぐらいのものであった。

「あんた、ずいぶん無口なんだね。こんなに美味《おい》しい料理を食べながら、ずーっとしかめっ面《つら》のままだしさ」

ユーミなどはそのように発言して、ダルム＝ルウの眉《まゆ》をこれ以上ないぐらいひそめさせたものである。

「すっごく男前なのに、もったいないなあ。それでにっこり笑ってくれたら、年頃《としごろ》の娘はみんなのぼせあがっちまうだろうにさ」

「……そのようなことが、貴様などに関係あるか」

「関係はないけどさー。ルド＝ルウとかララ＝ルウとかも心配してたよ？　もうすぐ二十なのに、いつになったら兄貴は嫁《よめ》を取るんだろうってさ」

「貴様たちは、町の人間に何を話しているのだ！」

右頬《みぎほお》の傷を真っ赤に染めてダルム＝ルウが怒鳴《どな》りつけると、ドンダ＝ルウが「やかましいぞ」とそれを制した。

「晩餐の最中に、でかい声をあげるんじゃねえ。……だいたい、ルドやララのほうが正しいだろうが？　貴様はいつになったら、嫁を取るつもりなんだ？」

ダルム＝ルウには気の毒であったが、そんなやりとりも彩《いろど》りのひとつであった。

そうして料理は順調に減っていき、あらかたの皿が空になったところで、リミ＝ルウが決然と立ち上がった。

「それじゃあ、そろそろお菓子《かし》を出すね！　ターラ、手伝ってくれる？」

「うん！」

玄関口《げんかんぐち》のそばに保管されていた、鍋のように巨大《きょだい》な木の器が、二人の幼き少女たちの手によって広間の中央へと運び込まれる。その間に、レイナ＝ルウは保温用の小さなかまどから、ゾゾ茶のおかわりを配っていた。

「今日は、新しいチャッチ餅《もち》だよ！　美味しくできたから、みんな食べてね！」

新たな木皿によそわれたチャッチ餅が、手から手へと受け渡《う　わた》されていく。

そのチャッチ餅は、うっすらココアのような色を帯びており、そして、淡《あわ》い褐色《かっしょく》のソースがかけられていた。なんとリミ＝ルウは大胆《だいたん》にも、ギギの葉にホボイの実という二種類の新食材をいきなり取り入れてみせたのである。

ふるふるとした半透明《はんとうめい》のチャッチ餅にはギギの葉とカロン乳と砂糖が練り込まれており、褐色のソースはカラメル状にした砂糖にすり潰したホボイの実を添加《てんか》したものであった。カカオのような風味を持つギギの葉と、ゴマのような風味を持つホボイの実の合《あ》わせ技《わざ》である。なかなか大胆な試みであったが、リミ＝ルウもまたお菓子作りに関してはトゥール＝ディンに次ぐセンスを有していたので、仕上がりは上々であった。

ソースのほうが十分に甘《あま》いので、餅本体の甘さはひかえめだ。ギギと乳の風味が豊かで、咽《の》喉《ど》ごしも心地《ここち》好《よ》い。ココア風味のわらび餅に、ゴマの香《かお》りがする甘い蜜をかけたような仕上がりである。これは確かに、ゾゾ茶との相乗効果が期待できそうな味わいであった。

「ああ、こいつは美味しいねえ……」

ジバ婆さんも、顔をくしゃくしゃにして笑っている。ひょっとして、リミ＝ルウが菓子の中でも特にチャッチ餅に力を入れるのは、歯の弱いジバ婆さんを慮《おもんぱか》ってのことなのだろうか。

ともあれ、ジバ婆さんでなくとも、この味に文句をつける人間などいようはずもなかった。

「本当に美味ですね。食べ終えてしまうのが惜《お》しいぐらいです」

思わず、といった口調でしみじみとつぶやいたスフィラ＝ザザは慌《あわ》てた様子で面を引きしめたが、目ざといリミ＝ルウがそれを見逃《みのが》すことはなかった。

「ありがとー！　スフィラ＝ザザは、いっつも美味しそうにお菓子を食べてくれるから嬉《うれ》しいなあ」

スフィラ＝ザザは頬を赤くしたまま、何も答えようとしなかった。まあ、いつも厳格なスフィラ＝ザザの、実に愛くるしいギャップといえることだろう。

また、いまだに果実酒の解禁されていないルウ家の家長と次兄も、料理を食べるのと同じ勢いでチャッチ餅を食べていた。

「ああ、こいつは美味しいなあ。あんまり屋台の料理には向いてなさそうとか言っちゃったけど、こんなに美味しいと考えさせられちゃうよ」

ユーミやテリア＝マスたちも、笑顔《えがお》でチャッチ餅を食べている。本番でのお披露目《ひろめ》を楽しむために、彼女《かのじょ》たちは試食を控《ひか》えていたのだ。

「いいなあ。わたしも作ってみたいなあ。……でも、菓子に手をつけるのは早いかなあ？」

マイムがこっそり尋ねると、そのぶっきらぼうなる父親はじろりとそちらをにらみ返した。

「肉や野菜や調味料の扱いと同時に菓子の作り方まで身につけられると思うなら、好きに試《ため》してみるがいい。俺の知ったことではない」

「もー！　駄目《だめ》なら駄目って言えばいいじゃん！　そんな意地悪な言い方しなくっても伝わるんだからさ！」

そんな父娘のやりとりを堪能《たんのう》しつつ、俺はふっとかたわらのアイ＝ファのほうを見てみた。

アイ＝ファは変わらず静かな面持《おもも》ちで、チャッチ餅を口に運んでいる。

「なあ、どの料理も文句なく美味《うま》かったな？」

「うむ」

「三日後の祝宴《しゅくえん》が楽しみだよ。完全な客人扱いってのも、なかなか悪くないもんだ」

「しかし、その前日にはまた城下町に出向かなくてはならんのだ。そちらも楽しいだの何だのと言っていられればよいのだがな」

そういえば、二日後にはサトゥラス伯爵家との和解の会食が執《と》り行《おこな》われるのだった。俺たちは名指しで招かれたわけではなかったが、宿場町の領主たるサトゥラス伯爵家とよりよい縁を結ぶために、参席を表明しているのである。

「まあ、ジェノス侯爵《こうしゃく》家が取りしきってくれるなら、そこまで心配する必要はないんじゃないのかな。どんな料理を食べさせられるのかは、想像もつかないけどさ」

たしかヴァルカスは、別の貴族からの依頼《いらい》があったので、その日の厨《くりや》は任されていないはずなのである。サトゥラス伯爵家お抱《かか》えの料理長が厨を預かるのかどうか、目下思案中という話であった。

「たとえそれがヴァルカスであったとしても、私たちがこれほど幸福な気持ちを得られることはあるまい。森辺の集落で、同胞《どうほう》の料理を口にする。これ以上の幸福が、城下町に転がっているとは思えんからな」

「うん、それは俺も同感だよ」

それぐらい、この日の会食は楽しく、心が満たされた。

俺たちは、いずれ貴族たちともここまで幸福な心地《ここち》を共有することができるのか。そんなことはわからなかったが、今この瞬間《しゅんかん》がとてつもなく楽しくて幸福であるという事実だけは、動かしようがなかったのであった。

第三章★★★和解の会食

1

銀の月の九日、下りの四の刻の半――明日の商売のための下準備を終えた俺は、アイ＝ファとトゥール＝ディンをともなってルウの集落へと向かっていた。目的は、ルウ家の人々とともに城下町のサトゥラス伯爵邸《はくしゃくてい》へと向かうためである。

森辺の民は、サトゥラス伯爵家とふたつの悪縁《あくえん》を結んでしまっている。ひとつは、城下町の貴賓館《きひんかん》で行われたシン＝ルウとゲイマロスとの剣術《けんじゅつ》の試合において、卑劣《ひれつ》な策謀《さくぼう》が巡《めぐ》らされていたこと。もうひとつは、昨年の灰の月のあたり、宿場町の屋台にまで通いつめていたリーハイムがレイナ＝ルウに高価な贈《おく》り物《もの》をしようとして、それを固辞されたことである。

前者に比べれば、後者はまださささやかな因縁《いんねん》だ。そうであるからこそ、これまでは大きく取《と》り沙汰《ざた》されることもなかったのだろう。これでレイナ＝ルウがただの町娘《まちむすめ》であった場合は、ないがしろにされたリーハイムがもっと強行的な手段に出て事態を悪化させていたやもしれないが、幸いなことに、ジェノスの貴族たちは森辺の民との悪縁を正そうとしている時期であった。こちらが何かアクションを起こすまでもなく、森辺の民との関係性が悪化することを危惧《きぐ》したジェノス侯爵マルスタインの仲裁《ちゅうさい》によって、その悶着《もんちゃく》は速《すみ》やかに収束させられていたのだった。

しかしまた、当時のリーハイムはレイナ＝ルウばかりでなく、ギバの料理やギバ肉そのものにも執心《しゅうしん》していた。料理に関しては、まあ、レイナ＝ルウとの接点を得るためにわざわざ宿場町にまで通いたおしていただけなのかもしれないが、その裏で、彼《かれ》はギバ肉を買《か》い占《し》められないものかと画策していたようなのである。

その当時、ギバの肉はカロンの足肉と同程度の価格で取り引きされていた。城下町でももっとも好まれるカロンの胴体《どうたい》の肉に比べれば、およそ半額ていどの価格である。しかし、ギバの肉というのはカロンの胴体にも負けない素晴《すば》らしい食材だ。そこに目をつけたリーハイムが、ギバ肉を大量に買い上げて城下町で売りに出す、といった考えにいきついてしまったのだった。

もっとも、これは別に儲《もう》けを独占《どくせん》しようというのが主旨《しゅし》ではなく、ただ美味なる肉が安く手に入るならそれに越《こ》したことはないし、あとは、そうして大きな商売を持ちかければ森辺の民にも感謝され、ひいてはレイナ＝ルウともよい関係を築けるのではないか、というような思惑《おもわく》であったらしい。

しかし残念なことに、それは森辺の民にとってありがた迷惑な行いでしかなかった。貴族にギバ肉を買い占められて宿場町での商売を行うことができなくなってしまったら、せっかく改善されてきた町の人々との縁も悪い形で断《た》ち切られてしまうし、また、貴族の側もいらぬ恨みを買ってしまうことになる。そういったわけで、この件もかなり早い段階からマルスタインによって仲裁されていたのだった。

それをひとつのきっかけとして、ギバの肉はこれまでの一・五倍の価格で売り買いされることになった。宿場町においては、カロンの足肉よりも高価な食材として取り扱われる段となったのである。それで売り上げが落ちてしまわぬよう、俺たちも宿屋のご主人たちも頭を悩《なや》ませることになった。一食のサイズを小さくして価格を抑《おさ》えるようになったのも、その時期にあみだされた苦肉の策なのだ。

だけど、結果は上々であった。ちょうど同じ時期に、城下町で持て余していた食材を宿場町でも消費してほしい、という依頼を受けていた俺たちは、それらを使って新しいメニューを生み出して、町の人々の関心をつなぎとめることに辛《から》くも成功したのである。それでけっきょくは以前よりも商売の手を広げることができたのだから、これ以上の結果は望むべくもなかっただろう。

しかしまた、収まりのつかないのはリーハイムの側であった。

おそらく彼は、恩を仇《あだ》で返された気分であったに違いない。

レイナ＝ルウの一件もギバ肉の一件も、彼にしてみれば善意や厚意《こうい》から始まった話なのである。ただそのアプローチの仕方があまりに貴族流であったため、俺たちには受け入れられなかったというだけのことなのだ。

それで彼は、森辺の民に反感を抱くようになってしまった。城下町での晩餐会《ばんさんかい》では、ことさら俺の料理をくさし、このたびは、嫌《いや》がらせの一環《いっかん》としてシン＝ルウを城下町に呼びつけることになった。おそらく彼は森辺の狩人《かりうど》がどれほどの力量を持っているかを正しく認識《にんしき》しておらず、公衆の面前でゲイマロスに叩《たた》きのめさせて、赤《あか》っ恥《ぱじ》をかかせてやろうという目論見《もくろみ》であったのだろう。

しかし、ゲイマロスはリーハイムよりも正しく事態を認識していた。城下町では指折りの剣士《けんし》と名高い自分であっても、五分の条件で森辺の狩人に太刀打《たちう》ちできるはずはない。赤っ恥をかかされるのは自分のほうだ——そのように思いつめて、シン＝ルウの側にだけ騎兵《きへい》用の重い甲冑《かっちゅう》を準備する、という姑息《こそく》な真似《まね》に手を染めてしまったのである。

つまり、それもまたリーハイムの悪念を引き金にして起きた事件であったのだ。レイナ＝ルウやギバ肉の一件は、「身をつつしむべし」という一言で片付けることができた。しかしゲイマロスの一件は、森辺の民とジェノスの貴族との信頼《しんらい》関係に亀裂《きれつ》を入れかねない大事件である。それでマルスタインは、リーハイムと森辺の民の間にわだかまる不信感を取り除くべく、今回の和解の晩餐会を取り決めるに至ったのだった。

「それに加えて、宿場町ってのはサトゥラス伯爵家の管理下にある領地だからな。宿場町で商売をしている俺たちにとっても、こいつは他人事じゃない。なんとかルウ家のみんなと手をたずさえて、あのリーハイムとよい縁を結べるように努力してみよう」

ギルルの手綱《たづな》を取りながら、俺はそのように呼びかけた。御者台《ぎょしゃだい》のすぐ裏でくつろいでいたアイ＝ファは、普段《ふだん》と変わらぬ調子で「うむ」と言葉を返してくる。今日も一日修練で酷使《こくし》した身体を、ゆったりと休めている様子である。

「しかし、ひとつだけわからんことがある。サトゥラス伯爵家というのは、いったいどのような形で宿場町を治めているのだ？　これだけ長きの間を宿場町で働きながら、ほとんどその名を耳にする機会もなかったように思えるが」

「さあ？　それを言ったら、マルスタインがどういう形で城下町を治めているのかも、俺には今ひとつわかってないからな。とりあえず、町の人たちが平和に過ごせるように貴族たちが統治して、その見返りとして税を徴収《ちょうしゅう》している、という構図を思《おも》い浮かべているけれども」

「ふむ……それでサイクレウスのように当主が堕落《だらく》したときは、領民が辛酸《しんさん》をなめることになる、というわけか」

「そうそう。で、ミラノ＝マスやユーミの感じからして、サトゥラス伯爵家ってのはそれほど領民に敬愛されている様子ではないけれど、でも、具体的に悪い噂《うわさ》を聞いたわけでもないし。とにかくジェノスの貴族ってのは城下町に閉じこもりがちだから、領民には実態がわからないんだろう」

　それはサトゥラス伯爵家に限った話ではない。俺たちは、いまだにダレイム伯爵家の当主の名前だって知らないのだ。ポルアースみたいにひょいひょい姿を現すほうが、ジェノスの貴族としては規格外ということなのだろう。

「リーハイムの父親であるサトゥラス伯爵家の当主ってのは、どういう御仁《ごじん》なんだろうな。あまり偏屈《へんくつ》な人物でないことを祈《いの》るばかりだよ」

　俺がそのように告げたところで、ルウの集落が見えてきた。どうせすぐに出発するので、荷車は集落の入口で止め、俺は御者台から地面に降りる。すると、アイ＝ファから「待て」と呼び止められた。

「一人で行動するな。トゥール＝ディンよ、お前も我らとともに来い」

「はい」と、トゥール＝ディンもアイ＝ファに続いて降りてくる。アイ＝ファはきっと、《ギャムレイの一座》を警戒《けいかい》しているのだろう。昨日から、彼らはルウの集落に逗留《とうりゅう》しているのである。

ルウ家の狩人やピノたちは、まだ森に入っている頃合《ころあ》いだ。集落の前の道には巨大な箱形の車がずらりと駐《と》められており、そして、広場に足を踏み入《い》れる前から美しい笛の音が聞こえてきていた。

広場に入ってすぐのところで、積んだ木材に腰《こし》をかけた女性が横笛を吹《ふ》いている。浅黒い肌《はだ》をして、シム風の刺繍《ししゅう》が美しい長衣《ながころも》を纏《まと》った妖艶《ようえん》なる美女、ナチャラである。そのかたわらでは、大男のドガと小男のザンがひたすら薪《まき》を割っていた。

会釈《えしゃく》をすると、ドガのほうだけが目礼を返してくる。ジィ＝マァムをも上回る巨漢《きょかん》で、頭はつるつるに剃《そ》りあげており、モアイ像のように厳《いか》つい風貌《ふうぼう》をしているが、彼はきわめて温和な気性《きしょう》をしており、言葉づかいも物腰《ものごし》もとても礼儀正しいのだった。

いっぽうのザンは、革《かわ》の仮面で素顔《すがお》を隠《かく》した小男だ。背丈《せたけ》は百五十センチていどだが、腕《うで》や肩にはゴリラのような筋肉が盛り上がっており、なおかつ刀子《とうす》投げの名手でもある。悪い人間ではないのであろうが、俺はまだ彼が口をきく姿を一度として見たことがなかった。

彼らの周囲では、仕事のない幼子たちや手の空いた女衆などが、少し遠巻きにして様子をうかがっている。逗留二日目では、まだまだ彼らの姿に見慣れることもできないに違いない。しかしそれでも郷愁《きょうしゅう》感あふれるナチャラの笛の音は、何を置いても聴《き》く価値のあるものであったのだった。

「これから城下町か。ご苦労だな、アイ＝ファにアスタよ」

と、右足をひきずりながらひょこひょこと近づいてきたのは、シン＝ルウ家の先代家長リャダ＝ルウであった。

「どうもです、リャダ＝ルウ。彼らは薪割《まきわ》りの仕事を手伝っているのですね」

「うむ。荷車で寝《ね》ているばかりでは身体がなまるし、どうせならば我らの仕事の一助になりたい、と申し述べてきてな。族長ドンダ＝ルウが、その言葉を受け入れた」

そしてリャダ＝ルウは、そんな彼らの監視役《かんしやく》を申しつけられたらしい。狩人らが森に出ている時間、集落に居残る男衆はごく限られているのである。

「これでようやく二日目ですよね。彼らはギバを生《い》け捕《ど》りにすることができるのでしょうか」

「どうであろうな。昨日も何頭かのギバが罠《わな》にかかっていたようだが、あやつらの要望にはそぐわなかったようだ。……あやつらは、ごく幼いギバを求めているようなのでな」

「ああ、育ちきったギバに芸を教え込むなんてのは、さすがに不可能なのでしょうね。でも、幼いギバというのは母親に守られているため、なかなか捕《と》らえる機会も少ないのですよね？」

「うむ。早々にあきらめたほうが、おたがいのためであるように思えるのだがな」

そのような会話を繰《く》り広《ひろ》げている間に、本家のほうからルウルウに引かれた荷車が近づいてきた。手綱を持っているのは、レイナ＝ルウだ。

「アスタ、お待たせいたしました。こちらも準備ができましたので、出発いたしましょう」

レイナ＝ルウの肩ごしに、ルド＝ルウが笑顔で手を振ってくる。護衛役として同伴《どうはん》するために、狩人の仕事を早めに切り上げてきたらしい。

今日はあくまで貴賓《きひん》として招かれた立場であるため、ルウ家の人々も少数精鋭《せいえい》であった。負傷の身である族長の代行役としてジザ＝ルウ、サトゥラス伯爵家と因縁を結んだ当事者のレイナ＝ルウとシン＝ルウ、そしてかまど番としての仕事を手伝うシーラ＝ルウ、および唯一の護衛役であるルド＝ルウである。

護衛役が少ないのには、わけがあった。このたびの晩餐会において、客人には帯刀が許されていたのだ。そうなると、ジザ＝ルウとシン＝ルウも歴戦の狩人であるのだから、自らが女衆を守る役を果たすことがかなう。それでアイ＝ファも同行するのならば、あとはルド＝ルウ一人で問題はないだろう、というのがドンダ＝ルウの判断であった。

よって、名目上はアイ＝ファもルド＝ルウも客人の立場である。今日は全員が、サトゥラス伯爵家の準備した食卓を囲むことになるのだ。なおかつ、俺たちの側もなるべく人数を絞《しぼ》るように、とドンダ＝ルウに言われていたので、ただ一人トゥール＝ディンのみを同行させていた。

トゥール＝ディンを同行させた理由は、ふたつある。ひとつは、トゥール＝ディンに城下町の料理を一回でも多く食べてほしかったため。もうひとつは、今回メルフリードが伴侶と息女を同伴させて参加する、と聞《き》き及《およ》んだためである。

このたび俺たちは、親睦《しんぼく》の意味を込めて、ふた品だけ料理を捧《ささ》げる予定でいた。で、トゥール＝ディンの来訪を強く願うオディフィアが参席するならば、ここで一回その気持ちを満足させておこう、と思い至ったのだった。

それらのメンバーに見届け役のスフィラ＝ザザを合わせて、総勢は九名である。これでも内々の親睦会《しんぼくかい》としては少し大人数になってしまったような気がするが、もちろんサトゥラス伯爵家の側がそれを渋《しぶ》ることはなかった。

「時間はちょうどいいぐらいかな。それではリャダ＝ルウ、また明日に」

「うむ。危《あや》ういことはなかろうが、決して気を抜《ぬ》かぬようにな」

明日は明日で、いよいよ歓迎《かんげい》の祝宴なのである。つい十日ほど前にも『滅落の日』で祝宴を楽しんだばかりの俺たちであるが、こんな機会はそうそうないのだから、かまいはしないだろう。ユーミやテリア＝マスたちはともかく、ドーラの親父さんなどはこの時期にしかなかなか羽目を外せないようなのだ。復活祭の時期はみんなあれだけ忙《いそが》しく立ち働いていたのだから、これぐらいの楽しみは許容していただきたいところであった。

そんなことを考えながら集落を出て、荷車に乗り込もうとしたところで、道の南側から荷車の駆《か》けてくる音色が聞こえてきた。宿場町へと通ずる道から、箱形の巨大な荷車がのぼってきたのだ。車体の側面に真っ赤な塗料《とりょう》で炎《ほのお》が描かれた、あれは《ギャムレイの一座》の荷車であるはずだった。

彼らは七台もの荷車を有していたので、その内の一台が町に下りていたらしい。荷車を引いているのは南の砂漠《さばく》の砂蜥蜴《すなとかげ》ではなく二頭のトトスで、手綱を握《にぎ》っているのは双子《ふたご》のアルンかアミンのどちらかであるようだった。

彼らの荷車は大きいので、集落の道ですれ違《ちが》うのは難しい。ということで、俺たちは彼らが道の端《はし》に車を停めるのを待たなくてはならなかった。

そうして停車した車の荷台からひらりと地面に降り立った人物の姿を見て、アイ＝ファの目がすっと細められる。それは、実にひさかたぶりに見る、吟遊《ぎんゆう》詩人のニーヤであった。

「ああ、これはこれは！　おひさしぶりだね、愛《いと》しき人」

鳥打帽《とりうちぼう》のようなものをかぶり、背にはギターのような楽器を担《かつ》いだニーヤが、いそいそとこちらに駆け寄《よ》ってくる。その屈託《くったく》のない笑顔を見て、アイ＝ファはますます険悪な感じに目を細めた。

「待て、それ以上近づくな。……そして私は、お前などと口をきくつもりはない」

「ええ？　会っていきなり、なんと冷たいお言葉を！　いったい何をそのように怒《おこ》っておられるのかな、愛しき人よ？」

「何を怒っているか、だと……？　お前は自分が何をしたのかも覚えておらぬのか？」

「はて？　家人に無礼を働いた段については、心よりのお詫《わ》びを申しあげたはずだけれども」

と、ニーヤがきょとんとしているので、俺も少なからず驚《おどろ》かされてしまった。

俺たちは『中天の日』以降、初めてニーヤとまともに顔をあわせたのである。あの夜に、ニーヤは『白き賢人《けんじん》ミーシャ』の歌を歌い、虚《うつ》ろな顔で笑っていた。あの夜の彼は、トランス状態にでも入っているかのように、まったく異なる様子を見せていたものであるが――今日の彼は、以前の通りに浮《うわ》ついた顔で笑っていた。

「ピノがうるさいのでなかなかご挨拶《あいさつ》もできなかったけど、ま、俺のほうも忙しかったのでね。今も城下町で、貴婦人らに甘いひとときをお届けしてきたところなのだよ」

「そのような話はどうでもよい。お前は――」

と、アイ＝ファが足を踏み出《だ》しそうになったので、俺は慌ててそれを押しとどめる。

「やめておこう、アイ＝ファ。ひょっとしたら、彼には本当に悪気なんてなかったのかもしれない」

俺がそのように耳打ちすると、アイ＝ファは目を細めたまま至近距離《きより》でにらみ返してきた。こんな眼光を差し向けられて平静でいられるニーヤというのは、やはりなかなかの神経である。

「ちょっと上手《うま》く説明できないんだけどな。このニーヤっていうのは、たぶん……俺たちとは違う目線で生きているんだよ」

「意味がわからん。私はこれほど癇《かん》に障《さわ》る人間とまみえたのは、初めてかもしれん」

「うん、だからアイ＝ファは、あんまり関《かか》わらないほうがいい。きっと俺以上に、アイ＝ファやジザ＝ルウはこのニーヤと相性《あいしょう》が悪いんだよ」

口では上手く説明できないが、俺にはそうとしか思えなかった。きっとこのニーヤというのは、町の人々や貴族たちともまったく異なる感性で生きているのである。

芸術家肌《げいじゅつかはだ》というか何というか、俗世《ぞくせ》のしがらみを屁《へ》とも思っておらず、それを顧《かえり》みない。夕イプとしてはギャムレイもその部類であろうが、それでもあの御仁はまだ自分の物言いが余人にどのような作用をもたらすかを自覚していたように思える。そういう自覚が、このニーヤには完全に欠落しているように思えてならないのだった。

それでいて、ニーヤはあれほどまでに優《すぐ》れた歌い手だ。そんな彼は、俺にとって「社会性は欠落しているが天才的なミュージシャン」というイメージにぴったり合致《がっち》してしまったのである。この想像が的外れでなかったのなら、質実にして剛健《ごうけん》たる森辺の狩人とは目眩《めまい》がするぐらい噛《か》み合わせが悪いように思えるのだった。

(言ってみれば、ヴァルカスだってそういうタイプだもんな)

だからアイ＝ファは、ヴァルカスのことも苦手にしているように思えた。ヴァルカスとニーヤの違いは、俺という人間に対してどういう思いを抱いているか、というところにあるのだろう。ヴァルカスは俺に対して善意やら執着心《しゅうちゃくしん》やらを抱いているが、このニーヤはそうではない。どちらかというと、アイ＝ファと懇意《こんい》にしている俺の存在を疎《うと》ましく思っている。そんなニーヤとアイ＝ファが交流を重ねても、俺には不幸な未来しか思い描《えが》くことがかなわなかったのだった。

「俺たちも、これから城下町に向かうのですよ。申し訳ありませんが、これで失礼させてもらいますね」

俺がそのように告げてみせると、ニーヤは何か言いかけてから口をつぐみ、気取った仕草で肩をすくめた。そういうところも、彼はギャムレイによく似ている。

「それではまた、愛しき人よ。ジェノスを離れる前に、せめて一曲はあなたに歌を捧げさせていただきたいね」

「そのような申し出は、断固として断る」

重たい斬撃のような声音《こわね》で答え、アイ＝ファは荷台に乗り込んだ。

「ちぇっ」と舌を鳴らすニーヤを尻目《しりめ》に、俺たちはようやく城下町へと出立することがかなったのだった。

2

それから半刻と少しの後、俺たちはサトゥラス伯爵邸に到着《とうちゃく》した。

かつてのトゥラン伯爵邸をひとまわり小さくしたような、石造りの横に広い屋敷である。建物の前には前庭が広がっており、門から入口までが灰色の石畳《いしだたみ》で舗装《ほそう》されている様式も同一だ。これがジェノスにおける貴族の邸宅《ていたく》のスタンダードなのだろうか。

「お待ちしておりました。どうぞこちらにお進みください」

年若い小姓《こしょう》の少年と、見慣れぬお仕着せを着た壮年《そうねん》の武官が、俺たちを屋敷に招き入れる。回廊《かいろう》には毛足の長い絨毯《じゅうたん》が敷かれ、壁《かべ》にはところどころ額縁《がくぶち》の絵画が掛《か》けられている。どことなく、トゥラン伯爵邸よりも装飾品《そうしょくひん》に力を入れており、それでいて優雅《ゆうが》な趣《おもむき》の漂《ただよ》う様相であった。

そうして最初に招かれたのは、やはり浴堂だ。が、控えの間もずいぶん広々としており、そして、そこには思いがけない人数の従者たちが待ち受けていた。

この人数は、何事であろう。若いのから年老いたのまで男女入り乱れて、総勢は八名である。全員が乳白色のひらひらとした長衣を纏っており、両手を腹の前で組み合わせて列をなしている。

「浴堂は、十名様までが同時におくつろぎいただけます。お好きな従者を選んで、お好きな人数でご利用ください」

「従者というのは、身体を洗うお手伝いですか？　それでしたら、自分たちには不要ですよ」

まだ一度しか浴堂で身を清めた経験のないジザ＝ルウに代わり、俺がそのように答えてみせる。すると、ここまで案内をしてくれた小姓が、ほんの少しだけ困ったような顔をした。

「沐浴《もくよく》もおもてなしのひとつであるというのが、当家の習わしでございます。どうぞお客人には、ご遠慮《えんりょ》なく従者をお選びいただきますよう」

何となく、ここで同伴を断ったら、彼らが主人に咎《とが》められてしまいそうな雰囲気《ふんいき》である。しかたないので、俺たちは一番年若い小姓の少年を一人だけ選び、それをともなって男衆から身を清めることにした。

顔ぶれは、ジザ＝ルウ、シン＝ルウ、ルド＝ルウ、そして俺である。俺たちが着ているものを脱《ぬ》いでいる間、小姓の少年は目を伏《ふ》せて静かにそれを待ち受けていた。

「なー、まさかとは思うけどよ、男の客人が女の手伝いを頼《たの》んだりすることもあるのか？」

森辺の装束をぽいぽいと脱ぎ散《ち》らかしながらルド＝ルウが問うと、少年は「はい」と言葉短く答えた。

「それじゃあ、女の客人が男の手伝いを選んだりとか？　まさか、それぱっかりはありえねーよな？」

「いえ」

「いえってどっちだよ。まさか、女が男に肌をさらしたりもすんのか？」

「はい」

ルド＝ルウは黄褐色《おうかっしょく》の頭をぼりぼりと掻《か》きながら、俺とジザ＝ルウの姿を見比べた。

「なー、この家、大丈夫《だいじょうぶ》なのかな？」

「……貴族がどのような習わしを持っていようとも、俺たちは自分の習わしを守るだけだ」

「そりゃーそうだけどよー。家族でもない男に女が肌をさらすなんて、ありえねーだろ。なあ、アスタ？」

「う、うん、そうだね」

はるかな昔、俺はルド＝ルウの謀略《ぼうりゃく》によって女衆が水浴びをする場に導かれることになった。それが原因でおたがいジザ＝ルウにこっぴどく糾弾《きゅうだん》されることになったわけなのだが、ルド＝ルウはそんなことなどすっかり忘れてしまったかのように涼《すず》しい顔をしていた。

あと、これはいまだ誰《だれ》にも打ち明けていないが、俺は初めてこの浴堂という施設《しせつ》を使用することになった際、異性のシフォン＝チェルに同伴されてしまっていたのである。思えばあれも、客人に対する貴族のもてなしであったのだろうか。

（貴族らしいといえば貴族らしいけど、そんなの森辺の民《たみ》の気風に合うわけがないよなあ）

そうして俺たちは、さらに次なる扉《とびら》を開けて、蒸気の満ちた浴堂へと足を踏み入れた。ヨモギのような香りはトゥラン伯爵邸や茶会の宮殿《きゅうでん》と同一であるが、さらにそこに、花のような甘い香りが混ざっている。なおかつ室の奥《おく》には、水の張られた浴槽《よくそう》までもが設《しつら》えられていた。

「何だこりゃ？　この中で水浴びすんのか？」

「はい。冷たい水と温かい湯が準備されておりますので、お好きなほうをお使いください」

小姓の少年は長衣だけを脱ぎ、下帯ひとつの姿になっていた。色の白い、華奢《きゃしゃ》でほっそりとした少年である。この少年が貴婦人の沐浴の手伝いをしているところを想像すると、ますますおかしな気分になってきてしまう。

ともあれ、浴槽の存在はルド＝ルウを大いに喜ばせた。土台、身体を蒸《む》らして垢《あか》をこする、などというものより、頭から水をかぶったほうが森辺の民には馴染《なじ》み深い行為《こうい》なのである。そしてまた、かなりの温帯であるジェノスにおいて、水浴びというのはたいそう心地好いものなのであった。

浴槽は、床《ゆか》よりも低い位置に設えられている。石の階段を下っていって、張られた水に身体を沈《しず》める格好だ。その深さは座《すわ》ると胸に達するほどもあり、そして、水面には赤やピンクの花びらが浮《う》いていた。

ルド＝ルウとシン＝ルウは最初からその浴槽に身を沈め、ジザ＝ルウは木べらで身体をこすっている。誰にもお呼びをかけられない少年は室の隅《すみ》でひっそりと立《た》ち尽《つ》くしており、そんな彼らを横目に、俺は一人でもうひとつの浴槽に足をつけてみた。

人肌《ひとはだ》より、少し熱いていどの湯である。外で誰かが薪を燃やしているのだろうか。五人ぐらいが一斉《いっせい》に浸《つ》かれるぐらいの大きさであるので、これにはかなりの燃料が必要であるように思われる。

しかしまた、俺にとっては七ヶ月《かげつ》ぶりに堪能する、熱い湯船であった。湯温はいささか物足りなかったが、水浴びとはまた異なる心地好さに、身体と心がゆるんでいく。この屋敷に来て、俺は初めて貴族の贅沢《ぜいたく》な習わしにありがたさを感じることになった。

「何でわざわざ熱い湯に入るんだ？　それじゃあ余計に汗《あせ》をかいちまうじゃん」

シン＝ルウに水をかけてはしゃいでいたルド＝ルウが、不思議そうに問いかけてくる。

「その汗をここで流していけば問題はないだろう？　俺の故郷では、どちらかというと熱い湯に浸かるほうが普通《ふつう》だったんだよ」

「ふーん？」と首を傾げつつ、ルド＝ルウがこちらの浴槽に飛び込んできた。が、十秒と経《た》たぬ内に、「やっぱ駄目だー」と退散してしまう。

「なんか、背中とか尻《しり》とかがむずむずしてくんよ。アスタはよくそんなの我慢《がまん》してられるなー？」

「俺は普通に気持ちがいいよ。でもまあ、冷たい水をあびるのとは、まったく逆の効果なのかもね」

ということで、小姓の少年の手をわずらわせることなく、俺《おれ》たちは浴堂のもてなしを満喫《まんきつ》したおした。それで元の服を着て控えの間に戻《もど》っていくと、「ずいぶん遅《おそ》かったな」とアイ＝ファににらみつけられてしまった。

女衆は、やっぱり一番若い侍女《じじょ》を選んで、浴堂へと姿を消す。異性を選ぶのは論外であるし、老いた女性に同伴を願うのも気が引けたのだろう。そうしてアイ＝ファたちも俺たちと同じぐらいの時間を浴堂で過ごし、けっきょく合わせて三、四十分ぐらいはここで費やすことになってしまった。

「ずいぶん遅かったな？」

ついつい悪戯《いたずら》心を刺激《しげき》されてそのように言ってしまうと、案の定、アイ＝ファに足を蹴《け》られた。アイ＝ファも水浴びをとても好む性分《しょうぶん》であったので、ついつい長風呂《ながぶろ》になってしまったのだろう。

ともあれ、時刻はまもなく下りの六の刻だ。無事に入浴を済ませた俺たちは、いよいよ会食の場へといざなわれた。

幅《はば》の広い階段をのぼり、二階へと案内される。そこに至るまでの道のりでも絵画や彫像《ちょうぞう》や壺《つぼ》に活《い》けられた花といった装飾品が目につき、そして、会食の場ではさらに豪奢《ごうしゃ》な様相が俺たちを待ち受けていた。

かなり広めの、縦長の部屋である。壁のあちこちに燭台《しょくだい》が掛けられ、しかも頭上にはお馴染みのシャンデリアが下げられていたので、昼間のように室内は明るい。足もとは幾何学《きかがく》模様の美しい絨毯、壁には異国的なタペストリー、部屋の四隅《よすみ》には奇怪《きかい》な神像――やはり、トゥラン伯爵邸《はくしゃくてい》と同系列でありながら、さらに豪華《ごうか》で洗練された貴族らしい一室であった。

豊かさでいえば、かつてのトゥラン伯爵家のほうが上回っていたはずである。だけどこのサトゥラス伯爵邸は、それよりも絢爛《けんらん》であるように感じられた。トゥラン伯爵家よりも部屋を飾《かざ》ることに情熱を注いでおり、しかも、美的感覚で上をいっていたのだろう。何というか、これだけ豪華でも嫌《いや》みな感じがせず、変に圧迫《あっぱく》されたりもしないのだ。室内装飾《そうしょく》などというものには何の含蓄《がんちく》もない俺でも、ここはたいそう居心地《いごこち》がよくて、小洒落《こじゃれ》ているように感じられるのだった。

「おお、ようこそ森辺の客人方。さ、どうぞ席のほうに」

貴族側のメンバーは、すでに顔をそろえていた。見届け人として参席するメルフリード、その伴侶《はんりょ》たる貴婦人エウリフィア、その息女たるオディフィア、同じく見届け人のポルアースと――リーハイムを除けば、見知った顔はそれだけだ。

そしてサトゥラス伯爵家のほうは、思った以上の少人数であった。上座から俺たちに声をかけてきたのが、当主であろう。リーハイムと同じように油で髪《かみ》をなでつけて、気取った口ひげをたくわえた、四十がらみの貴族である。中肉中背で、ゆったりとした長衣を纏っており、首からひとつだけ銀の飾り物を下げている。

そして後は、見覚えのない若者がリーハイムの隣《となり》に座している。年齢《ねんれい》はリーハイムより若そうで、おそらくは俺と同じぐらい。鎧《よろい》ではないが武官らしき白の礼服を纏っており、厳しい眼差しで俺たちのほうを見つめてきている。

　当主やリーハイムと同じように、褐色の髪に茶色の瞳《ひとみ》、黄褐色の肌をしており、いかにも生《き》真面目《まじめ》そうな面立《おもだ》ちをしている。髪や肌の色は異なるが、印象としてはバナーム侯爵家のウェルハイドに似ているかもしれない。

「わたしはサトゥラス伯爵家の当主ルイドロス、こちらはサトゥラス騎士団《きしだん》のレイリス――このたび森辺のお歴々にご迷惑《めいわく》をおかけした、愚弟《ぐてい》ゲイマロスの子息だ。ゲイマロスはいまだこのような場に出てこられる身体ではないので、わたしたちが不肖《ふしょう》の家人に代わってお詫びの言葉を申し述べさせていただこうと思う」

　よどみのない、流れるような喋《しゃべ》り口調であった。この優雅で気品のある屋敷《やしき》の主人に相応《ふさわ》しいたたずまいだ。ある意味では、今まで出会ってきた中で一番貴族らしい貴族と評してもいいかもしれない。

　そんなルイドロスに対して、こちらからはジザ＝ルウが森辺の同胞の名を告げていった。そして、狩人の衣を小姓に預け、ルウ、ファ、ディン、ザザの順で腰を下ろしていく。上座に当主のルイドロスが陣取《じんど》り、右手側に貴族が、左手側に森辺の民が並ぶ配置であった。

「ああ、そちらには騎士《きし》の椅子《いす》を用意したからね。刀はその背もたれに差していただきたい」

　見れば、背もたれの左手側に筒《つつ》が取りつけられている。その椅子も筒も、精緻《せいち》な彫刻《ちょうこく》のほどこされた木造りである。狩人たちは無言で革鞘《かわさや》ごと刀を抜き、その筒に差し込んだ。確かにこれなら、刀を身から離《はな》すことなく会食にのぞめるようだ。

「本当にこのたびは、ゲイマロスが迷惑をかけてしまったね。ジェノス侯《こう》から森辺の民と正しき縁《えん》を紡《つむ》ぐべし、と強く言われているこの時期に、まったく嘆《なげ》かわしい限りだ。サトゥラス伯爵家の当主として、心よりのお詫びを申し述べさせていただこう」

ルイドロスというのは、あえて言うならばマルスタインに近いタイプであるようだった。礼《れい》儀正《ぎただ》しく、鷹揚《おうよう》で、それでいてあまり内心はうかがえない。ただ、マルスタインのように人を食ったような雰囲気はなく、優雅で小洒落た若々しい壮年の貴族、といった印象である。

「シン＝ルウというのは、其方《そなた》のことだね。其方が手傷を負うことはなかったと聞くが、本当に問題はなかったのかな？」

シン＝ルウは無言で、顎《あご》を引くように小さく礼をした。貴族の中でも伯爵家の当主という位の人物に、どのような口をきけばよいのか判別がつかないのだろう。森辺の、特に狩人たちは、あまり相手によって喋り口調を使い分ける習慣がないのだ。

「それにしても、騎兵の重い甲冑を身につけながら、一撃《いちげき》でゲイマロスを討《う》ち倒《たお》してしまうとはね。あの甲冑はトトスに乗り、騎兵槍《きへいやり》で敵陣《てきじん》に突撃《とつげき》する際に纏うものなのだ。北の民の巨大な斧《おの》をも退けられるように、特別頑丈《がんじょう》に仕立てられている。トトスから落ちれば自らの力で起き上がることさえ難しいというのに、そんな重たい甲冑を纏ってゲイマロスを討ち倒すとは……いや、本当にわたしは感服させられた」

「………………」

「しかし、それが森辺の狩人の力というものなのだろう。このジェノスでも、若い人間はあまりそのあたりのことが実感できていない。だからこそ、我《わ》が愚息《ぐそく》も森辺の狩人に剣技《けんぎ》の試合を申しつけるような真似をしでかしてしまったのだろうな」

父親の視線を受けて、リーハイムはそっぽを向いた。いつも通りの、ぶすっとした面持ちである。ルイドロスは穏《おだ》やかに微笑《ほほえ》みつつ、またシン＝ルウのほうに向きなおる。

「もっともそれも、無理からぬことだ。森辺の狩人は卓越《たくえつ》した力を持つと噂されながら、ごく一部の人間を除いては、町で刀を抜いたりもしてこなかったのだからね。森辺の民は無法者の集まりではないのだから、それが当然だ。そうであるからこそ、我が愚息も森辺の狩人の力量を見誤ってしまったのだろう」

「…………」

「しかし、齢《よわい》を重ねたわたしやゲイマロスなどは、ささやかながらも狩人の力量というものを知る機会があった。あれはまだわたしたちが幼かった頃《ころ》……それこそ、三十年も以前の出来事であったかな。森辺の狩人が、報復のために町で刀を抜いてしまったのだ」

それはもしかして、ベイムの眷族《けんぞく》の家長が族長らの制止をふりきって町に下りてしまったときの話であろうか。

ジザ＝ルウは、糸のように細い目でルイドロスの穏やかな笑顔を見つめている。

「森辺の民に無法を働いた無頼漢《ぶらいかん》どもは五名ほどもおり、それを町から追いたてようとしていた衛兵たちは十名ほどもいた。その全員が、たった一人の森辺の狩人に討ち倒されてしまったのだ。どれほど優れた剣士でも、そのような真似がかなうとは思えない。森辺の民というのは本当に自分たちと同じ人間なのかと、わたしやゲイマロスはこの屋敷の中で恐怖《きょうふ》に身を震《ふる》わせたものだよ」

「…………」

「その恐怖心《きょうふしん》が、ゲイマロスに過《あやま》ちを犯《おか》させてしまったのだろう。それであやつの罪が軽くなるわけではないが、どうしてあやつがそのような罪を犯してしまったのか、それを正しく知っていただくために、このような話をさせていただいた。ご理解をいただければ幸いだ」

「それならば、勝負を避《さ》けるべきであったと思えるのだが……やはり、騎士というものの誇《ほこ》りが、それを許さなかったのだろうか？」

ジザ＝ルウが問うと、ルイドロスは「その通りだ」とうなずいた。

「ゲイマロスは、ジェノスでも屈指《くっし》の剣士という名声を得ていた。すでに盛りは過ぎていたが、その誇りを失うまいとして、逆にすべてを失ってしまったのだろう。血を分けた弟がこのような形で道を踏《ふ》み外《はず》すことになり、わたしはとても心を痛めている」

「……それを理解できるとは言えないが、貴方《あなた》がとても苦しい立場であるということは理解しているつもりだ。自分の与《あずか》り知らぬところで、実の弟という血の近い人間がこのような騒《さわ》ぎを起こしてしまったのだからな」

「それだけでも、理解していただければ幸いだ」

あくまでも悠揚《ゆうよう》せまらず、ルイドロスはまた首肯《しゅこう》する。

「しかも、ゲイマロスをそのような道に導いてしまったのはわたしの愚息であり、その発端《ほったん》が、森辺の民に邪険《じやけん》にされた意趣返《いしゆがえ》しにあったという話なのだからね。返す返すもお恥《は》ずかしい限りだ。……レイナ＝ルウというのは、其方であったかな？」

「はい」

「なるほど、確かに美しい。愚息が心を奪《うば》われてしまうのも、わからないではない」

半透明《はんとうめい》のショールの陰《かげ》で、レイナ＝ルウは無表情だ。森辺においては、嫁《よめ》に迎《むか》えるつもりもない相手の容姿をほめることさえ、一種のマナー違反《いはん》としてみなされてしまうのである。

「親睦の晩餐《ばんさん》を始める前に、その一件についてもつまびらかにしておきたいのだが……リーハイムよ、其方はいったいどういう心づもりで、森辺の民に高価な贈り物などを捧げようとしたのだ？」

そっぽを向いていたリーハイムが、いかにも渋々《しぶしぶ》といった様子で父親に向きなおる。

「自分はただ、その娘《むすめ》を侍女として召《め》し上《あ》げたいと考えただけですよ、父上」

「ほう、侍女に」

「それでサトゥラス伯爵家の力を示すために、銀と宝石の首飾《くびかざ》りを捧げようとしました。この行為は、何かの法を犯してしまっているのでしょうかね？」

「ふむ。城下町の民ならぬ人間を侍女に召し上げるというのは、あまり聞く話ではないが、まったくありえないというわけでもないであろうな。このように美しく、なおかつ卓越した厨番の腕を備えているというのなら、なおさらに」

と、口髭《くちひげ》をひねりながらしばし黙考《もつこう》して、ルイドロスはまたジザ＝ルウのほうに視線を向ける。

「族長代行のジザ＝ルウ殿《どの》。たとえばこれが名もなき町娘を相手にした話でも、きっとリーハイムは同じように振《ふ》る舞《ま》っただろう。そして、その町娘が貧しさにあえいでいたとしたら、一も二もなくその話を了承《りょうしょう》していたに違いない。伯爵家の侍女として働くことがかなえば、その者は一生貧しい生活と無縁《むえん》でいられるのだからね」

ジザ＝ルウは、探《さぐ》るようにルイドロスを見つめ返した。

それをなだめるように、ルイドロスは微笑《びしょう》する。

「しかしまた、すべての人間が貴族に召《め》し抱《かか》えられることを喜ぶわけでもないだろう。伯爵家の侍女ともなれば、そうそう親のもとへ帰ることも、宿場町や農村の男と契《ちぎ》りを交《か》わすこともかなわなくなる。それまでの生活を打ち捨てて、伯爵家の従者として一生を過ごす覚悟《かくご》がなければ、そのような申し出を受けることはかなわないのだ」

「うむ。そうであるからこそ、妹レイナも貴族と深く関わる心持ちになれなかったのだろう」

「ああ、それは正しい判断だ。貴族が余所《よそ》の人間を召し抱えたいと願うのは自由だが、それを強要する権利はない。ジェノスの法においても、銅貨で売り買いされるのはマヒュドラの奴隷《どれい》のみ、と定められている。だから、其方の妹御が言外にリーハイムの申し出を断ったところで、本来は終わった話であるはずなのだが……リーハイムよ、それで執心を断つことのできなかった其方の未熟さが、このたびの災厄《さいやく》を招いてしまったのだぞ？」

リーハイムは相変わらずふてくされたような面持《おもも》ちであったが、何も反論しようとはしなかった。ルイドロスは、もったいぶった口調でさらに言葉を重ねる。

「このように美しく、そして才覚のある娘が相手であったなら、わたしも其方の行いを咎めたりはせず、侍女として召し抱えることを許しただろう。それは森辺の民に対して公正な気持ちを持ち、蔑《さげす》む気持ちがない、という証左でもあるので、わたしには喜ばしい行いであるようにさえ思える。しかし、その見込みがなくなったのちにまで未練を捨てることがかなわず、幼子のように駄々《だだ》をこねていては、せっかくの志も水泡《すいほう》に帰してしまうではないか？」

「………………」

「かのトゥラン伯爵家の前当主は、己《おのれ》が召し抱えようとした料理人にその申し出を断られると、非道な行いで報復したと聞く。そしてまた、トゥラン伯爵家の現当主たるリフレイア姫《ひめ》は、問答無用で森辺の民を城下町に連れ去ってしまった。其方はそこまでの罪を犯したわけではないが、己の稚気《ちき》にゲイマロスを巻き込み、そしてこのような結末を招いてしまったのだ。その点に関しては、猛省《もうせい》すべきであろう」

「……反省はしています。ただ、自分は叔父《おじ》上が森辺の狩人を恐《おそ》れているなどとは夢さら思っていなかったし、また、そうだからといって非道な行いに手を染めるとも考えていなかったのです」

感情のない声でリーハイムが応じると、隣のレイリスなる若者がふいに椅子を鳴らして立ち上がった。その強い光をたたえた瞳でその場にいる全員を見回したのち、若者は深々と頭を下げる。

「斯様《かよう》な事態に陥《おちい》ってしまったのは、ひとえに我が父ゲイマロスの愚《おろ》かさゆえです。セルヴァの誓約《せいやく》を破って剣士の勝負をも汚《けが》した父ゲイマロスの罪は、決して許されるものではありません。その罪を贖《あがな》うためならば、わたしは父ゲイマロスとともにどのような罰《ばつ》でもこの身に受ける所存です」

「ゲイマロスの罪を贖えるのは、ゲイマロスのみだ。子たる貴殿《きでん》に罰を負わせる法は、ジェノスにはない」

氷のように冷たい声音でメルフリードが言い、レイリスはきつく唇《くちびる》を噛みしめる。しばらくその姿を見つめてから、ルイドロスは彼《かれ》に着席をうながした。

「ともあれ、ゲイマロスはサトゥラス騎士団長としての座とともに、騎士としての称号《しょうごう》も失った。今後は許されざる背信者としての汚名《おめい》を背負いながら、余生を過ごす他ないだろう。其方は罪人の父を持つという汚名を背負いながら、今後も騎士として生きていくのだ。それで十分、其方たちの罪は贖えるのではないのかな」

「……はい」

「そして、法を犯すこともないままに、そんな災厄をサトゥラス伯爵家と森辺の民にもたらしてしまった其方はどのように振る舞うつもりなのだ、リーハイムよ？」

「……今後は身をつつしみ、決して伯爵家の名を貶《おとし》めるような行為には手を染めないと、西方神に誓約いたします」

やはり感情のない声で、リーハイムが応じる。その目はひたすら、空の小皿が並ぶ卓《たく》の上のみに据《す》えられていた。

「うむ。サトゥラス伯爵家はダレイム伯爵家と手を取り合い、トゥラン伯爵家の招いた災厄から脱《だつ》する道を歩んでいるさなかであった。そんな我々にとって、森辺の民との絆《きずな》は決してないがしろにできるものではない、という話であったな、ポルアース殿？」

「はい。以前からお話ししていた通り、城下町の食材を宿場町で流通させるには、アスタ殿を始めとする森辺の民の協力が不可欠でありましたからね。その成果は、ルイドロス殿もご承知の通りです」

そう、宿場町に焼きポイタンを流通させて、トゥラン伯爵家を経済的にも追《お》い詰《つ》める、という策略は、ダレイムとサトゥラスの両伯爵家が手を組んで推《お》し進《すす》めたものであったのだ。その後のさまざまな食材の普及《ふきゅう》に関しても、サトゥラス伯爵家の全面的な協力のもとに、ポルアースは活動しているはずであった。ヤンが宿場町で働いているのも、その普及活動の一環《いっかん》なのである。

「森辺の民との交渉《こうしょう》についてはポルアース殿に一任してしまっていたが、言ってみれば我々と森辺の民はトゥランの前当主を討ち倒すために手を取り合った戦友だ。このたびの復活祭では宿場町も例年以上に賑《にぎ》わったが、そこにも森辺の民の影響《えいきょう》は少なからずあったに違いない。わたしはこれからも、其方たちとは良好な縁を紡いでいきたいと考えているのだよ、ジザ＝ルウ殿」

「我々も、ジェノスの貴族とは正しい絆を結びなおさなくてはならないと考えている。それには、おたがいが誠実であらねばならないだろう」

ぱっと見には温厚《おんこう》に見えるジザ＝ルウが、穏やかな口調でそのように応じた。

「そこで気になるのは、貴方の子息の心情だ。確かにその者は何の法も犯してはいないのだろうが、ジェノス侯爵《こうしゃく》マルスタインに働きかけて、我が血族シン＝ルウを城下町に呼びつけた。そしてマルスタインは、サトゥラスの次期当主たるその者の申し出をないがしろにすることはできず、そして、サトゥラスと森辺の民の悪縁《あくえん》を断《た》ち切るためにも必要な措置《そち》であると感じ、それを受け入れたのだという話を聞かされた」

その話をもたらしたのは、他《ほか》ならぬポルアースだ。森辺の民らしいジザ＝ルウの直截《ちょくせつ》な物言いに、さすがのポルアースもちょっと首をすくめている。

「その者は、本当に森辺の民への悪念を断ち切ることがかなったのだろうか？　俺としては、もうひとたびそこのところを確認《かくにん》させてもらいたい」

ジザ＝ルウの言葉に、ルイドロスは重々しくうなずいた。

「もっともな話であるな。リーハイムよ、ジザ＝ルウ殿は斯様に仰《おつしや》っておられる。其方はどのような考えでいるのだ？」

「……今後は森辺の民と正しい縁を紡いでいけるように、努力していきたいと思います。彼らにおかしなちょっかいを出したりはしないと、ここで西方神に誓《ちか》います」

言い様は殊勝《しゆしよう》であったが、やっぱり彼は仏頂面《ぶつちようづら》のままであり、誰とも視線を合わせようとしなかった。ジザ＝ルウは、「ふむ」と椅子の上で身じろぎする。

「ずいぶん簡単に、神への誓いなどというものを口にするものだ。それは果たして、我らが母なる森に対して誓う言葉と同じ重みを持つものであるのかな」

「もちろんだ。セルヴァの民にとって西方神への誓いは絶対であるのだから、それを破るような人間は決して存在しないと断言しよう」

「そうなのか。しかし、その者の言葉には、まったく真情というものが感じられない」

そんな言葉を放つと同時に、いきなりジザ＝ルウの大きな身体がさらに大きくなったかのように感じられた。

ここ最近ではなかなか見ることもなかった、不可視の威圧感《いあつ》である。こちら側の座席では、アイ＝ファやシン＝ルウやルド＝ルウたちがぴくりと腰を浮かせそうになっていた。

「そしてそれは貴方も同様だ、サトゥラス伯爵《はくしゃく》。虚言《きょげん》を吐《は》いているわけではないのだろうが、貴方はあらかじめ決まっていた言葉をそのまま口に出しているように思える。貴方ばかりでなく、サトゥラス伯爵家の三名全員がな」

ポルアースやエウリフィアなどは何となくきょとんとしている感じであったが、メルフリードは灰色の目を細めてジザ＝ルウを注視している。やはり武の心得がある人間には、ジザ＝ルウの放つ強烈《きょうれつ》な威圧感をまざまざと感じられるものなのだろう。

そしてジザ＝ルウは、一心にルイドロスの姿のみを見つめている。ルイドロスはいささか顔色をなくしつつ、「それは誤解だ、ジザ＝ルウ殿」と返した。

「そうなのか？　貴方は決まっていた通りの言葉を述べ、そちらの二名もそれに従って返事をしているように感じられてしまうのだ。貴方がこのように述べたら、そちらの二名はこのように応じる、という具合に、最初から話す言葉が定められていたのではないのか？」

リーハイムはちらちらと横目で父親の姿を見やっており、レイリスは真《ま》っ直《す》ぐ背筋をのばしたまま、まぶたを閉ざしていた。

「だから、貴方はともかく、そちらの二名からは何の真情も感じられなかった。貴方に命じられた通りの言葉を口にするだけなら、彼らがこの場に同伴する意味もなかったのではないだろうか？」

「……わたしは、サトゥラス伯爵家の当主だ。伯爵家の人間が当主の意向にそうのは、至極《しごく》当然の話ではないだろうか？」

とりなすようにルイドロスが言ったが、ジザ＝ルウは静かに首を横に振った。

「我々とて、家長や族長の意向に逆らえるものではない。そうだからといって、心情にない言葉を口に出すことはない。我々と正しい縁を結びたいと願っているならば、家人にそのような命令を下すのは不要だと思える」

「いや、しかし……」

「貴方の子息は、何歳《なんさい》なのだろう？」

この唐突《とうとつ》な質問に、ルイドロスはいっそう困惑《こんわく》したように冷《ひ》や汗をぬぐった。

「リ、リーハイムは、この銀の月で二十二歳《さい》となった。それがいったい、何だというのだ？」

「二十二歳か。俺は間もなく、二十四歳となる。そして俺は族長ドンダ＝ルウの長兄《ちょうけい》であり、彼はサトゥラス伯爵家の長兄だ。おたがいがつつがなく父からその座を受《う》け継《つ》いだとしたら、次代においては俺と彼が森辺と伯爵家の縁を紡いでいくことになろう。……それゆえに、俺はいっそう彼の真情を二の次にすることがかなわぬのだ」

ジザ＝ルウの糸のように細い目が、伯爵家の主人からその息子《むすこ》へとゆっくり移されていく。

リーハイムは、ほとんど死人のような顔色になってのけぞった。

「重ねて、問わせてもらいたい。サトゥラス伯爵家の長兄リーハイムよ、貴方はこのたびの一件について、どのような心情でいるのだ？」

「お、俺の心情は、さきほど語った通りだ！　俺は、主君たる父上の命令に逆らう気持ちはない！」

「では、その命令さえなければ、今でもレイナを召し抱えたいと願っているのだろうか？」

リーハイムは、ほとんど椅子ごと後ろにひっくり返ってしまいそうになっていた。それを気の毒に思ったらしいポルアースが、のほほんとした調子で「どうしたのだい、リーハイム殿？」と助け船を出した。

「別にそのように取り乱さずとも、正直な気持ちを述べればいいのではないのかな。まさかリーハイム殿とて、かつてのリフレイア姫のように森辺の民を力ずくでさらおうなどと考えていたわけではないのだろう？」

「も、もちろんだ！　そんな罪を犯すつもりはない！」

「では、どうして貴方はさきほどから、そのように不本意そうな顔をしているのだろうか？」

はたから見れば、にこやかに微笑んでいるようにしか思えないジザ＝ルウである。ポルアースやエウリフィアは、むしろリーハイムたちがいきなり態度を豹変《ひょうへん》させたことをいぶかしんでいるような様子であった。

そんな人々に見守られながら、リーハイムは卓に敷かれた敷物《しきもの》をわしづかみにして、わなわなと肩《かた》を震わせている。かつてはルド＝ルウをも子供のように怯《おび》えさせたジザ＝ルウの威圧感なのだ。俺としては、このような状況《じょうきょう》でもリーハイムに同情したいような気持ちになってしまった。

「お、俺は……」

「うむ？」

「俺はどうしても、その娘を召し抱えたいという気持ちを捨てきれぬのだ。それでも父上やジェノス侯に逆らうことなどはできないから……鬱屈《うっくつ》とした気持ちが隠《かく》しきれないのだろうと思う……」

「貴方は、そこまで強い気持ちでレイナに執心《しゅうしん》していたのか」

ジザ＝ルウはいくぶん感心したような口調で言い、そのかたわらから当のレイナ＝ルウも発言した。

「ジェノスを統《す》べる貴族にそのような申し出を受けるのは、光栄なことなのでしょう。しかし、森辺の民は森を出て生きることはかなわないのです。どうかご容赦《ようしゃ》ください」

「わかってる……わかってるんだよ、俺だって……」

リーハイムは青い顔をしたまま、うつむいてしまった。その姿を見つめてから、ジザ＝ルウはレイリスに向きなおる。

「では、貴方は？　自分の父が犯した罪について、貴方はどのような思いを抱《いだ》いているのだろう？」

「わたしは別に、当主に謝罪を強要されていたわけではありません。父は己の弱さから騎士にあるまじき罪を犯してしまったのですから、もはや釈明《しゃくめい》の余地もないでしょう。わたしはそんな父に代わって、心よりお詫びの言葉を申し述べたつもりです」

そうしてレイリスはまぶたを開き、ジザ＝ルウの隣に座したシン＝ルウのほうに鋭《するど》い視線を差し向けた。

「ただ、父をそこまでの恐怖に突《つ》き落《お》とし、なおかつ、一撃のもとにそれを討ち倒した人物というのは、いったいどれほどの剣士《けんし》であるのか。この身でそれを確かめたい、という思いを消すことができずにいます」

「なるほど。だから貴方は、ずっとそのように猛々《たけだけ》しい気配を放っていたのか。聞いてみれば、どうということのない話だ」

ジザ＝ルウは、納得《なっとく》したようにうなずいた。

「我々には刀を取って力を試《ため》し合う習わしはないので、ただちにその願いを聞き届けることはできないが、貴方が父親の罪を罪と認めているならば、さしあたって問題はない。よもや貴方も、いきなりシン＝ルウに斬《き》りかかるような心づもりではないだろうな？」

「もちろんです。わたしが望むのは、誇りをかけた剣技の試し合いです」

「では、それはまたのちの話ということにさせてもらおう」

ジザ＝ルウの大きな身体から、不可視の威圧感がすうっと消《き》え失《う》せた。

そうしてジザ＝ルウは、ルイドロスのほうへと視線を戻す。

「お二人の真情を聞くことができて、俺もようやく得心することができた。族長の代理としてこの場に参じている身であったので、ことさらくどくどと言葉を重ねることになってしまい、とても申し訳なく思っている」

「あ、ああ……それでは、我々の謝罪を受け入れていただくことがかなったのであろうか……？」

「森辺の族長ドンダ＝ルウの長兄ジザ＝ルウの名において、サトゥラス伯爵家の謝罪の言葉を受け入れよう。……おたがいに異なる習わしに従って生きる身であるのだから、なかなか真っ直ぐに心を通じ合わせることも難しいのだろうが、それでもよりよい縁を紡いでいけるように努力していきたいと願う」

「そうか……」という言葉とともに、ルイドロスは深々と息をついた。瀟洒《しょうしゃ》で若々しかったその姿が、いくぶん老《ふ》け込んでしまったかのようである。たとえ君主筋であっても、納得がいかなければ刀を取ることも辞さない――という森辺の民の覚悟を、彼は真正面から受け止めることになったのだ。

「それでは、そろそろ料理を運ばせてはいかがでしょうかね、ルイドロス殿？　皆《みな》の明るい行く末を願って、ともに祝杯《しゅくはい》を傾《かたむ》けようではないですか」

そんなポルアースののんびりとした声音に従って、ようやく親睦《しんぼく》の晩餐会《ばんさんかい》は執《と》り行《おこな》われることになったのだった。

3

「今日は特別に外から料理人を呼び寄せて、森辺の民をもてなすための料理をこしらえさせたのだ。お客人のお口にあえば幸いだ」

何とか自分のペースを取《と》り戻そうと苦心しながら、ルイドロスがそのように述べたてている。

その間に、たくさんの小姓たちが卓に料理と酒を並べ始めていた。

「酒もママリアの果実酒ばかりでなく、ニャッタの発泡酒《はっぽうしゅ》や蒸留酒、シムの薬酒までをも取りそろえている。よければ味比べなどをしてみては如何《いかが》であろうかな？」

「いや、俺は果実酒で十分だ」

「では、当家の料理長がみずから配合した果実割りの妙《みょう》を楽しんでいただきたい。酒をたしなまない客人には、アロウの茶を」

アロウというのは、ベリー系の果実である。ジザ＝ルウとシン＝ルウとシーラ＝ルウを除く森辺の民の前には、ふくよかなキイチゴのような香《かお》りの漂う熱い茶が置かれることになった。

「それでは、森辺の民とのより明るい行く末を願って」

ルイドロスの声に従い、全員が杯《さかずき》を掲《かか》げる。その杯を卓の上に戻す頃には、全員分の前菜が届けられていた。

「ふむ、これは如何《いか》なる料理なのだ？」

「はい。こちらはマロールの肉をホボイの実で和《あ》えたものです」

料理人は厨《くりや》にこもったままであるらしく、ルイドロスの質問には小姓の一人が答えていた。

前菜、いわゆるオードブルである。白くて可愛《かわい》らしい陶磁《とうじ》の皿に、淡《あわ》い褐色《かっしょく》のペーストで和えられたマロールの身が載《の》せられている。マロールというのは、大ぶりの甘《あま》エビに似た甲殻類《こうかくるい》だ。ジェノスで食せるのは王都から届けられる乾物《かんぶつ》のみであるので、水で戻したのち、ボイルしたものなのだろう。うっすらとピンクがかった白い身がほぐされて、それがゴマを思わせるホボイのペーストで和えられている。

食前の文言を唱えたのちに、それを口に運んでみると、ホボイのペーストにはタウ油や砂糖も使われているらしく、塩気や甘みの加減もなかなか絶妙《ぜつみょう》であった。マロールのほうも、もとが乾物とは思えないぐらい、しっとりとしていて噛《か》み応《ごた》えが心地好《ここちよ》い。それに乾物は旨《うま》みが凝縮《ぎょうしゅく》されるので、しっかりとした海の幸《うみのさち》の味わいを感じることができた。

俺としては、何の文句もない前菜である。そして、それほど複雑な味わいではないために、森辺のみんなも問題なく口に運んでいる。ルド＝ルウなどは、ひと口でぺろりとたいらげてしまっていた。

「本来であれば、ここから五種の料理を順番に運んでこさせるところであるのだが、森辺の民にはそのような習わしはないと聞くので、いくつかの料理を同時に出させようと思うのだが、如何であろうかな？」

「我々は、家の主人の意向に従おう」

ジザ＝ルウの言葉にうなずいて、ルイドロスは小姓《こしょう》に合図をする。そうして運ばれてきたのは、汁物《しるもの》料理とフワノ料理であった。

汁物料理は辛《から》そうな匂《にお》いのする魚介《ぎょかい》のスープで、フワノ料理はいわゆるサンドイッチである。四角く切りそろえられたフワノの生地《きじ》に、さまざまな食材がはさみ込まれている。しかもそのフワノは、バナーム産の黒フワノであった。

「この料理も、香りが素晴《すば》らしいですね」

トゥール＝ディンが、こっそりと俺に耳打ちしてくる。確かに魚介のスープは、香りが素晴らしかった。辛そうは辛そうであるが、森辺の民が嫌《いや》がるほどではない。実に食欲中枢《ちゅうすう》を刺激する香りである。

「まあ、これは美味だわ。オディフィア、あなたも食べてごらんなさい」

これまでずっと静かにしていたエウリフィアが優雅《ゆうが》に微笑みながらうながすと、その愛娘《まなむすめ》は「からいのきらい」とそっぽを向いた。

「これぐらいなら、あなたでも大丈夫よ。きっと幼い子供がいることを気遣《きづか》ってくれているのだわ」

どれどれ、と俺も赤みがかったスープをすすってみると、確かにそれはほどよく刺激的《しげきてき》でまろやかな味わいであった。チットの実か、あるいは先日味見をしたイラの葉が使われているのだろう。トウガラシ系の辛さであるが、これならばオディフィアも森辺の民も舌を痛めることなく堪能《たんのう》できるはずだ。

具材には、ニラのごときペペとホウレンソウのごときナナールと、それに大豆のごときタウの豆が使われている。魚はかつて俺も使用したイワナのごときリリオネかもしれない。白身で、上品な味わいだ。

そうしてペペやナナールが赤いスープにグリーンの彩《いろど》りを添《そ》え、よく煮込《にこ》まれたタウの豆はほくほくとやわらかい。出汁《だし》の大もとは、海草であろうか。ほどよく辛くて後味のすっきりした、香り以上に素晴らしい出来栄《できば》えであった。

「……どうであろうかな？」とルイドロスが問うと、ジザ＝ルウは「美味なのだろうと思う」と慇懃《いんぎん》に答えた。

「ただ、俺はギバを使っていない料理に善《よ》し悪《あ》しを言えるような人間ではないのでな。味の感想ならば、かまど番たちが正しく答えることができるだろう」

「美味だと思います。この味は、ギバよりも魚に合うものなのでしょう」

レイナ＝ルウが静かに答え、シーラ＝ルウもうなずいている。

すると、ポルアースが俺に目を向けてきた。

「アスタ殿は、どのように思うのかな？　アスタ殿は、ギバを使わぬ料理にも造詣《ぞうけい》が深いのだろう？」

「はい、とても美味《おい》しいです。辛いのに、とても食べやすい料理ですね。オディフィア姫ばかりでなく、森辺の民に対してもお気を遣《つか》ってくださっているのではないでしょうか」

オディフィアも森辺の民も、みんな規則的なペースでスープをすすっている。ほどよい辛さに、ほどよく食欲を刺激されているのだろう。

そして、フワノ料理のほうも、それに負ける出来栄えではなかった。具材で使われているのは炒《い》り卵《たまご》と、タケノコのごときチャムチャムの薄切《うすぎ》り、ナッツのごときラマンパの実を砕《くだ》いたもの、そしてシナモンのごとき甘い香りのする香草《こうそう》である。チャムチャムはいい具合に熱が通されており、食感が素晴らしい。炒り卵は白身が少し透明《とうめい》がかっていたので、キミュスではなくトトスのものであるようだった。

そうして生地は黒フワノであるため、食感がとてもさくさくとしている。カロンの乳で練られているのか、ほんのりと甘い風味が感じられて、それが具材と繊細《せんさい》な調和を保っている。それでこの黒フワノのサンドイッチが、実にスープの味わいとマッチするのである。

砂糖は不使用で風味だけがわずかに甘い黒フワノのサンドイッチと、辛さは控《ひか》えめで旨みの豊かな魚介のスープが、おたがいを引きたてあっている。これらの料理はこの組み合わせで提供することによって初めて完成されるのではないか、というぐらいのベストマッチングであった。

「これは見事な出来栄えですね。この香草なんかはヤンがよく使うものなのですが、ひょっとしたらヤンが厨を預かっているのですか？」

「いや、言っては何だが、ヤンはこちらの料理長を横にのけるほどの腕前《うでまえ》ではないよ。僕《ぼく》の父よりは、ルイドロス殿のほうが美食というものに明敏《めいびん》であられるからね」

いくぶんかしこまった表情で、ポルアースがそのように言った。ひょっとしたら、サトゥラス伯爵家の料理長を差し置いてダレイム伯爵家の料理長を呼びつけるわけがないではないか、と言外に諭《さと》してくれているのかもしれない。まだ貴族の間の礼儀《れいぎ》というものを把握《はあく》しきれていない俺は、ひたすら恐縮《きょうしゅく》するばかりであった。

「この後は、森辺の方々もいくつか料理を出してくれるのだろう？　料理人たちも、厨でお会いするのを楽しみにしていると言っていたよ」

「はあ、そうですか」

しかし、俺たちと交流のある料理人など、先日の試食会で引きあわされた面々のみであるし、その中で名を知っているのはティマロやヴァルカスたちぐらいのものであった。

さすがにこれはティマロの作法とはずいぶん異なった料理であるように思えるし、ヴァルカスは、他の貴族からの依頼《いらい》でこの場にはおもむけないのだと聞いている。よしんばその弟子《でし》の誰《だれ》かが代理として馳《は》せ参《さん》じたのだとしても、彼らがどのような腕前を持っているかは俺にも想像がつかなかった。

（まあ、あとで挨拶《あいさつ》をさせてもらえるなら、詮索《せんさく》する必要もないか）

ただ確かなのは、この料理人が並々ならぬ腕前を持っている、ということだ。俺にとっては、それだけでも十分な話であった。

「ギバの肉というのは、カロンに劣《おと》らず上等な食材であるそうだね。わたしもそれを口にできる日を、とても心待ちにしていたのだ」

と、ルイドロスが穏やかに割って入ってくる。

「しかしギバ肉は、いまだ価格が定まらないため、城下町で取り扱《あつか》うには時期尚早《じきしょうそう》であると聞いている。あれから四ヶ月《かげつ》ばかりも経《た》ったように思うのだが、まだその目処《めど》は立っておらぬのかな？」

「そうですね。僕は最低でもカロンの胴体《どうたい》と同じ値《あたい》にするべきだと思っているのですが、それではなかなか宿場町の民《たみ》には手の出しにくい値になってしまいます。今では宿場町でも少しずつカロンの胴体の肉が流通しつつあるので、それが一般的《いっぱんてき》になるようなら、心置きなくギバ肉の値段も定められるのではないでしょうか」

ポルアースのそんな返答に、エウリフィアが「ふうん」と小首を傾《かし》げる。

「あくまで宿場町の民を優先させる、ということなのね。それで城下町の民がひたすら我慢《がまん》を強《し》いられる、というのはどういうわけなのかしら？」

「ですからそれは、宿場町の民の反感を招かないためですよ。なんとか騒ぎは収束しましたが、トゥラン伯爵家の前当主のおかげで、我々は領民からの信頼《しんらい》を大きく損《そこ》なわれてしまったのです。ギバ肉の買い付けを少し我慢するだけで領民の反感を抑《おさ》えることがかなうならば、そうするべきでありましょう？」

「それはつまり、宿場町でギバの肉を食べることができなくなったら、暴動でも起きかねないということ？　アスタたちは、そこまでの力を宿場町で示すことができたのねえ」

エウリフィアはくすくすと笑い、メルフリードが灰色の目でそれを見据《みす》えた。

「今さら何故《なぜ》、そのような話を蒸《む》し返《かえ》すのだ？　我らの父にして君主たるジェノス侯がどのような心づもりでそのような裁定を下したのかは、とっくに通達されていたことであろう？」

「ええ、頭ではわかっていたつもりであったのだけれど、あらためて考えたらその事実に驚《おどろ》かされてしまったのよ。だって、宿場町ではもう城下町と同じだけの食材を買い付けることが許されているのでしょう？　それなのに、ギバ肉を買《か》い占《し》められることには、いまだに我慢がならないのね」

「アスタ殿たち森辺の民は、ギバの肉のみならずギバの料理を売っておりますからね。あの美味なる料理が食べられなくなったら、それは暴動でも起きかねないかもしれません」

ポルアースの言い様はあまりに大仰《おおぎょう》であったが、それもギバ肉の買い占めはならじという条《じょう》項《こう》を強調するためであったのかもしれない。というか、最初に話題を振ったエウリフィアからして、同じような目論見《もくろみ》であったのではないだろうか。この貴婦人は、たおやかなばかりでなく、けっこうしたたかな一面も持ち合わせているのである。

「しかしリーハイム殿も、決して悪意あってギバの肉を買おうとしたわけではないでしょう。それは単に、そうすれば森辺の民もいっそう豊かな生活を得ることがかなう、という思いと、あとはサトゥラス伯爵家が独自の商売で新たな富を得ることがかなう、というぐらいの気持ちであったはずです。他ならぬサトゥラス伯爵家の領民たる宿場町の民の反感を招いてまで、そのような考えに固執《こしつ》するとは思えませんからね」

ポルアースはそのように発言したが、リーハイムは困惑げに左右を見回すばかりであった。

おそらく、ポルアースが彼をフォローしようとしているのか貶めようとしているのか、その判別がついていないのだ。貴族と領民と森辺の民の奇妙《きみょう》な三角関係を正しく把握できていなければ、それも当然の話である。

「あの、その件に関して、自分からもひとつ提案があるのですが」

俺《おれ》がそのように声をあげると、「何かな？」とルイドロスに穏やかな目を向けられた。

「実は自分たちは、ギバの腸詰肉《ちょうづめ》というものを森辺の集落でこしらえているのですが、これは燻製《くんせい》肉の一種であるので、とても手間がかかってしまうのですね。それに、水を抜《ぬ》く過程で肉の重さが減じてしまうので、もとを取ろうと思ったら宿場町の方々には手の出ない値段に跳《は》ね上がってしまうのです。そういった腸詰肉を城下町でお買い上げいただくことはできないものかと、かなり前から考えていたのですよ」

「ふむ？　しかし燻製肉というのは、旅人や戦地の兵士などが食するものなのではなかったかな？　トトスで半日のダバッグから新鮮《しんせん》なカロンの肉を買い付けることのできる我々には、そのようなものを口にする理由がないように思えるのだが……」

「はい。ですが、肉というのは燻製にすると旨みが凝縮されるのです。それに、旅人が食する干し肉ほど徹底的《てっていてき》に水を抜いているわけでもないので、そこまで保存はきかない代わりに、とても美味しいです。実は以前にダバッグへと旅をしたときに、肉に一家言ある方々に試食をお願いしたのですが、そちらからも好評をいただくことがかないました。……まあ、何やかんやあって、そちらで商売の手を広げることはできなかったのですが」

「ああ、思わぬところで思わぬ目にあってしまったものだねえ。言ってみれば、あれもトゥラン伯爵家《はくしやくけ》の前当主の行いから派生した騒ぎだった」

愉快《ゆかい》そうに、ポルアースが声をあげる。そういえば、それでダバッグへと調査団を派遣《はけん》することになったのは、他ならぬメルフリードであったのだった。

「もちろん城下町で商売をする時期に関してはジェノス侯爵におまかせする他ないので、さしあたって本日は、味見のための腸詰肉を持参しました。それが城下町で商品たりうるかどうか、まずはみなさんにお確かめいただけたら幸いです」

「ほう。料理とは別に、そのような手土産《てみやげ》まで持参していただけたのかな？」

「はい。ルウ家とサトゥラス伯爵家の親睦会《しんぼくかい》にお邪魔《じやま》させていただいた、ファの家からのせめてもの御礼《おれい》です」

アイ＝ファも、静かに目礼している。どうやら完全に復調したらしいルイドロスは、実に貴族然とした面持ちで微笑みながら、「それはいたみいる」と応じてくれた。

「わたしとて、トゥランの前当主やジェノス侯ほどではないものの、美食に関してはひとかどの見識を持ち合わせているつもりだからね。その腸詰肉とやらについては、後日しっかりと味を見させていただこう」

「はい、ありがとうございます」

「しかしまずは、こちらの心尽《こころづ》くしを楽しんでもらわねばな。……さ、次なる料理をお出しするがいい。客人たちをお待たせするでないぞ」

そうして小姓たちが、またたくさんの皿を運び込んでくる。いよいよ野菜料理と肉料理である。そのうちの片方がまず並べられていくと、ルド＝ルウが「何だこりゃ？」と遠慮《えんりょ》のない声をあげた。

「こちらは、野菜と乾酪《かんらく》の料理でございます」

小姓たちも詳《くわ》しくは聞かされていないのか、ひどく大雑把《おおざっぱ》な返答であった。

確かに、奇妙な料理である。一辺が十センチほどの正方形で、厚みは二センチほど、色合いは緑と赤がマーブル模様になった奇《き》っ怪《かい》なる物体に、とろりとした乾酪が掛《か》けられている。野菜は野菜でも何の野菜なのか、少なくとも外見から推《お》し量《はか》ることはかなわなかった。

いっぽう、肉料理はとてもシンプルな焼き肉料理であった。平たく切られたソテーであり、濃《こ》いグリーンをしたソースがひかえめに掛けられている。添え物《もの》は、パリパリに焼かれた薄《うす》い黒フワノのみだ。

「こちらは、ギャマの焼き肉料理でございます」

その説明で、俺は思わずトゥール＝ディンと目を見交《みか》わしてしまう。これはどう見ても、燻製肉ではなく生鮮肉《せいせんにく》のソテーであった。で、生きたギャマはヴァルカスがまるごと買い上げたわけであるから、これは彼に縁《えん》ある料理人が仕上げた料理であるということだ。

「ギャマの肉か。これはわたしも、初めて口にするな。ギャマはギバと同じように野生の獣《けもの》であると聞くが、いったいどのような味わいなのであろう」

ルイドロスも、素直《すなお》に感心したような声をあげている。ポルアースやエウリフィアたちも、期待に瞳《ひとみ》を輝《かがや》かせていた。

「うーん、乾酪は俺も好きなんだけどなー。この下にあるやつは、食い物に見えねーなー」

ひとり不満げな顔をしたルド＝ルウが、金属の匙《さじ》で四角い野菜料理をつついた。とたんにその物体はぐにゃりと形を変じてしまい、ルド＝ルウは「わ」と声をあげる。

「これ、溶《と》けた乾酪と同じぐらいやわらけーぞ。本当に食い物なのか？」

「ヴァルカスだって、とても食べ物には見えない料理を作っていたでしょう？　あれも野菜の料理で、とても不思議な形をしていたじゃない」

レイナ＝ルウが小声でそのように掣肘《せいちゅう》したが、ルド＝ルウはいっそう不満げな顔をするばかりであった。

「そんなん知らねーよ。俺は毎回、護衛役に選ばれてるわけじゃないんだぜ？」

「あ、そうか。あのときに同行してくれたのは、ダン＝ルティムたちだったたね。……とにかくこれはヴァルカスの弟子が作った料理に違《ちが》いないから、何も心配する必要はないと思うよ」

どうやらレイナ＝ルウも、ギャマ肉の登場でその結論に至ったらしい。

そうして先陣《せんじん》を切って野菜料理を口にしたレイナ＝ルウは、まぶたを閉ざして深々と息をついた。

「やっぱり、不思議な味……いったいどうやったら、野菜をこんな風に仕上げられるんだろう」

興味をそそられて、俺も野菜料理から手をつけることにした。

確かに、匙であっけなく取り分けられるほどのやわらかさである。そして上から掛けられた乾酪も、乳か何かで練られているのだろうか。ダバッグで食した乾酪フォンデュのようにとろりとしていて、そうそう固まる気配もない。それでその下の四角い物体も、それに負けないぐらいのやわらかさであったのだった。

（まるで、溶けかけの煮凝《にこご》りみたいな感触《かんしょく》だな）

小さく取り分けた料理を口に運ぶと、まずは乾酪の濃厚《のうこう》な味わいが口に広がった。その後に続くのは、さまざまな野菜の風味である。はっきりわかるのは、タラパの酸味やプラの苦みだ。あとは全体的にまろやかに甘く、ニンジンのごときネェノンやキャベツのごときティノあたりはふんだんに使われているのだろうなと思われた。

（それに、ホウレンソウみたいなナナールと、ズッキーニみたいなチャンと……俺にわかるのは、それぐらいか。ひとつひとつはペースト状にされているけど、完全に混ぜ合わせているわけじゃないから、味が分離《ぶんり》してるんだな）

そしてやっぱり、それを繋《つな》ぎあわせているのは魚介の油分であるようだった。風味豊かな魚の旨みが、しっかり感じられるのである。

（冷蔵庫でもあればもっとしっかり固められるんだろうけど、こんなに温かいジェノスではこれが限界か。ペースト状にした野菜をざっくり混ぜ合わせて、それを魚の油のゼラチンで固めているんだろう）

なんとも不可思議な料理である。しかし、いわゆる「複雑」なわけではなかった。外見がマーブル状になるぐらい、それぞれの食材は分離している。だから、これはタラパだこれはネェノンだという判別をつけることができるのだ。なおかつ、乾酪の味と魚の風味も強いので、味の方向性がしっかり定まっている。酸味や苦みはアクセントぐらいにしか感じられず、舌を混乱させることもない。

「うん、まあ、まずいことはねーな」

ルド＝ルウもそのように言いながら、今度は肉料理の皿を引き寄せた。

そちらに向かって、ポルアースが笑いかける。

「こちらの肉料理も、非常に美味だよ。森辺の民のお口にもあうのではないのかな」

肉料理の皿からは、それなりに香草の香りが感じられた。この緑色をしたソースが、香草をベースに作られているのだろう。ほどほどに辛そうで、かつ清涼《せいりょう》な香りだ。

俺はナイフとフォークを使い、その肉を切り分けてみた。特別に硬《かた》いともやわらかいとも感じられない。ただ、ほとんど赤身で脂身《あぶらみ》は見当たらなかった。

（燻製肉はけっこう脂身がついてたけど、部位が違うのか。これは、モモか何かかな？）

切り分けた肉を口に運ぶと、やはりほどよく弾力《だんりょく》にとんでいる。脂身はないが、しっとりとしていて、きめのこまかい肉質だ。何か独特の風味を感じるが、それは香草のソースで緩和《かんわ》されている。香草は、ぴりっとしたペッパー系の風味がした。

何だろう、豚《ぶた》や牛とは異なる味わいだ。ギャマというのはヤギに似た風体《ふうてい》をしていたので、やはりそちらの肉質に近いのだろうか。残念ながら、俺はヤギ肉を食した経験がなかったのだった。

（山育ちのギャマは臭《くさ》いからチットの実とかが欠かせないって話だったけど、これはきっと草原だか何だかのギャマなんだろうな。それなりにクセはあるけど、食べにくいことは全然ないや）

簡潔に言うと、美味《うま》い肉である。クセの強い肉も、俺は嫌《きら》いではない。そういう意味では、カロンよりも満足のいく味かもしれなかった。

「うん、こいつは普通《ふつう》に美味いな」

ルド＝ルウも、ご満悦《まんえつ》の表情である。アイ＝ファもジザ＝ルウもシン＝ルウも、とりたてて不満はない様子で食事を進めている。――などと考えていたら、アイ＝ファがそっと口を寄せてきた。

「アスタ、これはこの前、あの館《やかた》で見せられた獣の肉なのだな？」

「うん、そのはずだよ」

「この肉は、悪くない。少なくとも、カロンやキミュスといった獣の肉よりは、深い満足が得られるようだ」

それはやっぱり、畜獣と野生の獣の差なのだろうか。そもそもあのギャマたちが本当に野生の獣であるという保証はないのだが、そのように考えると一番しっくりくる。それに森辺の民は、ときおりシム人が祖なのではないかと思わせる一面を覗《のぞ》かせることがあるのだ。

だけどまあ、何はともあれ、料理がお気《き》に召《め》したのならば幸いであった。正直に言って、森辺の民がここまで問題なく城下町の料理を食べられるなどとは、俺は夢にも思っていなかったのである。自分の好みよりも探究心がまさっているかまど番たちはともかく、ギバ料理にしか興味を示さない狩人たちが文句らしい文句もなく料理をたいらげているのは、ほとんど奇跡的《きせきてき》に感じられてしまった。

「あー、この変な野菜の料理も、肉と一緒《いっしょ》に食べるとけっこう悪くないかもな。フワノとかいうやつが準備されてるのも、気がきいてるしよ」

と、しまいにはルド＝ルウまでもがそのような評価を下していた。そんな客人たちの様子を見回しながら、ルイドロスは満足そうにうなずいている。

「それでは最後に、菓子《かし》を持ってこさせよう。最後までご満足いただければ、何よりだ」

　しめのデザートは、やはり黒フワノを使った菓子であった。平たくのばされた生地の上に、うっすらとピンクがかったフルーツの切り身がちりばめられている。桃《もも》に似た果物、ミンミの実である。黒フワノの生地とともに窯《かま》か何かで焼きあげられたのか、甘い香りがいっそう際立《きわだ》って、表面がつやつやと輝いている。

　俺としては、その菓子も申し分なかった。甘さはひかえめの上品な味わいで、黒フワノの軽い食感がとても好ましい。なおかつ、生地の中にはゴマっぽい風味も感じられる。前菜でも使われていたホボイの実である。やっぱりペースト状にして、生地に練り込んでいるのだろう。生地の表面にはうっすらとパナムの蜜《みつ》も塗《ぬ》られているようであったが、それよりもやはりミンミの甘さを活《い》かそうとしている仕上がりだ。

「我《わ》が父にして族長なるドンダ＝ルウからは、城下町の料理には期待をかけるなと言われていた。どれほど上等な料理を準備されても、我々にはそれを上等と感じる舌が備わっていないのだから、と。……しかし少なくとも、今日の料理で美味ではないと言いたくなるようなものはひとつもなかったようだ」

ジザ＝ルウがそのように告げると、ポルアースが「ほほう」と反応した。

「それはなかなか、驚くべき感想であるように思えるね。確かに森辺の族長たちは城下町の料理を食べても顔をしかめることが多かったし、中には、我々のために作られたアスタ殿《どの》のギバ料理にさえ不満そうな様子を見せることすらあったのだよ」

それはひょっとして、レテンの油で揚《あ》げられたカツレツに不満そうであったダリ＝サウティのことを言っているのだろうか。そうだとしたら、なかなかの洞察力《どうさつりょく》である。

「しかもジザ＝ルウ殿やシン＝ルウ殿などは、ほとんど初めて城下町の料理を口にしたのではなかったかな？　ならば、城下町の料理の味に舌が慣れたというわけでもないのだろうし……これは、料理人との相性《あいしょう》なのかな」

「そうね。かつて森辺の族長たちが口にされたティマロの料理が、こちらの料理にそこまで劣っているとは、わたくしも思わないわ」

エウリフィアも、楽しそうに同意する。その優美なるドレスの裾《すそ》を、幼き愛娘がくいくいと引っ張った。

「ねえ、トゥール＝ディンのおかしはまだなの？」

「え？　ああ、そうね。今日はあなたの菓子を食べさせてもらえるのよね、トゥール＝ディン？」

「あ、はい……」と、トゥール＝ディンは小さくなりながらうなずき返す。その姿を眺《なが》めやりながら、ルイドロスが「ふむ」と口髭《くちひげ》をひねった。

「それではいよいよ、森辺のギバ料理というものも味わわせていただこうか。厨番の方々には、せわしなくて申し訳ない限りだが」

「いえ、これもわたしたちの仕事ですので」

レイナ＝ルウが一礼して立ち上がったので、俺たちもそれにならうことにした。厨に同行する護衛役は、アイ＝ファである。スフィラ＝ザザは少し迷うそぶりを見せたが、会食の場に居残ることに決めたようだった。

リーハイムやレイリスはすっかり大人しくなってしまっており、もそもそと料理の残りをついばんでいる。そんな彼《かれ》らの姿を尻目《しりめ》に、俺たちは会食の場を後にした。

「今日の料理は、いずれも素晴らしかったですね。ヴァルカスの料理を食べたときとは、異なる驚きを覚えています」

小姓の案内で回廊《かいろう》を歩きつつ、シーラ＝ルウがこっそりとそのように発言した。

「ヴァルカスの料理には混乱させられることも多いのですが、今日の料理は、なんというか……どれも安心して食べることができました」

「俺も同じ意見ですよ。きっと調理したのはヴァルカスのお弟子さんなんでしょうけど、いったい誰なんでしょうね」

「あの、タートゥマイという老人ではないでしょうか？　たしか、あの者が弟子たちの取りまとめ役なのですよね？」

「わたしは、あのボズルという南の民だと思います。あの者は森辺の民に対して友好的な様子でしたし、ああいう人柄《ひとがら》であればわたしたちの好むものを察することができるのではないでしょうか？」

が、シーラ＝ルウとレイナ＝ルウの予測は外れていた。

それほど歩かせられることなく導かれた厨の扉《とびら》を開くと、そこで待ち受けていたのは若い男女――シリィ＝ロウとロイであったのである。

「ああ、あれはあなたがたの料理だったのですか」

レイナ＝ルウが絶句してしまっているので、俺がそのように呼びかけてみせた。すでに白覆面《ふくめん》を外していたシリィ＝ロウは、冷たい眼差《まなざ》しで俺たちを見返してきている。

「今日はヴァルカスも、他の仕事が入っていたのですよね？　そちらの手伝いは大丈夫《だいじょうぶ》だったのですか？」

「下りの三の刻までは、わたしたちもそちらの仕事に取り組んでいました。あとは手が足りているのだから、サトゥラス伯爵家の仕事をお引き受けなさいとヴァルカスに命じられてしまったのです」

とてもとても不本意そうに、シリィ＝ロウはそのように言いたてた。その横で、ロイは肩をすくめている。

「俺はもちろん、その仕事を手伝っただけだ。ヴァルカスの下について、初めて給金をいただくことができたよ。……シリィ＝ロウの料理は、美味かっただろう？」

「ええ、とても美味しかったです。ギバ料理にしか興味のない森辺の男衆でも、文句なくたいらげていましたよ」

「そりゃあそうだ。あれは、森辺の民のために考案した組み合わせなんだからな」

そのように言って、ロイはひさびさににやりと笑った。

「森辺の民がどういう味を好んでどういう味を嫌うか、俺が知る限りのことをシリィ＝ロウに伝えたんだ。野菜料理にも不満はなかったか？」

「そうですね。最初は嫌そうにしている人もいましたが、最後には喜んで食べていました」

「そいつは何よりだ。あれは噛み応えが風変わりな料理だから、それだけが心配だったんだよな」

シリィ＝ロウは黙《もく》して語らず、ロイは不敵に微笑《ほほえ》んでいる。そんな両者を見比べながら、レイナ＝ルウがようやく口を開いた。

「あなたがどのような料理を準備するべきか、指示を出したわけですか？　あなたには、そこまで森辺の民の好みが把握できているというのですか？」

「あん？　そりゃまあ多少はな。俺はお前らがティマロの料理に好き勝手なことを言ってるところも見てたからよ。あとはお前たちの作る料理もさんざん口にしてきたんだから、ちっとは見当のつけようもあるよ」

「……そうですか」と、レイナ＝ルウは目を伏《ふ》せてしまう。何やら、ちょっと悔《くや》しげなお顔である。

「さ、次はお前らの番なんだろ？　もしも量にゆとりがあるなら、俺たちにも味見をさせてくれよ。とっておきのギャマ肉まで食べさせてやったんだからさ」

先日、レイナ＝ルウに真情を打ち明けたことによって、ロイも少しは胸のつかえが下りたのだろうか。レイナ＝ルウには申し訳なかったが、俺はひさびさにロイの笑顔《えがお》を見ることができて、ずいぶん温かい気持ちを得ることができたのだった。

4

「何だ、お前は料理を作らないのかよ？」

てきぱきと働くレイナ＝ルウたちを横目に、ロイが俺に文句をつけてきた。

「ああ、はい。今日は俺が調理助手なんですよ。今日の主賓《しゅひん》はあくまでルウ家の人たちなので、料理もそちらにまかせるべきかなと思って。……あと、オディフィア姫《ひめ》が所望《しょもう》しているのはトゥール＝ディンのお菓子なので、俺はその仕事を手伝わせていただこうかなと」

「ふん、こんな場では自分が動く必要もないってか？　すっかり大御所《おおごしょ》気取りだな」

「そんなつもりはないですってば。不必要な場面で出しゃばらないように心がけているだけです」

　そんな会話をしている間にも、着々と料理は仕上がっていく。レイナ＝ルウたちは肉料理を、トゥール＝ディンは甘い菓子を作っているので、厨には実に錯綜《さくそう》した香りが満ちることになった。

「アスタ、味見をしていただけますか？　肉を漬《つ》け込んでからずいぶん時間が経ってしまったので、そのぶん最後にかける汁《しる》の量を減らしてみたのですが」

「はいはい、了解《りょうかい》です。……うん、いいんじゃないですか？　これなら問題なく、屋台でも出せますよ」

　レイナ＝ルウとシーラ＝ルウが準備しているのは、ショウガのような風味を持つケルの根を使ってグレードアップさせた『ミャームー焼き』であった。添え物として、ティノとアリアとネェノンの生野菜サラダも準備している。ドレッシングも、彼女《かのじょ》たちなりに配合を突きつめた仕上がりだ。

　いっぽうトゥール＝ディンは、ギギの葉を駆使《くし》した焼き菓子である。ココア風味にした生地には白いクリームを載せ、普通の生地にはココア風味のクリームを載せている。生地に使われているのはポイタンで、これもトゥール＝ディンの得意であった焼き菓子をギギの葉で彩った逸品《いっぴん》であった。

「ケルの根やギギの葉を使っているのですね。四日前に初めて知った食材をこのような場で使うなどというのは、あまりに無謀《むぼう》なのではないですか？」

ちょっと離《はな》れた場所からこちらの様子をうかがっていたシリィ＝ロウが、そのように言いたてきた。レイナ＝ルウたちが無言なので、俺が答えることにする。

「あの場でも言いましたけど、俺の故郷には似たような食材があったんです。だからまあ、その感覚で既存《きそん》の料理に取り入れてみたのですよ」

「しかし、料理を仕上げているのはあなたではありません。いくら手ほどきを受けたと言っても、よほどの腕《うで》がなければまともな味に仕上げることはかなわないでしょう」

「それなら、この料理の出来栄えは彼女たちの功績に他《ほか》ならないということですね」

トゥール＝ディンの菓子は言うに及《およ》ばず、レイナ＝ルウたちのこしらえた『ミャームー焼き』だって、俺の作るものと遜色《そんしょく》は感じられなかった。彼女たちは何ヶ月もの間、数えきれないぐらいの数量の『ミャームー焼き』をこしらえてきたのだ。そこまで土台がしっかり完成していれば、たとえケルの根がどんなに強い味の食材でも、扱いに困ることはなかっただろう。

そしてトゥール＝ディンに至っては、現状でも俺より上等な菓子を作ることが可能である。ギギの葉の使い道を俺が指導したのは二日前であるのだが、その日と昨日の修練だけで、トゥール＝ディンはギギの葉と砂糖とカロン乳の配合を一段階レベルアップさせていた。この調子でいけばもっと質を高めることも可能であろうが、現段階でもみんなにお披露目《ひろめ》するのに不都合はないはずであった。

「まあ、だまされたと思って味見をしてみてください。少なくとも、俺には何の不満もない出来栄えですよ」

食材は多めに持ち込んできていたし、レイナ＝ルウらもシリィ＝ロウたちに試食をしてもらうことを望んでいた。陶磁の小皿に載せられた肉料理と焼き菓子を前に、シリィ＝ロウはしぶしぶフォーク形の食器を取る。

数秒後、その面《おもて》は大きな驚きにひきつることになった。同じように『ミャームー焼き』から手をつけたロイも「ははあ」とうなり声をあげている。

「こいつはまったく、文句のつけようもない仕上がりだな。ミャームーとケルの根がこんなに合うとは思ってもみなかったぜ」

「そうですか。まあ、どちらも味や香りが強いですからね」

「ふん。しかも、以前に宿場町で出していた料理より、味が落ち着いたみたいだな？」

ロイの問いかけに、レイナ＝ルウは「ええ」とうなずく。

「宿場町の民や旅人たちは、森辺の民よりも強い味付けを好んでいるようであったので、わたしたちもそのように作っていたのですが……わたしはできるだけ、森辺の民たる自分が一番美味と思えるような料理を売っていきたい、と思うようになったのです」

「ふうん？　ま、宿場町の連中の好みなんて、俺にはわからねえけどよ。たった赤銅貨二枚かそこらでこの料理に文句をつけるやつがいたら、そいつは西方神に怒《いか》りの雷《いかずち》を落とされるだろうな」

「……あなたの口にも、その料理は合いましたか？」

「あん？　だから文句のつけようもないって言ってんだろ。どうしてたった四日ばかりで、ケルの根みたいに厄介《やっかい》な食材をこうまで見事に使いこなすことができるんだよ」

レイナ＝ルウは、何やらほっとした様子で息をついている。その姿を見て、俺も少しばかり加勢したくなってしまった。

「実は、俺がレイナ＝ルウたちにケルの根の使い方を伝授したのは、二日前のことなのですよね。最初の二日は、そんな時間も取れなかったのです」

「二日前……」と、つぶやいたのはシリィ＝ロウであった。その瞳には、対抗心《たいこうしん》よりも強く困惑《こんわく》の光が渦巻《うずま》いている。レイナ＝ルウたちの対応力には俺だって驚かされていたのだから、彼女たちにはそれ以上に衝撃的《しょうげきてき》であるはずであった。

「何だ、こっちの菓子もずいぶん念入りに仕上げられてやがるな。この風味が、ギギの葉なのか？」

「あ、はい。そちらもなかなかのものでしょう？」

「ふん。このカロン乳の脂分《あぶらぶん》を泡立《あわだ》てるのは、確かにお前のやり口だな。そいつにギギの葉と砂糖を加えたのか」

トゥール＝ディンのこしらえた菓子は、まず見た目からして素晴らしい。ココア色の生地には白いクリームが、黄白色の生地にはココア色のクリームが映《は》えている。そしてまた、ギギの葉の苦みと、砂糖の甘さと、カロン乳のまろやかさのバランスが秀逸《しゅういつ》である。リミ＝ルウのチャッチ餅《もち》も素晴らしい出来であったし、本当に彼女たちの菓子作りにおけるセンスや才覚というのは並々ならぬものがあった。

「あんたは菓子作りが得意なんだろう、シリィ＝ロウ？　あんたなら、俺よりもいっそう正しい評価を下せるんじゃねえのか？」

ロイにそのようにうながされても、シリィ＝ロウは小さく肩《かた》を震《ふる》わせるばかりで何も答えようとしなかった。そんなシリィ＝ロウの様子を見て、ロイは肩をすくめる。

「おい、アスタ。シリィ＝ロウに聞いたんだけど、明日、町の人間を森辺の集落に招くんだって？」

「え？　ああ、はい、そうですよ」

「それで、森辺の民が町の人間に料理をふるまうのか？」

「ええ、明日は親睦《しんぼく》の宴《うたげ》なんですよ。太陽神の復活祭では俺たちがダレイムの宴にまぜてもらっていたので、そのお返しみたいなものですね」

「そうか。……そこに俺がまぎれこむことはできるのか？」

その言葉には全員が驚かされたが、真っ先にそれを表明したのは他ならぬシリィ＝ロウであった。

「あ、あなたは何を言っているのですか？　貴重な休日にそのような真似《まね》をして、どうしようというのです？」

「休日だからこそ、だろ。めったにない休日にそんな会合が行われるなんて、こいつは西方神の思《おぼ》し召《め》しってやつなんじゃねえのか？」

そう言って、またロイはひとつ肩をすくめた。

「言っただろ？　俺は森辺の民の力量に打ちのめされて、ヴァルカスに弟子入りを申し入れたんだってさ。これほどの料理を作る連中が、どんな場所で、どんな道具を使って、どんな具合に料理を仕上げているのか、俺には気になってしかたがねえんだよ」

「だ、だからといって……」

「あんたは気にならねえのか？　森辺の民ってのは、ほんの数ヶ月《すうかげつ》前までフワノを焼くことすら知らなかったって話なんだぜ？　そんな連中が、貴族に出しても恥《は》ずかしくない料理を作れるぐらいの腕を身につけたんだ。俺には、とうてい見過ごせないね」

シリィ＝ロウが唇《くちびる》を噛《か》んで黙《だま》り込んでしまうと、その姿を横目で見ながら、ロイはぼりぼりと頭をかいた。

「別に、あんたにまでつきあえとは言ってねえよ。俺が休日に何をしようと勝手だろ？　別に正式に雇《やと》われてるわけでもねえんだしさ。……で、どうなんだよ、アスタ？」

「えーっとですね。その祝宴《しゅくえん》を取り仕切っているのは、族長筋のルウ家なのですよ。ですから、客人を増やすにはルウ家の承諾《しょうだく》が必要になるのですが……」

俺が視線を差し向けると、レイナ＝ルウはひどく戸惑《とまど》った目つきでロイのことを見返した。

「あなたが集落への来訪を願うのですか？　城下町の民たる、あなたが？」

「別におかしな話じゃねえだろ。森辺の民だって、こうしてちょいちょい城下町にやってきてるんだからよ」

言いながら、ロイは珍《めずら》しくも少し気まずそうな顔をした。

「お前は、そのルウ家ってところの娘《むすめ》なんだよな？　俺なんざを集落に招くのは気が進まねえだろうけど、何とか許しちゃもらえねえか？　決して冷やかし半分の気持ちではねえからさ」

レイナ＝ルウは、困り果てたように俺とシーラ＝ルウの顔を見比べた。シーラ＝ルウは、それをなだめるように微笑んでいる。

「わたしは、特に拒《こば》む理由もないように思います。というか、今日はジザ＝ルウもこの場におもむいてきているのですから、そちらに判断をゆだねるべきではないでしょうか？」

「うん、それはそうなんだけど……」

「城下町の民が森辺の集落におもむきたいなどというのは、驚くべき話でしょう。それがわたしたちの料理によって喚起《かんき》された思いであるというのなら、わたしはとても誇《ほこ》らしく思います」

そのように述べてから、同じ表情でシーラ＝ルウはシリィ＝ロウのほうを見た。

「あなたは、如何《いかが》ですか？　ヴァルカスの弟子たるあなたまでもが同じ気持ちであるのなら、わたしはなおさら誇らしいです」

「ど、どうしてわたしが、そのようにあやしげな会合に……！」

「あやしげではありません。わたしたちは、町の人間と正しい絆《きずな》を結びたいと願っているのです。……それに、ギバを使わずにあれほど森辺の民を喜ばせることのできるあなたのことを、わたしはヴァルカスと同じかそれ以上に得難《えがた》く思っています。そんなあなたと友になることができたら、それにまさる喜びはありません」

それはきっと、シーラ＝ルウの心からの言葉であったのだろう。さしものシリィ＝ロウも憎《にく》まれ口《ぐち》を叩《たた》くことはできず、目を白黒とさせてしまっている。

「族長の代理としてこの場におもむいているジザ＝ルウも、あなたたちのことを拒んだりはしないと思います。よかったら、会食が終わるまでにお考えください」

「………」

「それでは、そろそろあちらに戻《もど》りませんか？　せっかくの料理が冷めてしまいます」

「ああ、そうですね」

ということで、俺たちはシリィ＝ロウとロイをその場に残し、会食の間へと舞《ま》い戻ることになった。

レイナ＝ルウとシリィ＝ロウが気持ちを乱してしまっている中、すっかりシーラ＝ルウにまとめられてしまった格好である。この際には、シーラ＝ルウのように落ち着いていて、なおかつ誠意にあふれた人柄が何よりも有効であったのだろう。シリィ＝ロウを怒《おこ》らせるばかりである俺には、とうていかなわない芸当だ。

そうしてみんなのもとに戻ってみると、彼らは酒杯《しゅはい》を傾《かたむ》けながら談笑《だんしょう》のさなかであった。当主のルイドロスと、それにポルアースやエウリフィアが先導して場を盛り上げていたらしい。リーハイムやレイリスの様子に変わりはなかったが、とりあえずおかしな方向に会話が流れなかったのなら幸《さいわ》いであった。

「お待たせいたしました。ケルの根とミャームーを使った、ギバの焼き肉料理です」

レイナ＝ルウの声とともに、小姓《こしょう》たちが料理を取り分けていく。

香《かお》り高《たか》い『ミャームー焼き』を前に、ルイドロスは「ほほう」と感心したような声をあげた。

「これは素晴《すば》らしい香りだ。ケルの根というのは、聞き覚えのない食材であるようだが……」

「ケルの根は、ジャガルの商人から持ち込まれた食材でありますよ。僕もまだ口にしたことはなかったので、さっそく味わえるとは思いませんでした」

ポルアースは嬉《うれ》しそうに言って、真っ先にフォークとナイフを手に取った。そうして切り分けた『ミャームー焼き』を口にするや、その丸っこい顔に至福の表情が浮《う》かびあがる。

「ううん、これは美味だねえ。やはりカロンやギャマにも負けない味わいだ。さっきはあのように言ったけれど、僕も城下町で気軽にギバを食べられる日が来るのが待ち遠しいよ」

「あら、本当ね。これはアスタでなく、ルウ家の方々の料理なの？」

エウリフィアの問いかけに、レイナ＝ルウは「はい」とうなずく。

「アスタに手ほどきを受けて、わたしとシーラ＝ルウが仕上げました。今後は宿場町の屋台で、この料理を売っていこうかと考えています」

「素晴らしいわ。リーハイムも、あなたの美しさにばかり心をとらわれたというわけではないようね」

「うむ。これならば我が家の厨番《くりや》を任せることも可能だろう。しかしそれはかなわぬ願いであるので、我《や》が家の料理人たちに奮起してもらう他ないがな」

いくぶん慌《あわ》てた様子でルイドロスが口をはさみ、人の悪いエウリフィアはくすくすと笑う。

そしてその正面では、ルド＝ルウも「あー美味いなー」と笑顔になっていた。

「さっきの料理も美味かったけど、やっぱギバの料理を食べるとほっとするよな」

「あら、あなた、ずいぶん可愛《かわい》らしい顔で笑うのね」

と、エウリフィアの矛先《ほこさき》はルド＝ルウにまで向けられる。

「ずっと以前から思っていたけれど、森辺の民《たみ》というのは男女問わず、見目が整っているのよね。シム人のようにすらりとしているのに、ジャガル人のようにくっきりとした目鼻立ちをしていて……とても力強いのに、とても優美だわ」

「優美だの可愛いだの言われて喜ぶ男衆はいねーよ。……って、あんたにこんな口を叩いたら叱《しか》られちまうのかな」

「かまわないわ。わたくしは、望んであなたたちと言葉を交《か》わしているのだから」

そのように言いながら、エウリフィアは上座のほうにも視線を差し向ける。

「そもそもそちらのシン＝ルウという御方《おかた》が剣術《けんじゅつ》の試合に招かれたのは、ベスタ姫やセランジュ姫がそれを望んだからなのよね？　それでリーハイムはレイナ＝ルウにご執心《しゅうしん》であったし、わたくしの娘オディフィアは、トゥール＝ディンの菓子に夢中だわ。そのように考えたら、森辺の民には外面も中身も魅力的《みりょくてき》な人間が多いために、あれこれいざこざが絶えなかった、とも言えるのじゃないかしら」

「そうですね。だから僕《ぼく》たちも、森辺の民と正しい絆を紡《つむ》げるように考えを深めるべきなのでしょう」

ポルアースも、うんうんとうなずいている。

そのとき、「あの」という硬い声が響《ひび》きわたった。思わず俺が振《ふ》り向《む》いてしまったのは、それがシン＝ルウのあげた声であったためであった。

「俺も貴族に対してどのような口をきくべきか、あまりわかっているとは言えない。それでも、ひとつだけ聞いてほしいことがあるのだが……」

「何だね？　このような場で、言葉を飾《かざ》る必要はない。何でも思いのままに述べていただこう」

そのように語るルイドロスは、いささか緊張《きんちょう》気味の表情をしていた。ゲイマロスの策謀《さくぼう》で窮《きゅう》地《ち》に立たされた当人であるシン＝ルウは、ルイドロスにとってもっとも気を遣《つか》うべき相手であるのだろう。シン＝ルウは引《ひ》き締《し》まった面《おも》持《も》ちでひとつうなずくと、ややたどたどしい感じに言葉を重ねた。

「狩人としての力量を見込まれて剣術の試合に招かれたのは、俺にとって忌避《きひ》すべきことではなかった。しかし……若い娘たちを喜ばせるために、というのは……今後、ひかえてもらいたく思う」

「あら、別にあの娘たちは、あなたを召し抱えたいとまで思っているわけではないのよ？　優美な騎士《きし》には花を捧《ささ》げたいという、せいぜいそれぐらいの気持ちであったのでしょうからね」

「しかし俺は、騎士でなく森辺の狩人であるし……森辺の民というのは、伴侶《はんりょ》に迎《むか》えるつもりもない相手とは、その、礼節のある距離《きょり》を保つべきだと思う」

そんな風に言いながら、シン＝ルウは少し頬《ほお》を赤らめてしまっていた。きっとシン＝ルウは、ララ＝ルウのために精一杯《せいいっぱい》、慣れない言葉を口にしているのだ。

「なるほど、森辺の民というのは、とりわけ男女の仲というものに敏感《びんかん》であるようね」

ルイドロスが言いよどんでいる内に、エウリフィアがぽんぽんと言葉を放つ。

「そこのあたりの考え方の違いが、このたびの騒《さわ》ぎの根っこにあるのじゃないかしら？　ジザ＝ルウも、とりわけレイナ＝ルウの身を案じているようだったしね」

「むろん、伴侶を得て子を生すというのは何より神聖な行いなのだから、男女の仲というものは決して軽《かろ》んずることができないだろう。貴族というのも、同じように血筋というものを重んじているのではないだろうか？」

「それはもちろん、その通りだけど……と、これ以上の発言は、貴婦人としてのつつしみに欠けてしまうかしらね」

そんな風に言いながら、エウリフィアは貴婦人らしからぬ仕草で小さく舌を出した。その冷《れい》徹《てつ》なる伴侶が、ひさかたぶりに口を開く。

「森辺の狩人シン＝ルウよ、剣士《けんし》として城下町に招かれるのは忌避すべきことではなかったというのは、真情か？」

「ああ。俺《おれ》は剣士でなく、狩人だが」

「しかし貴殿《きでん》は、ゲイマロスを一撃《いちげき》で退けるほどの剣技《けんぎ》を有していた。そのような剣士は、ジェノスの騎士にも何人とは存在しないはずだ」

そうしてメルフリードの灰色の瞳は、ジザ＝ルウのほうへと差し向けられた。

「森辺の族長の代理人たるジザ＝ルウよ、貴殿にひとつ申し出たい儀《ぎ》がある」

「うむ、何であろうか？」

ジザ＝ルウとメルフリードがここまで正面から口をきく姿を見るのは、初めてであるような気がした。何とはなしに、俺まで緊張してきてしまう。

「森辺の狩人を、剣技の大会に招きたい。そうして貴殿らの力量を、ジェノスに広く知らしめてはもらえないだろうか？」

「何故《なぜ》、俺たちがそのような真似を？」

「理由は、二つ……いや、三つか。まず、このジェノスは平和な地であるゆえに、力ある剣士が育ちにくい。それゆえに、叱咤《しった》の意味も込めて、剣技の大会においては広く門を開いている。傭兵《ようへい》くずれのならず者でも、町への出入りを禁じられるほどの罪人ではない限り、その大会には出場することがかなうのだ」

「ふむ」

「そのようなならず者に剣技で負けては、ジェノスの騎士の名がすたる。そのような思いで、ジェノスの騎士たちは日々、剣の腕を磨《みが》いているということだ。そこで類《たぐ》いまれなる力量を持つ森辺の狩人にも加わってもらえれば、ジェノスの騎士たちにいっそうの発奮をうながすことがかなうだろう。それが、理由のひとつ目となる」

そうしてメルフリードは、ずっと静かにしているレイリスのほうに目をやった。

「もうひとつは、そこのレイリスのやるかたない思いを晴らすため。おそらくレイリスは、その身で森辺の狩人の力を思い知らされぬ限り、惰弱《だじゃく》なる父親を許すこともかなわないだろう。

どうして父ゲイマロスがそこまで森辺の狩人を恐《おそ》れたのか、レイリスはそれを正しく知るべきであるように思う」

レイリスは無言のまま、燃えるような目でメルフリードとジザ＝ルウ、そしてシン＝ルウの姿を見比べた。

「それらはいずれも、我らの都合だ。貴殿らには肯《がえ》んずる理由もないだろう。しかしこれは、貴殿らにとっても益のない話ではないと思う」

「それが、三つ目の理由か。聞かせていただこう」

「三つ目の理由は、森辺の狩人の力をいま一度正しく知らしめるためだ。さきほどルイドロス卿《きょう》が述べた通り、若い人間には森辺の狩人の力量というものが正しくは伝わっていない。そしてそれは、ジェノスを訪《おとず》れる余所《よそ》の土地の人間にしても同じことだ。そうであるからこそ、貴殿らは復活祭の折に大勢の護衛役を町に下ろすことになったのであろう？　これが三十年前であれば、どのようなならず者でも森辺の民にちょっかいを出そうなどとは考えもしなかったはずだ」

「ふむ……三十年前には大いなる罪とともに、森辺の狩人の力を知らしめる結果になってしまったが、今度はそれを正しい手段で知らしめるべき、ということか」

「その通りだ。しかも我々は現在、モルガの森に道を切り開こうという話を進めている。それが実現したならば、森辺の集落のすぐそばを、大勢の旅人が通りすぎていくことになるのだ。その際に、森辺の狩人の力が侮《あなど》られていたならば、また不幸な事件が起きぬとも限らぬだろう。

私には、その一点がかねて気にかかっていたのだ」

まったく表情は動かさぬまま、メルフリードはそのように言葉を継《つ》いでいった。

「三十年前の悲劇を、繰《く》り返《かえ》してはならない。そのためにも、森辺の民はもうひとたび、その力を世に知らしめるべきだと思う。それが私の偽《いつわ》らざる気持ちだ」

「では、森辺の狩人がその剣技の大会とやらで、いくら勝ち抜《かぬ》いてしまってもかまわない、と？」

「むしろ、勝ち抜かなくてはならない。そして、貴殿らであれば、何の苦もなく勝ち抜けるはずだ。前回の大会では私が剣王としての称号《しょうごう》を得ることになったが……私でも、そこのシン＝ルウとは五分の勝負ができるか否《いな》か、という見立てであるからな」

アイ＝ファの見立てでも、シン＝ルウはメルフリードと五分の実力ではないか、という話であった。

しんと静まりかえった部屋の中で、ジザ＝ルウは「なるほど」とうなずいた。

「貴方《あなた》の言葉は、しかと受け取った。これはルウ家のみならずザザ家とサウティ家の了承《りょうしょう》も必要となる話であるので、森辺に持ち帰らせていただく。それでかまわぬか？」

「無論。よき返事を期待したい」

すると、母親ごしに娘が父親の冷徹なる横顔を覗き込んだ。

「とうさま、おはなしはおわった？　もうトゥール＝ディンのおかしをたべてもいい？」

「ああ、すまなかったな。せめて会食が終わってから始めるべき話であった。ルイドロス卿にも客人がたにも、謝罪させていただきたい」

あくまでも堅苦《かたくる》しいメルフリードの言葉とともに、ようやく小姓たちによってトゥール＝ディンの菓子が配膳《はいぜん》される。時間が経《た》ってしまったので、いくぶんクリームがへたれてしまっていたが、それでもオディフィアは瞳《ひとみ》を輝《かがや》かせていた。

「これは素敵《すてき》な仕上がりね。またポイタンが使われているのかしら？」

「は、はい。それに、シムのギギの葉というものを使ってみました」

明るい笑顔を向けるエウリフィアに、トゥール＝ディンはおずおずと礼をする。オディフィアは待ちきれない様子で食器を取り、口もとをクリームだらけにしながら、焼き菓子にかじりついた。そうしてもにゅもにゅと口を動かしながら、トゥール＝ディンのほうを振り返る。

「トゥール＝ディン、すごくおいしい」

「あ、ありがとうございます」

どんなに美味《おい》しくても、オディフィアはほとんど表情を動かさない。フランス人形のように整った容姿は母親に、感情が表に出ないところは父親に似てしまっている幼き姫であるのだ。

しかし表情は動かなくとも、何やら幸せそうなオーラが感じられる。彼女に尻尾《しっぽ》が生えていたら、間違《まちが》いなくパタパタと振り回《まわ》されていたことだろう。そうして眺めているだけで温かい気持ちになるぐらい、オディフィアは一心に焼き菓子を頬張《ほおば》っていた。

「ああ、これは本当に美味な菓子ね。その前のギバ肉の料理も素晴らしかったし、本当に森辺には素晴らしい料理人がそろっているのね」

「ここにいる三名は、森辺でも指折りの腕ですよ。手ほどきをしたのは自分ですが、彼女たちにはもともと料理人としての情熱と才覚が備わっていたのでしょう」

「それに加えて、森辺の狩人は類いまれなる剣士であるのね。あなたたちのような一族をジェノスの民として迎えることができたのだから、わたくしたちは何度だって西方神に感謝の言葉を捧げるべきなのでしょう」

ゆったりと笑いながら、エウリフィアはその場にいる者たちの姿を見回していった。

「わたくしは昨年に顔をあわせるまで、森辺の民などというものは伝説の中の存在であるように思ってしまっていたわ。一度として姿を見たことがなかったのだから、それは当然よね。同じ領地に住む同胞《どうほう》でありながら、シムやジャガルの民よりも遠い存在であったのよ。……そしてきっと、それはあなたたちにとっても同じことであったのでしょうね」

「うむ。シムやジャガルの民は宿場町でも姿を見ることはできるが、貴族というものは一切《いっさい》目に触《ふ》れることがなかったからな。唯一《ゆいいつ》それを許されていた森辺の族長も、サイクレウスが失《しっ》脚《きゃく》するまでは城下町に招かれることもなかったと聞く」

トゥール＝ディンの菓子を匙《さじ》ですくった体勢のまま、ジザ＝ルウがそのように応じた。そちらに向かって、エウリフィアはいっそう楽しそうに口もとをほころばせる。

「わたくしたちは石塀《いしべい》の中に住み、あなたたちは森の中に住んでいる。わたくしたちは西方神を神とし、あなたたちは森を神としている。そんなわたくしたちがおたがいを同胞と認め、同じ志を胸に生きていくのは難しいのでしょうけれど……それでもわたくしは、あなたたちとこうして身近に口をきけるようになったことを、とても嬉しく思っているわ。娘だって、あなた

たちのおかげでこんなに幸福そうにしているしね」

そのオディフィアは誰《だれ》よりも早く焼き菓子をたいらげて、名残惜《なごりお》しそうに空の皿を見つめていた。その口もとを優《やさ》しくぬぐい、自分の焼き菓子を半分ほど娘に取り分けてあげてから、エウリフィアはまた頭をもたげる。

「どれだけ時間がかかっても、わたくしはあなたたちと正しい縁《えん》を紡いでいきたいわ。リーハイムはそのやり方を間違ってしまったけれど、それは反省して、これからの糧《かて》にするべきでしょう。ポルアースにすべてをまかせてしまっているダレイム伯爵《はくしゃく》も、トゥラン伯爵家《はくしゃくけ》の後見人トルストも、ジェノス侯爵《こうしゃく》ご自身だって、もっともっと森辺の民を知るべきよ。わたくしは、そのように思います」

「……我々も、君主筋たるジェノスの貴族たちのことを、もっと深く知るべきなのだろうと思う」

ジザ＝ルウは、とても静かな声でそのように答えた。けっきょくここまで一言たりとも発言していないスフィラ＝ザザも、そんな二人の姿をきわめて真剣《しんけん》な眼差しで見比べている。

これですべての誤解や疑念が解けたわけではないだろう。リーハイムは力なくレイナ＝ルウのことを見つめているし、レイリスは闘志《とうし》のみなぎる目つきでシン＝ルウをにらんでいる。それに対して、レイナ＝ルウとシン＝ルウは決して彼らと目をあわさないようにしながら、トゥール＝ディンの菓子を食べていた。

ルイドロスも、どこまでエウリフィアやジザ＝ルウの言葉に共感しているのかはわからない。

ただ目前の問題が片付きそうなことに、ほっとしているだけのように見受けられる。アイ＝ファ＝ヤルド＝ルウはマイペースであるし、トゥール＝ディンも貴族との関係性を深く考えるような年齢《ねんれい》や立場ではない。

だけど俺は、それなり以上の満足感を得ることができていた。かつての晩餐会《ばんさんかい》で、アマ・ミン＝ルティムは貴族たちが夢中になってギバの料理を食べている姿に光明を見出《みいだ》していた様子であったが、本日は、森辺の民が城下町の民の心尽《こころづ》くしで迎えられることになったのだ。

もちろんジザ＝ルウたちがその料理に心から満足したわけではないだろうが、森辺の民をもてなしたいというルイドロスの心情と、それに応じたいというロイたちの心情は正しく機能していた。森辺やダレイムでの祝宴ほど、それは心の通い合った会合である、とは言えなかったかもしれないが、それでも正しき絆を紡ぐための一歩にはなりえただろう。

何も焦《あせ》る必要はない、と俺は思っている。そもそもの最初から不和の因子をはらんでおり、八十年もの歳月《さいげつ》をかけて間違った方向に転がり続けてきてしまった森辺の民とジェノスの貴族たちであるのだ。こうして一歩ずつ正しい道を模索《もさく》しながら進んでいけば、いずれは心から笑いながら手を取り合うこともできるだろう。にこやかに笑うポルアースや、夢中で焼き菓子《かし》を頬張っているオディフィア、それに、毅然《きぜん》としたたたずまいでジザ＝ルウたちの言葉を聞いているメルフリードの姿を見ながら、俺はそのように思うことができた。

そうしてもうしばらく歓談《かんだん》したのち、サトゥラス伯爵家との和解の晩餐会は、しめやかに終わりを迎えることになったのだった。

第四章★★★歓迎の祝宴

1

　明けて翌日、銀の月の十日。その日はいよいよ、町の人々を森辺に招いての親睦の祝宴であった。

　ルウの集落においては中天から宴料理の準備に取り組む段取りになっていたが、宿場町に下りている俺たちはいつも通りの平常営業だ。ようやく復活祭の余韻《よいん》も払拭《ふっしょく》されてきた宿場町において、俺たちは八百食分ていどの料理をさばいていた。

　屋台の数も復活祭の前と同じぐらいに戻ってきていたので、俺たちのスペースもだいぶん南側に引き戻されている。《ギャムレイの一座》の天幕は三日前に撤収《てっしゅう》され、正面や北側には無人のスペースが広々と空いてしまっていた。

　そんな中、俺たちの商売は順調であった。屋台の数も、いまだ五台のままである。従業員も問題なく確保できそうであったので、しばらくはこの形態で商売を敢行《かんこう》する予定でいる。俺が担当する屋台では、相変わらず日替《ひが》わりのメニューでさまざまな料理を試《ため》させていただいていた。

青空食堂ももとの規模のままであるが、平地に屋根を張っただけのスペースは、本日で満期となる。ここを借り受けたのは『暁《あかつき》の日』たる紫《むらさき》の月の二十二日であったため、二期分の二十日間をやりとげた格好になるのだ。それを節目として、俺たちは明日を休業日と定めたのだった。

宿場町も落ち着きを取《と》り戻したということで、ついに護衛役の姿もなくなった。この場にいるのは、十三名のかまど番とスフィラ＝ザザのみだ。ルウの眷族《けんぞく》の狩人《かりうど》たちはのきなみ森に入り、アイ＝ファは家で力を取り戻すための修練を積んでいる。これぐらいの時期から、俺たちはようやく日常に回帰したのだという感覚を得ることがかなっていた。

「とはいえ、新参のわたしはまだこのような生活に身を置いてから半月ていどしか経ってはいません。いまだに気を抜くと、目が回るような心地《ここち》になってしまいます」

と、無事に商品を売り切って後片付けを始めたところで、フェイ＝ベイムがそのように告げてきた。ベイムの家は、手伝いを始めるのが一番遅《おそ》かったのだ。しかし、ガズやラッツの女衆にしてみても、手伝いを始めてからまだひと月は経っていない。宿場町の民に対する苦手意識さえ克服《こくふく》してしまえば、フェイ＝ベイムの働きっぷりには何の遜色も見られなかった。

予定通り、彼女たちは日替わりで屋台の仕事を手伝ってくれている。ファの家の屋台ではベイム、ダゴラ、ガズ、ラッツの内から三名、ルウの家の屋台ではレイ、ミン、ムファの内から二名が、それぞれ力を貸してくれているのだ。雨季が訪れて客足に新たな変化が生じるまでは、この体制で商売に取り組む心づもりであった。

「フェイ＝ベイムは、今日の宴に参加しないのですよね。俺にはそれが、ちょっと残念です」

俺がそのように語りかけると、いつもの不機嫌《ふきげん》そうな目つきでじろりとにらまれてしまった。

「普通《ふつう》、余所の家の宴などにはそう気安く加われるものではありません。ましてや族長筋のルウ家の宴とあっては、なおさらです。それを許すスドラやディンのほうが、森辺においては風変わりなのですよ」

「ああ、ユン＝スドラやトゥール＝ディンもルウ家の収穫祭《しゅうかくさい》なんかには参加できませんでしたけど、森の主《ぬし》の一件でサウティの集落に逗留《とうりゅう》することは許されていましたからね。ファの家とつきあいがあると、そういう事態に巻き込まれがち、ということなのでしょう」

「………………」

「ベイムやダゴラともそういうおつきあいができるように、今後ともに励《はげ》ませてもらいたいと思います」

「何だかその言い様では、悪い道にでも引き込まれてしまいそうです」

フェイ＝ベイムは、ぷいっとそっぽを向いてしまう。いささか気難しいところのある彼女とこのように気安い会話ができるようになったのも、俺にとっては大いなる前進であった。

そこに、北の方角から近づいてくる人影《ひとかげ》があった。この場で待ち合わせをしていた、ミケルとマイムである。

「お待たせいたしました。今日もよろしくお願いいたします、アスタ」

「やあ、どうも。……でも、よろしくするのはルウ家の人たちなんで、ご挨拶《あいさつ》はそちらにね」

「あ、失礼いたしました！　どうぞよろしくお願いいたします、ララ＝ルウにシーラ＝ルウ」

本日のルウ家の当番は、その二名であった。アマ・ミン＝ルティムも愛想《あいそ》よく挨拶をしているが、ヤミル＝レイやツヴァイは素知らぬ顔で片付けを進めている。

「ユーミたちは《キミュスの尻尾亭《しっぽてい》》ですよね？　わたしたちも、そちらに向かいましょうか？」

「あ、ちょっと待って。申し訳ないけど、まだこの場所で待ち合わせをしている人たちがいるんだ。できれば、みんな一緒《いっしょ》に行動したいかな」

「そうなのですか？　でも、ターラたちは自分の荷車で移動するのですよね？」

「うん、今日はあちらも大人数だからね。それとは別口で、新しい客人が……あ、あれかな？」

昼下がりの賑《にぎ》やかな街道《かいどう》であるが、彼《かれ》らの姿はそれなりに目立っていた。身長からして西の民であることは明白であるのに、東の民のように深々とフードをかぶった男女の二人連れだ。

「ようこそ、お待ちしていましたよ」

「ああ」とうなずいたその内の片方が、フードを外してミケルに向き直る。その姿を見て、ミケルはいぶかしそうに眉《まゆ》をひそめた。

「おひさしぶりです。俺のことを覚えておいでですか、ミケル？」

「最後に顔をあわせてから、それほど時間が経っているわけでもないだろう。俺はそこまで耄《もう》碌《ろく》しておらん」

愛想の欠片《かけら》もないミケルの返答に、ロイは苦笑《くしょう》気味の笑《え》みを浮かべる。すると、そのかたわらに立っていた小柄《こがら》な連れが、ロイを押《お》しのけるようにして前に進み出た。

「お初にお目にかかります。かつて《白き衣《ころも》の乙女《おとめ》亭《てい》》で料理長をおつとめになられていた、ミケルですね？　わたしは《銀星堂》の主人ヴァルカスの弟子《でし》、シリィ＝ロウと申します」

ミケルはいっそう不機嫌そうな面持ちになり、その姿を上から下までにらみ回した。

「……そのような身なりで挨拶をされても、次にまみえたときに見分けることはできんだろうな」

「あ、も、申し訳ありません。わたしは埃《ほこり》っぽい場所が苦手なもので……のちほど、あらためてご挨拶をさせていただきたく思います」

シリィ＝ロウは、本日も顔の下半分をショールのような織物で隠《かく》してしまっていたのだ。それでフードまでかぶっているのだから、確かにこれではどのような顔をしているのかもわからない。そんなシリィ＝ロウに、マイムのほうが瞳を輝かせながら、ぐいっと詰《つ》め寄《よ》った。

「あなたは、あのヴァルカスのお弟子であった方ですか？　どうしてあなたが、このような場所に？」

「それはその……色々と事情があるのです」

いくぶんかしこまっていたシリィ＝ロウの声が、普段《ふだん》通りの気丈《きじょう》そうな響きを帯びる。けっきょく彼女たちは昨日の帰りがけに、ルウ家の宴に参席したいという旨《むね》をジザ＝ルウに申し入れて、それを許される段となったのである。

やはりシリィ＝ロウも森辺のかまど番たちを捨て置けぬと思いなおしたのか、あるいはシーラ＝ルウの誠実な物言いにほだされたのか、はたまたロイの熱情に引きずられたのか——実情はいまひとつわからないが、しかし、理由はどうあれ城下町の住人が二名までも森辺の集落を訪れたいと思ってくれたのだから、これは俺にとって快挙とも呼べる出来事であった。

「よし、それでは出発しましょう」

四名の客人を引き連れて、俺たちは《キミュスの尻尾亭》を目指した。

そこで待ち受けていたのはユーミとテリア＝マス、それに集落から迎えに来てくれていたジドゥラの荷車だ。俺たちは三台の荷車で町に下りてきていたが、十四名の森辺の民に六名の客人では容量オーバーなのだった。

「やあ、お疲《つか》れさん。誰でもいいから、適当に乗っておくれ」

そのジドゥラの手綱《たづな》を握《にぎ》っていたのは、武者姿のバルシャであった。ちょっと考えて、ミケルとマイム、ロイとシリィ＝ロウのペアはそちらに乗ってもらうことにした。マイムはバルシャと仲良しであるし、ロイたちもミケルらと同行したいだろうと思っての采配《さいはい》だ。

俺が手綱を取るギルルの荷車には、宴に参加するトゥール＝ディンとユン＝スドラに居残ってもらい、そこにユーミとテリア＝マスを招くことにした。残りのメンバーはルウルウとファファの荷車に分かれて、いざ出発だ。

そうしてルウの集落に到着《とうちゃく》したのは、およそ二の刻の半。日没《にちぼつ》には四時間ばかりを残す、定刻通りの帰宅であった。

すでに集落では、女衆の手によって宴の準備が進められている。広場のあちこちに石組みの簡単なかまどや、かがり火を掲《かか》げるための土台を設置して、かなり本格的な仕上がりである。

普段の宴と異なるのは、やぐらが組まれていないことぐらいであった。

「それでは、わたしたちはこれで失礼いたします。明日はいつも通り、中天と日没の真ん中あたりでファの家に集まればよいのですね？」

「はい、よろしくお願いします」

フェイ＝ベイムたち三名の女衆は、ファファの荷車でそのまま自分たちの家に戻っていく。

そのとき、「ひやあ」という頼《たよ》りなげな悲鳴が響いた。俺の聞《き》き間違いでなければ、それはシリィ＝ロウの声であるようだった。

「どうしたのですか、シリィ＝ロウ？」

とりあえず荷車はその場に残し、俺は声のあがったほうに足を向けた。

広場にはもう荷車を乗り入れるスペースもないので、みんな道の端《はし》に駐車《ちゅうしゃ》している。そこから降りたらしいシリィ＝ロウは、ぺたりと土の地面にへたりこんでしまっていた。

その眼前に立ちはだかっていたのは、奇怪《きかい》な革《かわ》の仮面をかぶった小男、《ギャムレイの一座》のザンである。オランウータンのように長くて逞《たくま》しい腕《うで》を持つザンは、へたりこんでいるシリィ＝ロウにぺこりと頭を下げてから、音もなく自分の荷車へと戻っていった。

「……いったい、どうされましたか？」

と、同じ荷車から大男のドガが半身を覗《のぞ》かせ、さらにシリィ＝ロウを惑乱《わくらん》させる。そのかたわらに立ったロイも、驚《おどろ》き呆《あき》れた様子でドガの姿を見つめ返していた。

「ああ、すみません。こちらは初めてルウの集落にやってきたお客人で――それで、あなたがたのことも初めて目にしたので、ちょっと驚いてしまったようです」

「ああ、そうでしたか……」

ドガは少し迷うようなそぶりを見せてから、やがて荷車の外へと這《は》い出《だ》してきた。そうすると、二メートルを遥《はる》かに超《こ》える半裸《はんら》の大男である。シリィ＝ロウはがたがたと震えながら、ロイの足もとに取りすがってしまっていた。

「驚かせてしまって、申し訳ありません。わたしどもは、しがない旅芸人でございます。家も持たない卑《いや》しき身でありますが、決して町の方々に無法なふるまいを為《な》すことはありませんので、どうぞご容赦《ようしゃ》を……」

「た、旅芸人？　どうしてそのようなものが、森辺の集落に……？」

「ゆえあって、こちらに逗留させていただいているのです。お目汚《めよご》しを失礼いたしました」

地鳴りのような声でそう述べてから、ドガはのしのしと荷車の中に戻っていった。まだ立ち上がることのできないシリィ＝ロウとロイたちに、俺も頭を下げてみせる。

「すみません。彼らのことを説明するのを忘れていました。決して危険な人々ではないので、心配しないでくださいね」

「ふん、森辺にはずいぶん愉快《ゆかい》な連中も居座《いすわ》ってるんだな。あんな北の民みたいに馬鹿《ばか》でかい人間は、初めて目にしたぜ」

そうしてロイが冷《ひ》や汗《あせ》をぬぐっていると、集落のほうから「どうしました？」という声をかけられた。本日は居残り組であった、レイナ＝ルウである。シリィ＝ロウの悲鳴を聞きつけて、広場から出てきたのだろう。

「ああ、レイナ＝ルウ、何でもないよ。ちょっと座員の人たちと出くわしてしまっただけさ」

「そうですか」と言いながら、レイナ＝ルウはじっとロイたちの姿を見つめた。シリィ＝ロウは、まだロイの足もとに取りすがった格好である。

「……ルウの集落にようこそ。祝宴が始まるのは日が暮れてからですが、かまど番の仕事にご興味があるようでしたら、どうぞ自由にご覧ください」

「ああ、たてこんでるところに押しかけちまって悪かったな」

それには答えず、レイナ＝ルウはつんと顔をそむけてひとり広場のほうに戻っていってしまった。シリィ＝ロウは心臓のあたりを押さえながら、ようよう立ち上がる。

「大丈夫《だいじょうぶ》ですか？　あの人たちは、見た目ほど恐ろしくはないようですよ。みんな、すごい芸を持っていますしね！」

と、少し離《はな》れたところで様子をうかがっていたマイムが、シリィ＝ロウににっこりと笑いかける。シリィ＝ロウはばつが悪そうにマントの襟《えり》をかきあわせながら、俺のほうをじろりとにらみつけてきた。

「不甲斐《ふがい》ない姿を見せてしまいました。でも、いきなりあのような者たちと出くわしたら、誰だって驚かされると思います」

「ふん。俺は腰《こし》を抜かしたりはしなかったけどな」

軽口を叩くロイに、「わたしだって腰など抜かしてはいません！」とシリィ＝ロウはいきりたつ。立場上はシリィ＝ロウのほうが上役であるはずだが、正式な雇用契約《こようけいやく》が結ばれているわけではないし、ロイのほうが年長ということもあって、なかなか気安い関係性を構築できている様子であった。

「……それで、今の御方たちも、本日の宴《うたげ》に参席されるのでしょうか……？」

いくぶん不安そうにシリィ＝ロウが尋《たず》ねると、荷車からルウルウを解放していたシーラ＝ルウが「いいえ」と返事をしてくれた。

「あの方々も客人ではありますが、交流を深めるために逗留を許しているわけではないので、宴に参席させるつもりはない、とのことでした」

「そうなんですか。せっかくの機会なのに、ちょっと残念ですね」

もちろんこれは、シリィ＝ロウではなく俺の発言である。シーラ＝ルウは穏《おだ》やかな表情のまま、「そうですね」とうなずいた。

やはり、一座の全員がドンダ＝ルウからの信頼《しんらい》を得られているわけではない、ということなのだろうか。というか、座長のギャムレイがあそこまで胡散臭《うさんくさ》くなければ、もうちょっと異なる関係性が築けたのではないかと、俺などには思えてしまう。

「それでは、集落にご案内いたします。こちらからどうぞ」

俺たちはシーラ＝ルウらの先導で、ようやくルウの集落に踏《ふ》み入ることになった。忙《いそが》しそうに立ち働く女衆や幼子たちの姿を見回しながら、ユーミは「へえ」と声をあげる。

「すごいね、火の準備もばっちりじゃん！　うわー、日が落ちるのが楽しみだなあ」

「ドーラの親父《おやじ》さんたちは、まだ来てないみたいだね。さしあたっては、どうしようか？」

「あー、あたしは適当に見回るから放っておいていいよ。その新顔のお客さんらを案内してあげたら？」

そのように言ってから、ユーミはずいっとシリィ＝ロウに詰め寄った。

「ね、そんなシム人みたいな格好で暑苦しくないの？　あと、人の家に来て顔を隠しっぱなしってのも、ちょぃと礼儀《れいぎ》に反するんじゃないかなあ？」

シリィ＝ロウたちについては、顔をあわせた際に「城下町の料理人」とだけ伝えてある。ほとんど初めて相まみえるのであろう石塀の中の住人に対して、ユーミは最初から好奇心《こうきしん》と警戒心《けいかいしん》をむきだしにしていた。

そんなユーミにやや挑発的《ちょうはつてき》な言葉を投げかけられて、シリィ＝ロウはちょっとムッとしているような様子である。が、やがて彼女《かのじょ》は勢いよくマントのフードをはねのけると、口もとの織物も胸のほうにぐっと引き下げた。

褐色《かっしょく》の髪《かみ》をアップにまとめて、鳶色《とびいろ》の瞳を強くきらめかせた、十八歳《さい》の少女である。年齢は、たしかユーミのほうが一歳年少であるはずだ。が、身長はユーミのほうがまさっているし、それに彼女はヴィナ＝ルウに次ぐぐらいのプロポーションを有しているので、あまり年下には見えなかった。

「ふーん、きれいなお顔だね。妙《みょう》につっぱらかってるから、もっと可愛げのない面《つら》がまえなのかと思ってたよ」

「……初対面の相手に、容姿をどうこう言われたくはないのですが」

「喧嘩腰《けんかごし》なのは、そっちじゃん。今日は楽しい祝宴《しゅくえん》なんだよ？」

と、いきなりユーミが信じ難《がた》い暴挙に出た。シリィ＝ロウの顔に手をのばし、その頬を左右から引っ張りあげてしまったのである。

「ほら、にこーっと笑ってさ。ちっとは愛嬌をふりまかないと」

「痛い痛い！　いきなり何をするのですか！」

「そんなしかめっ面じゃあ、祝宴を楽しめないって言ってんの。じゃ、また後でねー」

ユーミはにっと白い歯を見せるや、テリア＝マスの手を取って駆《か》け去ってしまった。

「な、何なのですか、あの方は！　いきなりあんな乱暴な真似《まね》をするなんて……！」

「えーっと、たぶん彼女なりに緊張を解きほぐそうとしてくれたのではないでしょうか。あれでなかなか、根は気立てのいい娘《むすめ》さんなのですよ」

シリィ＝ロウは赤くなった頬を両手でおさえながら、ちょっと涙目《なみだめ》になってしまっている。

確かに城下町では、このような目にあうこともないのだろう。立て続けにカルチャーショックを受けることになった彼女の行く末が、俺もいささか心配になってきてしまった。

「それではまず、本家に挨拶に参りましょう。そちらのお二人は、集落に留《とど》まる許しを正式にもらわなくてはなりませんので」

シーラ＝ルウに取りなされて、俺たちは広場を歩き始めた。

ララ＝ルウはあんまりロイたちの来訪には関心がないようで、さきほどからずっと静かである。昨日の城下町における顛末《てんまつ》が、ララ＝ルウにはどのように伝わっているのか。俺としても気になるところではあったのだが、なかなか会話に出す機会が訪れなかったのだった。

「ミーア・レイ＝ルウは、きっとかまどの間でしょう。こちらにどうぞ」

そんなわけで、案内役はシーラ＝ルウである。アマ・ミン＝ルティムやヤミル＝レイたちは途中《とちゅう》で別れて、仕事に励む同胞らと合流したので、こちらはシーラ＝ルウとララ＝ルウ、俺とトゥール＝ディンとユン＝スドラ、そして四名の客人から成る九名連れであった。

家の裏に三頭のトトスを繋《つな》ぎ、そのままかまどの間へと向かう。シーラ＝ルウの予想通り、ミーア・レイ母さんはそこにいた。レイナ＝ルウやティト・ミン婆《ばあ》さんとともに、かまど番の仕事を取り仕切っていたようだ。

「やあ、帰ったんだね、ララ。アスタたちも、お疲れさん。……そして、ようこそルウの家に、お客人方」

普段通り、ミーア・レイ母さんは大らかに笑っている。その場に集まっていた分家や眷族の女衆も、初のお目見えとなるロイとシリィ＝ロウに物珍《ものめずら》しげな視線を向けていた。

「あたしはこのルウの家で女衆を束ねている、ミーア・レイ＝ルウってもんだよ。いちおうそっちも、名前を確認《かくにん》させてもらえるかい？」

「俺はジェノスの城下町の民、ロイという者だ」

「わたしは、シリィ＝ロウと申します」

「うん、昨日はうちの家族がお世話になったね。うちの意固地な長兄《ちょうけい》も、あんたがたの料理にはなかなか感心させられたようだよ」

　どのような態度を取るか決めかねている様子で、ロイは頭をかいている。

「俺はただの調理助手で、厨番《くりや》の仕事を果たしたのはこのシリィ＝ロウだ。……それよりも、今日は突然《とつぜん》の申し出を聞き入れてもらえて、感謝しているよ」

「うん、集落に来たいなんていう町の人間は、そうそういないからね。他のお客らと同様に、楽しんでもらえれば何よりさ」

　そのように言いながら、ミーア・レイ母さんはいっそう朗《ほが》らかに微笑《ほほえ》んだ。

「あんたがたは、初めて森辺の集落にやってきたんだろう？　どうだね、感想は？」

「本当に森の中なので、驚かされた。……でも、なかなか立派なかまどを使っているみたいだな」

　そのように語るロイは、すでにかまどの間の内側へと関心が向いているようだった。それに気づいたミーア・レイ母さんは、にっこり笑って入口から身を引いた。

「あんたがたは、かまど番の仕事っぷりに興味があるそうだね。何も大したもんじゃないけど、気の済むまで見物していっておくれ」

　かまどの間では、おもに汁物《しるもの》料理の準備が進められているようだった。屋内の五つのかまどにはすべて巨大《きょだい》な鉄鍋《てつなべ》が載《の》せられて、白い湯気と煙《けむり》をあげている。肉と野菜を煮込《にこ》んで、出汁《だし》を取っているさなかなのだろう。

「……こちらでは、後で使う肉を切り分けています。まだ下準備の段階ですので、あなたがたの好奇心を満たすことはできないかもしれませんね」

普段よりも少しだけ硬《かた》い声音《こわね》でレイナ＝ルウがそのように告げると、「そんなことはねえだろう」とロイが返した。

「料理で一番大事なのは、その下準備だ。お前だって、そんなことぐらいはとっくにわかってるんだろ？」

「………」

「肉の切り方ひとつ取っても、きちんと基本を守ってるのがわかるよ。これはアスタが手ほどきをしたのか？」

「はい。俺が本家の人たちに手ほどきをして、それを彼女たちが分家や眷族の人たちに教え広めたという格好ですね」

その場には、あまり見覚えのない女衆もいた。きっと宴に参加する眷族の女衆だろう。本日は男女あわせて、二十名強の眷族も集まるのである。

「ちょっと刀を見せてもらうぜ？　……ふん、ずいぶん安物みたいだけど、研《と》ぎ方は申し分ないな」

壁《かべ》に掛《か》かった肉切り刀を取り上げて、ロイはそのように寸評した。確かに森辺では俺以外に高額な調理刀を買おうとする人間はいなかったし、その反面、狩人にとっても刀というのは重要なアイテムであるので、手入れの仕方に抜かりはないはずであった。

それからしばらく、ロイたちは無言で女衆の働きっぷりを見守っていた。肉を切ったり、かまどに薪《まき》を放《ほう》り入れたり、水を足したり、灰汁《あく》を取ったり――という、ごく尋常《じんじょう》な下準備の様相である。しかし、それを見つめるロイとシリィ＝ロウの眼差《まなざ》しは、きわめて真剣であるように感じられた。

「そんな風に眺《なが》めてるだけで、楽しいのかい？」

やがてミーア・レイ母さんが笑いながらそのように問いかけると、ロイは「ああ」とうなずいた。

「楽しいっていうのとは、ちょっと違《ちが》うけどな。興味深く拝見させてもらってるよ」

「それならいいんだけどねえ。……ああ、レイナ、そろそろあっちの準備を始める頃合《ころあ》いじゃないのかい？」

「うん、そうだね。それじゃあ行ってくるよ」

レイナ＝ルウがロイの脇《わき》をすり抜けようとしたので、彼は「どこに行くんだ？」と問《と》い質《ただ》した。

「……広場でギバの丸焼きに取りかかる時間なので、わたしが手ほどきをしに行くのです」

「へえ、できればそいつも見物させていただきたいな」

ということで、俺たちもぞろぞろと移動することになった。

それと同じタイミングで、別の家から二頭のギバを担《かつ》いだ女衆がわらわらと姿を現す。広場の中央には儀式《ぎしき》の火のための薪が高々と積みあげられており、その左右に組まれた簡易式のかまどによって、ギバの丸焼きは調理されるようだった。

「これがギバなのか。けっこう小さいんだな」

「……これは、子供のギバなのです」

それでも、内臓を抜いた状態で四十キロぐらいはありそうなサイズだ。皮は剥《は》がさずに毛だけを焼き、腹には野菜が詰め込まれている。そんな子ギバが二頭、口から尻《しり》までを巨大な鉄串《てつぐし》でつらぬかれて、かまどの上に掲げられていた。

「これから焼きあげるとなると、日没にはちょっと間に合わないんじゃないかな？」

俺の言葉に「ええ」とうなずいたのは、レイナ＝ルウではなくシーラ＝ルウであった。

「ギバの丸焼きを出すと、みんな一斉《いっせい》に群がってしまうので、これは祝宴が始まって少し経ってから出すつもりでいるのです。他の料理をひと通り口にしたあたりで焼きあがれば、ちょうどいいのではないでしょうか」

「へえ、そこまで計算しているのですね。ちょっとすごいです」

「考えたのは、レイナ＝ルウですよ」

そのレイナ＝ルウは、分家の女衆に火加減を教え込んでいる。ロイたちがいるためか、さきほどからずいぶん気を張っている様子である。

「それにしても、子供のギバが二頭も取れたのですね。これを無傷で《ギャムレイの一座》の方々に引《ひ》き渡《わた》すことはできなかったんですか？」

「はい。このギバでも、まだ育ちすぎているという話でした」

「え？　これより幼いギバを生け捕《い》り《ど》にすることなんてできるのでしょうかね？　生け捕りじ

ゃなくても、俺《おれ》はこれより小さいギバなんて見たこともないのですが」

「そうですね。ちょっと難しいのではないでしょうか」

俺たちのやりとりに、またロイが「何の話だ？」と口をはさんでくる。

「いえ、さきほどの旅芸人の方々は、幼いギバを生け捕りにしたくてルウの集落に留まっているのですよ。それで何人かのお仲間が、狩人と一緒に森に入っているわけですね」

「ギバを生け捕りに？　カロンみたいに牧場で育てるつもりなのか？」

「いやいや、彼らは旅芸人ですから、ギバに芸を仕込もうとしているんですよ。芸が無理でも、珍《めずら》しい動物というのは余所で見世物にできるのでしょう」

「何だ、つまんねえな。ギバってのはあれだけ上等な食材なんだから、人間の手で育てて売りに出せば、今以上に銅貨を稼《かせ》ぐことができるんじゃねえのか？」

この言葉には、レイナ＝ルウが反発した。

「わたしたちは、森で生きるためにギバを狩《か》っているのです。ギバは畑を荒《あ》らす危険な獣《けもの》なのですから、人間に飼い慣らすことなどできるとは思えません」

「ふーん？　だけどカロンだって、もとは野生の獣だったんだぜ？　畑を荒らすかどうかは知らねえけど、人間を角で突《つ》き殺《ころ》す危険な獣だったはずだ。……というか、今でも大陸のどこかでは、野生のカロンが暴れてるんじゃねえのかな」

レイナ＝ルウは、びっくりしたように目を見開く。

「お前らは、カロンの牧場を見てきたんだよな？　ダバッグのカロンには、角なんて生えちゃいなかっただろう？　あれは角の小さな個体をかけあわせて、ああいうカロンを作りあげたんだよ。それでもたまには角が生えてきちまうみたいだけど、それは子供の頃《ころ》にぶった切っちまうって話だ」

「それでは……角や牙《きば》のない、大人しいギバを作ることも可能、ということですか……？」

「いや、そんな風に作り変えるには、何年だか何十年だかの時間がかかるんだろうけどな。いずれギバの数が足りなくなってきちまったら、そうやって増やす方法もあるってこった」

「モルガの森は広いのですから、ギバを狩り尽《つ》くすことなどできるとは思えません。それに……そうして人間に育てられたギバは、もうギバではなく別の獣なのだと思います」

ギバというのは同じ森の子である、という考えである森辺の民《たみ》には、ギバを畜獣として育てるなどという話はなかなか容認《ようにん》し難いのだろう。レイナ＝ルウの困惑《こんわく》しきった顔を見て、ロイはぼりぼりと頭をかいた。

「別に、思いつきで話しただけなんだからさ。そんな深刻ぶることはねえだろうよ」

「深刻ぶってなどはいません」

レイナ＝ルウは、またぷいっと顔をそむけてしまう。やはりロイが相手だと、レイナ＝ルウはペースを乱されることが多いようだ。

そんな中、じりじりと焼かれるギバの姿を見守っていたシリィ＝ロウが、「あの」とぶっきらぼうな声をあげた。

「この場では、もう見るべきものもないようです。よろしければ、また別の厨を拝見させてはいただけませんか？」

「そうですね。では、わたしの家に参りましょうか。そちらでは、リミ＝ルウが菓子の準備を始めているはずです」

シーラ＝ルウが微笑みながら、そんな風に答えたとき――広場の一角から、黄色い悲鳴が響《ひび》きわたった。

そちらを振《ふ》り返《かえ》った俺たちは、愕然《がくぜん》と立ちすくむ。その中で、シリィ＝ロウは森辺の女衆よりも派手な悲鳴をほとばしらせて、かたわらのロイに取りすがることになった。

集落の入口に、異形の影《かげ》が立ち並んでいる。それは、森に入っているはずの三頭の獣たち――アルグラの銀獅子《じし》とガージェの豹《ひょう》、それにヴァムダの黒猿《ざる》であった。眷族の女衆は、それらの獣を初めて目にすることになったのだ。

だが、彼女たちを驚かせたのは、それればかりが理由ではなかった。獣たちの中でもとりわけ恐《おそ》ろしげな姿をした黒猿の肩《かた》に、血まみれの人間が担がれていたのである。広場の中央あたりにたたずんでいる俺たちにも、それが森辺の狩人であるということはひと目で知れた。

「大丈夫だ！　何も恐れることはない！　誰か、手当の準備をしてくれ！」

と、獣たちの間をぬって姿を現した別の狩人が、大きな声でそのように告げてくる。それがシン＝ルウだと気づいたララ＝ルウは、無言のままでそちらに走りだした。

「俺もちょっと行ってくるよ。客人たちをよろしく」

レイナ＝ルウらに言い置いて、俺もララ＝ルウの後を追いかけた。

その間に、他の人影もぞくぞくと広場にやってくる。それはピノたち《ギャムレイの一座》の四名と、それに、黒猿と同じように負傷者を担いだミダの姿であった。

「シン＝ルウ、大丈夫⁉」

走ってきた勢いのまま、ララ＝ルウがシン＝ルウに飛びついた。シン＝ルウはいくぶん虚《きょ》をつかれた様子であったが、「ああ」とうなずき返す。

「分家の男衆が二名、手傷を負った。だけど、数日もすればまた森に出られるようになるだろう。……あの者たちが、窮地《きゅうち》を救ってくれたのでな」

「最後の最後でお役に立てて、何よりですよォ」

そのように答えたのは、ピノであった。

黒猿とミダに担がれた狩人たちは苦悶《くもん》のうめき声をあげていたが、残りのメンバーに怪我《けが》はないようだ。ロロは何やら土まみれで髪もほどけてしまっていたが、へらへらと力なく笑っていたし、フードつきマントで姿を隠したゼッタは、獣のように金色の瞳《ひとみ》を燃やしている。

そして、シャントゥの胸には小さな小さな子供のギバが抱《だ》かれていた。こんなに小さなギバは見たことがない。体長は三十センチていどの、生まれたてではないのかと思えるぐらいの小さなギバであった。

「そちらの方々をお助けした後、集落に向かっている途中で、このギバが川を流れてきたのです。きっと母親とはぐれて、川に落ちてしまったのでしょう。無理に親と引き離すことなく、赤子のギバを手に入れることができました。……これこそ、我々の望んでいた授《さず》かりものです」

シャントゥは、その小さくて丸っこいギバを愛《いと》おしそうに抱きながら、笑顔《えがお》でそのように述べていた。

かくして《ギャムレイの一座》は目的の存在を手中にして、今日を最後にジェノスを出立することがここに決定されたのだった。

2

そうして太陽が西の果てへと沈《しず》みかかり、かがり火の明かりが必要になってきた頃合いで、親睦《しんぼく》の祝宴は開催《かいさい》される運びとなった。

本日はやぐらが建てられていないので、ドンダ＝ルウは本家の前に立ちはだかり、森辺の同《どう》胞《ほう》と向かいあっている。ルウの家人だけで四十名弱、そこに二十名ばかりの眷族も加わった大所帯である。さらにドンダ＝ルウの左右には、客人として招かれた十二名もが並ばされていた。

宿場町からはユーミとテリア＝マス、トゥランからはミケルとマイム、城下町からはロイとシリィ＝ロウ、そしてダレイムからはドーラ一家である。

ドーラ家は、けっきょくご老齢《ろうれい》の二名を除く全員が参席していた。家の主人たるドーラの親父さん、ターラと二人の兄たち、そして、親父さんと上の息子《むすこ》さんの伴侶《はんりょ》で、合計は六名だ。

初めての来訪となった四名の方々は、さすがに緊張《きんちょう》しきった面《おも》持ちで立《た》ち尽くしている。ルウの血族とはすっかり懇意《こんい》になり、復活祭においてはともに宴を楽しんだ間柄《あいだがら》であるが、やはりホームとアウェイでは心持ちも異なってくるだろう。そんな彼らの正面には、少しでも不安感をまぎらわせるように、俺やリミ＝ルウや見知った人間が陣取《じんど》っていた。

「……俺たち森辺の民は、すでに八十年の歳月をこのモルガの森辺で過ごしてきていたが、町の人間とは縁《えん》を結ばずに生きてきた。その行いには、正しい面も間違《まちが》った面もあっただろう。迂闊《うかつ》に町の人間と交わっては、森辺の民としての誇《ほこ》りや道を失いかねないのだからな。ゆえに、我らの祖が町の人間を遠ざけてきたことや、今でもこの行いに疑念を抱いている者たちが間違っているのだと言いたてるつもりは毛頭ない」

薄暗《うすくら》がりの中、ドンダ＝ルウの声が朗々と響きわたる。

「だが、我らはこうして町の人間と交わることになった。この交わりがなければ、おそらくスン家や貴族の罪を正しく裁くことはかなわなかっただろう。町の人間と縁を結び、その言葉を聞き、その生のあり方を知ったからこそ、俺たちはスン家の罪と自分たちの過《あやま》ちを正しく知ることがかなったのだ。その一点において、俺は正しい道を選んだのだと確信している」

六十名からの同胞は、しわぶきのひとつもあげようとはしない。ほんの小さな幼子たちでさえ、母親や兄弟の身体に取りすがったまま、静かに族長の言葉を聞いていた。

「俺たちは、正しい方向に足を踏み出した。そして、今後も正しい道を歩き続けるためには、町の人間や貴族たちがどのような存在であるのかをより深く知る必要があるだろう。そのためにこそ、俺はこれらの客人を集落に招き、宴を開くことに決めた。同じ場所で、同じものを食べ、同じ喜びを分かち合えることを願う。……森辺とジェノスの絆《きずな》に！」

「森辺とジェノスの絆に！」の声が唱和される。それはほとんど怒号《どごう》のような勢いであったため、客人の過半数はびくりと身体を震《ふる》わせてしまっていた。

が、そうして果実酒の土瓶《どびん》が掲げられた後は、もう無礼講である。客人のもとには女衆がわっと押し寄せ、かまどで保温されている料理のほうへといざない始める。俺はアイ＝ファやリミ＝ルウとともに、まずはドーラ家の人々のほうへと歩を進めた。

「さあ、祝宴ですよ。みんながこしらえてくれた宴料理を楽しみましょう」

「う、うん。いやあ、すごい熱気だねえ、こりゃ」

もはや常連客であるドーラの親父さんも、森辺の祝宴の勢いと賑わいにすっかり気圧《けお》されてしまっている様子である。そこにのしのしと近づいてきたのは、我らがダン＝ルティムであった。

「そのようなところで何を縮こまっているのだ、ドーラよ！　今日は俺の娘も来ているので、紹介《しょうかい》をさせてもらうぞ！　さあ、皆《みな》もこちらの敷物《しきもの》に来るがいい！」

本日も、腰を落ち着けて食事を楽しめるように、あちこちに敷物が敷《し》かれていた。そのひとつに、ルティム家の人々が集まっているらしい。ガズラン＝ルティムとアマ・ミン＝ルティムは顔見知りであるし、モルン＝ルティムも人好きのする娘さんであるので、これでドーラ家は大丈夫だろう。

見れば、ユーミとテリア＝マスはもうルウの分家の娘さんたちとかまどの鉄鍋を囲んでいる。どうやら日中にまた親睦を深めることがかなったようだ。ミケルとマイムのもとにはユン＝スドラとトゥール＝ディンが寄り添《そ》い、そこにミーア・レイ母さんも加わっていたので、無事に交流の場が形成されそうな様子であった。

となると、やはり残されるのはロイとシリィ＝ロウである。リミ＝ルウはタ－ラと手をつないでルティム家のほうに出向いていってしまったので、俺はアイ＝ファとともに彼らを案内することにした。

「大丈夫ですか？　よかったら、一緒にあちこち巡《めぐ》りましょう」

「ああ、こいつはたまげた騒《さわ》ぎだな。また復活祭がやってきたみたいな勢いだ」

ロイは神妙《しんみょう》な面持ちで腕を組んでおり、シリィ＝ロウはそのかたわらで少し小さくなっていた。よく見ると、その手がこっそりロイの胴衣《どうい》のすそをつかんでいる。まあ、このような場では彼女もロイしか頼るものがないのだろう。

「お酒が入っても、客人に乱暴な真似をするような人間はいないので安心してくださいね。……うん、何だい、アイ＝ファ？」

「うむ。この者たちは初めてルウの家にやってきて、しかも祝宴に加わろうというのだから、最長老たるジバ婆《ばあ》にも挨拶をさせるべきではないだろうか」

「ああ、なるほど。それじゃあ、まずはそちらにお邪魔《じゃま》しようか」

そんなわけで、俺たちは広場の中心に据《す》えられた敷物へと向かうことになった。

そこにはキャンプファイアーを思わせる儀式の火が焚《た》かれており、その手前に敷物が敷かれている。ジバ婆さんはティト・ミン婆さんとタリ＝ルウおよびリャダ＝ルウの夫妻などに囲まれて、木皿のスープをすすっていた。

「ジバ＝ルウ、ちょっとおひさしぶりです。城下町からのお客人をお連れしました」

「ああ、ジザとルドから話は聞いているよ……昨日はたいそうな料理で、あたしの家族をもてなしてくださったそうだねえ……」

ジバ婆さんは、顔をくしゃくしゃにして笑っている。ロイは困惑気味の表情を浮《う》かべつつ、それでも敬意の感じられる仕草で一礼をした。

「俺はロイで、こっちはシリィ＝ロウってもんだ。あんたの家族をもてなしたのはサトゥラス伯爵家《はくしゃくけ》の人間で、その料理を作ったのがこのシリィ＝ロウ、それで俺はその手伝いをしただけにすぎないよ」

「ふうん……だけど、あんたがたは森辺の民のためにという思いで料理を作ってくれたんだろう……？　城下町であんなたいそうな料理を食べたのは初めてだって、ルドはとてもはしゃいでいたよ……」

「食べる人間を喜ばせるのが、料理人の仕事だからな。俺たちは、自分の仕事を果たしただけだ」

「そうかい……それじゃあ今日は、あたしの同胞がこしらえた料理を楽しんでいっておくれ……客人を喜ばせるために、みんな力を尽くしてくれたはずだからさ……」

そうして挨拶を済ませてその場を離れると、ロイはふーっと大きく息をついた。

「なんか、あんな小さな婆さまでも、やたらと迫力《はくりょく》を感じちまうな」

「あ、そうですか？　そういう意見は初めてですね」

しかし、儀式の火を背後にして微笑むジバ婆さんは、確かに初見だとずいぶん神々《こうごう》しく見えるのかもしれない。ドーラ家などでともに食卓《しょくたく》を囲んだりするのとでは、だいぶ印象も違ってくることだろう。

そもそもロイたちは、石の都の象徴《しょうちょう》たる城下町の住人であるのだ。それはもしかしたら、ダレイムや宿場町などを根城にしている人々よりも、日本生まれの俺のほうに近い心境なのかもしれなかった。

かがり火のおかげで広場は明るいが、その外に広がっているのは夜の森だ。四方は黒い森の影に閉ざされて、東の果てにはさらに巨大なるモルガの山が立ちはだかっている。足もとは土の地面で、涼気《りょうき》をふくんだ夜風に頬《ほお》をくすぐられ、そこにざわざわと人々の熱気がかぶさり――という、それは石塀《いしべい》の中では決して味わえないような、原初的な宴の賑わいなのだった。

森辺の民は、とても力にあふれた一族である。そんな彼らが、誰《だれ》はばかることなく大声をあげ、ギバの肉を食《く》らっている。俺にはすっかり見慣れた光景になってきていたが、やっぱりそれは、どこか神話のワンシーンのように幻想的《げんそうてき》で、めくるめくような光景であるのだった。

「おお、アスタにアイ＝ファではないか。こんなところで、何をぼけっと突っ立っているのだ？」

と、横合いから声をかけられたので振り返ると、そこに立っていたのはラウ＝レイとギラン＝リリンであった。ルウの眷族《けんぞく》を代表する、年齢《ねんれい》の離れた家長コンビである。

「そいつらが、城下町の料理人とかいう連中か。うむ、ひょろひょろに痩《や》せていて、実に弱そうだ」

「いきなりご挨拶《あいさつ》だね。料理人には、鉄鍋を運べるぐらいの腕力《わんりょく》があれば十分なんだよ」

「だから、弱そうと告げても礼を失することにはなるまいと思ったのだ。宴の場で、堅苦《かたくる》しいことを言うな！」

すでに酒が入っているらしく、ラウ＝レイは陽気に笑いながらロイとシリィ＝ロウの姿を見比べた。まるで無法者にからまれた町娘《まちむすめ》のように、シリィ＝ロウはロイの背後へと隠れてしまう。

「女衆の心尽《こころづ》くしは、口にできたのかな？　どの料理も実に美味《うま》そうだ」

いっぽうギラン＝リリンは、いつもの感じで穏やかに微笑んでいる。彼は森辺の狩人としては珍しいぐらい、威圧《いあつ》感というものと無縁《むえん》な人柄《ひとがら》であるのだった。

「そうですね。料理をいただきましょう。えーと、どこに行こうかな」

「まだ何も口にしていないなら、あそこの鍋《なべ》を食べてみるといい！　町の連中も、実に満足そうな様子だったぞ！」

そうしてラウ＝レイの案内でかまどのひとつに寄ってみると、そこにはマイムたちの姿があった。ミケルとトゥール＝ディンとユン＝スドラもおり、ミーア・レイ母さんは姿を消していたが、その代わりにツヴァイとヤミル＝レイがいる。食べているのは、カロン乳を使ったスープであるようだ。

「あ、アスタ！　こちらの料理も、とても美味です！」

マイムは、にこにこと笑っている。それで心を動かされたのか、ようやくシリィ＝ロウがロイの前に進み出た。

「カロン乳の汁物料理ですか。香草《こうそう》などは使っていないようですね」

「はい。でも、とても美味です」

そんな両者の姿を横目で眺めていたヤミル＝レイが、無言で器《うつわ》にスープを注いでくれる。ツヴァイは、やっぱり素知らぬ顔だ。

「ああ、すまねえな。……ふうん、肉の団子を使ってるのか」

ロイたちの後で俺も受け取ると、確かに小さな肉団子の姿が見えた。もちろん出汁を取るために、肩肉《かたにく》やモモ肉も使っているのだろう。森辺ではだいぶん定番になってきた、カロン乳のまろやかな香《かお》りが鼻腔《びこう》をくすぐる。

「使っている野菜は、ティノとネェノンと……こいつはアリアか。森辺の民ってのは、本当にアリアが好きなんだな」

「森辺の民だけじゃなく、宿場町やダレイムでもアリアは一番使われていますよ。なにしろ安くて、栄養もたっぷりなんですからね」

「ふん、城下町ではアリアなんて大して使われちゃいないが……何だろうな、お前らの作る汁物料理に深みがあるのは、このアリアの恩恵《おんけい》がでかいのかな」

「大きいと思いますよ。俺は香味《こうみ》野菜としても、色々な料理でアリアを使っていますしね」

俺とロイがそのように言葉を交《か》わしていると、シリィ＝ロウも真剣《しんけん》きわまりない顔つきで口をはさんできた。

「香草は使われていないなどと言ってしまいましたが、ピコの葉は使われているのですね。そういえば、あなたがたはピコの葉を使うことも多いように思います」

「ええ、以前にも説明したかもしれませんが、森辺ではギバの肉を塩ではなくピコの葉に漬《つ》けて保存しているのですよ。森では、ピコの葉がいくらでも採れますので」

「なるほど」とうなずきながら、シリィ＝ロウは一口ずつゆっくりとスープを味わっている。

すると、ラウ＝レイが眉《まゆ》をひそめつつ、にゅっと首を突き出してきた。

「お前たちは、ずいぶん小難しい顔をして料理を食べるのだな。味が気に食わないということか？」

シリィ＝ロウは、首をすくめて後ずさってしまう。どうやら彼女には、ラウ＝レイの猛々《たけだけ》しい雰囲気《ふんいき》が威圧的《いあつてき》に感じられてしまうらしい。その姿をラウ＝レイから隠《かく》すようにして、ロイが一歩進み出た。

「何も気に食わないことはない。ただ、俺たちは城下町の料理人だからな。食べることも、勉強なんだ」

「ふむ。で、けっきょく美味いのか不味《まず》いのかどちらなのだ？　この料理は、俺の家人の心尽くしなのだが」

「わたしが一からすべてを作ったわけではないわよ、酔《よ》いどれ家長」

ヤミル＝レイがいつもの調子で茶々を入れたが、ラウ＝レイは二人の客人を注視したままであった。たぶんラウ＝レイも威嚇《いかく》しているつもりではないのだろうが、常態でも猟犬《りょうけん》のように鋭《するど》い目つきをした若き家長なのである。ロイは少し考え込むような顔をしてから、やがて言った。

「美味いか不味いかと言われれば、美味いよ。城下町で売りに出すにはもっとたくさんの香草か何かを使いたくなるところだが、きっちり出汁は取れてるし、肉や野菜の扱《あつか》いに不備はなく、味付けだって申し分ない。料理人でもない人間がここまでの料理を作れるというのは、はっきり言って驚きだ」

「ヤミルは、アスタの商売を手伝っているからな！　そこらのかまど番より腕が立つのは、当然の話だ！」

たぶん不味いと評されてもいきなり殴《なぐ》りかかるようなことはなかったろうが、ロイが言葉を選んでくれたおかげで、ラウ＝レイはたちまち上機嫌《じょうきげん》になった。この素直《すなお》さは、ラウ＝レイの美点であるのだ。十回に一回ぐらいは欠点として発露《はつろ》することもありうるが、このような場でそうならなかったのは僥倖《ぎょうこう》であった。

「……それにこれは、あなたの作法と似たところがありますよね、ミケル？」

ロイがそのように申したてると、無言でスープをすすっていたミケルが面倒《めんどう》くさそうに顔をあげた。

「似ている部分はあるが、まったく同じではない。それに、突きつめれば誰の料理だって根っこは同じようなものだ」

「そうなんですかね。たとえばあなたとヴァルカスなんかは、まったく作法が似ていないように思えますが」

「そうだとしたら、お前は料理の上《うわ》っ面《つら》しか見ていないということだ」

この言葉には、シリィ＝ロウが反応した。

「お待ちください、ミケル。我《わ》が師ヴァルカスは、あなたや森辺の民の作法は自分とまったく異なるため、取り入れることは難しいと述べているのです。あなたの言い様では、まるでヴァルカスまでもが上っ面しか見ていないということになってしまいます」

ミケルはますます仏頂面《ぶっちょうづら》になって、溜息《ためいき》をついた。

「どいつもこいつもやかましいやつばかりだな。そのような言葉をあげつらって、美味い料理が作れるのか？　いくら立派な言葉を並べたって、料理の味は変わらんぞ？」

「いえ、ですが――！」

「上っ面が似ていなければ、取り入れるのは難しいだろう。俺だって、あのヴァルカスという男の作法を自分の料理に取り入れようなどとは考えもしなかった」

不機嫌《ふきげん》そうに目を細めながら、ミケルがシリィ＝ロウの顔をにらみすえる。

「しかし、どんな料理でも根っこは一緒《いっしょ》だ。足したり引いたりを繰《く》り返すだけでは、上等な料理を作ることはできん。食材を掛け合《あ》わせることで、それらがおたがいにどのような影響《えいきょう》を与《あた》えるか、すべてを同時に吟味《ぎんみ》していく必要がある。……その上で、食材の元の味を際立《きわだ》たせようとする俺と、元の味から遠ざかろうとするヴァルカスでは、まったく正反対のように見える料理ができあがる、というだけの話なのではないのか？」

シリィ＝ロウは愕然と立ちすくみ、それからしょんぼりしたようにうつむいてしまった。

「……申し訳ありません。ヴァルカスがあれほどまでに認めておられた御方《おかた》に、わたしなどが言葉を返したのが愚《おろ》かでした。どうかご容赦《ようしゃ》いただきたく思います……」

「ご容赦もへったくれもあるか。能書きだけで美味い料理は作れんと言ったばかりであろうが」

ミケルはもう取りあわずに、音をたててスープをすすりこむ。すると、ラウ＝レイが愉快《ゆかい》そうに笑い声をあげた。

「うむ！　面白《おもしろ》いぐらいに何を言っているのかわからなかった！　かまど番というのもなかなか難儀《なんぎ》な仕事なのだな、アスタよ？」

「うん、まあ、そこで同意を求められても困るけどね」

俺は苦笑《くしょう》してしまったが、内心ではミケルの言葉に感銘《かんめい》を受けていた。

（ヴァルカスは、食材の元の味から遠ざかろうとしている、か……なるほどね）

ヴァルカスの料理はどうしてあれほど不可思議な仕上がりなのか、その正体がようやく見えてきたようだった。複雑な味が好まれるという城下町において、その究極系のように思えるヴァルカスは、元の食材からは決して想像のつかないような味、というものを理想として追い求めているのかもしれない。そうだとしたら、素材の味を活《い》かそうという俺やミケルと真逆の料理に思えるのが当然である、ということだ。

（でも、どちらにしたって素材の味や調理の仕方を突きつめなければ、お話にならないんだ。

上っ面は違うけど根っこは変わらないってのは、そういう意味か）

何だか、腹の底がむずむずとしてきてしまった。ミケルがどれほど卓越《たくえつ》した料理人であるかを、あらためて思い知らされてしまった心地《ここち》だ。しかしまあ、そのようなことを伝えても、シリィ＝ロウと同じようにミケルを不機嫌にさせるだけだろう。ということで、俺はミケルと巡りあえた幸運を心中でこっそり寿《ことほ》ぐに留めておいた。

「それじゃあ、別の料理も味わわせていただきましょうか。まだまだたくさんの料理が控《ひか》えているんですからね」

そうして俺たちはラウ＝レイやマイムらにしばしの別れを告げ、次なる場へと足を向けた。

じりじりと焼かれているギバの丸焼きのかたわらを通《とお》り抜《ぬ》け、一番手近な敷物のほうに近づいていくと、そこでは何やら料理も食べずに言い合いをしている若い男女の姿があった。言い合いをしているのはララ＝ルウとディム＝ルティムで、それにはさまれていくぶん眉尻《まゆじり》を下げているのは、シン＝ルウであった。

「えーと、いったい何の騒ぎかな？」

素通《すどお》りもできなかったのでそのように声をかけてみると、青い瞳をめらめらと燃やしたララ＝ルウににらみつけられてしまった。

「何でもないよ！　ただこいつが、あれこれ余計な口を突っ込んできてるだけさ！」

「余計な口とは、どういうことだ。お前こそ、さきほどから道理の通らぬことばかりを口にしているではないか」

ルティム家の若き狩人ディム＝ルティムも、ララ＝ルウに劣《おと》らず怒《おこ》った顔をしている。彼《かれ》はララ＝ルウと同じく十三歳の見習い狩人であり、俺にとっては城下町やダバッグへの旅で護衛役をつとめてもらったので、それなりに馴染《なじ》みの深い相手であった。

「俺はただ、シン＝ルウの力量を褒《ほ》めたたえていただけだ。それなのに、この女衆は――」

「森辺の狩人だったら、誰でも町の人間ぐらい簡単にやっつけられるでしょ？　それなのに、どうしてシン＝ルウばっかりが相手をしなくちゃいけないのさ！　この前だって、あいつらが卑怯《ひきょう》な真似をしたせいで、シン＝ルウは危険な目にあったばかりだっていうのに――」

「それでもシン＝ルウは、手傷を負うことなく相手を退けたのだ。それで再びの立ち合いを申し込まれたのだから、シン＝ルウは誇りをもって自分の力を示すべきであろう？」

どうやらそれは、城下町で行われる剣技《けんぎ》の大会というものについての話であるようだった。シン＝ルウは正式に名指しで招かれたわけではなかったが、ゲイマロスの子息レイリスとの因《いん》縁《ねん》を考えれば、まあ選出されてしまう公算は高いだろう。

「でも、実際に参加するかどうかは、これから族長たちの間で決められるんだよね？」

「そんなの！　参加させるに決まってるじゃん！　町の連中に力試《ちからだめ》しを挑《いど》まれてるんだから、ドンダ父さんたちが断るはずないよ！」

さもありなん、といったところである。

とりあえず、俺は客人たちへのフォローを済ませておくことにした。

「ロイとシリィ＝ロウは、どうぞ先に食べていてください。あれは、肉と野菜の炒《いた》め物《もの》のようですね」

「ああ、そう言ってもらえりゃ幸いだよ」

ロイはひとつ肩をすくめて、敷物のほうに近づいていった。シリィ＝ロウも慌《あわ》ててそれに追従し、アイ＝ファは「ふむ」と腕《うで》を組む。

「べつだん私には、言い争うような話ではないように思えるな。ララ＝ルウはシン＝ルウの身を案じ、ディム＝ルティムはシン＝ルウの力を褒めたたえている。それは決して相反するような心情ではあるまい。……そうしてお前たちはどちらもシン＝ルウに心を寄せているというのに、当人が困り果てているのはどういうわけだ？」

確かにシン＝ルウは、困り果てていた。ほんのちょっぴり眉を下げているだけであるが、それでも十分に心情が伝わってくる。

「シン＝ルウであれば、どのように不利な条件でも後《おく》れを取ることはない。そこでシン＝ルウの身を案じるというのは、その力量を疑うということにならないか？」

ディム＝ルティムの言葉にララ＝ルウはまた眉を吊《つ》りあげかけたが、それはアイ＝ファによって制された。

「狩人であれば、そのように思うのはわからなくもない。しかしこのララ＝ルウは、狩人ならぬ女衆だ。そして、お前よりもシン＝ルウに血の近い血族でもある。そのララ＝ルウがシン＝ルウの身を案じることをお前がとやかく非難するのは、あまり正しいようには思えん」

「いや、しかし……」

「お前はかつて、ダン＝ルティムに対してもそのように強い執心《しゅうしん》を見せていたな。強き狩人に心を寄せるのはよくわかるが、それが当人を困らせてしまっては詮無《せんな》きことであろう」

ディム＝ルティムは少し表情をあらためると、シン＝ルウのほうをおずおずと見た。

「……俺はそこまで、シン＝ルウを困らせてしまっていたか？」

「ああ、うむ、そういうわけではないのだが……俺はララ＝ルウと少し込み入った話をしようと思っていたところだったのだ」

「そうか」と、ディム＝ルティムはうつむいてしまう。

「俺はむしろ、その女衆と話しているシン＝ルウが困っているように見えたから、加勢をしたつもりであったのだ。余計な口を差しはさんでしまったのなら、許してもらいたい」

「許すも許さないもない。お前とて、大事な血族だ」

早く一人前になりたいと願うディム＝ルティムは、十六歳《さい》の若さでルウの血族の勇者に選ばれたシン＝ルウに心を寄せることになったのだろう。彼はもう一度シン＝ルウとララ＝ルウに頭を下げてから、とぼとぼと薄闇《うすやみ》の向こうに引き下がっていった。

「……シン＝ルウは、あたしと話していて困ってたの？」

で、今度はララ＝ルウである。

ララ＝ルウは切なげに目を細めて、シン＝ルウの姿を見つめていた。

「そうだよね。シン＝ルウだって、好きこのんで貴族たちに目をつけられたわけじゃないのに……あたしなんかにぎゃーぎゃーわめかれたって、迷惑《めいわく》なだけだよね」

「いや、そうではない」

「ごめん。狩人だったら、腕を見込まれて力比べを挑まれるのは栄誉《えいよ》なことなんだもんね。あたしもさっきのあいつと一緒で、シン＝ルウの気持ちを考えてなかったんだ」

「だから、そうではないのだ、ララ＝ルウ」

シン＝ルウが、ララ＝ルウのほっそりとした肩に手をかけた。

ララ＝ルウは、青い目にうっすらと涙《なみだ》をためてその顔を見つめ返す。

「確かに狩人としての力量を見込まれるのは、栄誉なことだ。そして、父親が罪人になってしまったレイリスという貴族が、俺と力比べをすることで無念な思いに決着をつけられるというのなら、なおさら相手になってやりたいと思う。……だけど俺は、ララ＝ルウの気持ちもないがしろにしたくはない」

「………」

「俺は決してこの身を危《あや》うくすることなく、森辺の狩人としての力を示してみせよう。それをこの場で誓《ちか》うから……ララ＝ルウは、それを見届けてはくれないか？」

「見届ける？　でも、今度の力比べはあたしたちが見物に行けるようなものなの？」

「知らん。だけど、ララ＝ルウを置いてその大会とやらに出るつもりはない。俺はそのように、ドンダ＝ルウに告げるつもりだ」

言いながら、シン＝ルウは頬を赤らめていた。

「それは貴族らの見世物なのだから、きっとまたあの貴婦人とかいう連中も集まるのだろう。

それは別に気にするような話ではない、と貴族たちには言われているが……それでララ＝ルウが嫌《いや》な気持ちになるのは、俺だって嫌なのだ。俺は誰よりも、ララ＝ルウに俺の力を示したいと願っている」

ララ＝ルウは、小さな声で「ありがとう」と言った。その海のように青い瞳には涙をたたえたまま、嬉《うれ》しそうに微笑《ほほえ》んでいる。それは、かつてないほど大人びていてやわらかい笑い方だった。

それで俺はこっそりアイ＝ファに手招きをして、敷物のほうにフェードアウトすることにした。これ以上の口をはさむのは、野暮《やぼ》に過ぎるというものであろう。そうして敷物のほうでは、ロイたちばかりでなくユーミやテリア＝マスの姿があった。

「やあ、やっと来たね！　ララ＝ルウたちは、大丈夫《だいじょうぶ》だった？」

「ああ、うん、なんとか話はまとまったみたいだよ」

「それならよかった。ルイアをがっかりさせた分、シン＝ルウには幸せになってもらわないとねー」

悪戯小僧《いたずらこぞう》のように、ユーミは笑っている。ご友人のルイアがシン＝ルウに関心を寄せるのはご遠慮《えんりょ》いただきたい、と俺がお願いした真の理由は、これでユーミにも伝わってしまったようだった。

「さ、それじゃあアスタたちも料理を食べたら？　こっちの料理も、すっごく美味《おい》しいよ！ほんとにルウ家の人たちってのは、みんな料理が上手だねー」

ロイとシリィ＝ロウは、やっぱり真剣な面持ちでその料理を食している。俺とアイ＝ファも敷物の隅《すみ》っこに座《すわ》らせていただいて、お相伴《しょうばん》に与《あずか》ることにした。

ごく尋常な肉野菜炒めである。が、タウ油やミャームーに頼《たよ》りきりであった時代からはずいぶんな進化を遂《と》げ、それにはママリアの酢《す》や砂糖までもが使われていた。俺の考案した甘酢《あまず》あんかけの料理をベースにしているのだろう。ママリア酢の分量は控えめで、けっこう甘《あま》みがきいている。さらに、トウガラシのごときチットの実がほんの少しだけ使われており、それが小粋《こいき》なアクセントになっていた。

具材はギバのバラ肉と、定番のアリアとティノとネェノンとプラ、それにズッキーニのようなチャンも使われている。ギバの脂《あぶら》はこってりとしているが、瑞々《みずみず》しい野菜たちがそれを緩和《かんわ》しており、とても力強い食べごたえだ。

「本当に、どの料理も素晴《すば》らしいです。宿場町なら、どの料理でも売りに出せますよ」

ユーミのかたわらから、テリア＝マスもそのように告げてくる。いささか気弱な面のある彼女《かのじょ》も、ユーミとともにあれば気圧されずに森辺の祝宴《しゅくえん》を楽しめているようだった。

「ほんとだよねー。誰でもいいから、うちの店を手伝ってほしいぐらいだよ！　……城下町では、どうだかわかんないけどさ」

と、ユーミの目がロイたちを見た。シリィ＝ロウはつんと顔をそむけ、ロイは「そうだな」とぶっきらぼうに応じる。

「やっぱりピコの葉とチットの実だけじゃ物足りないような気がするけど、酢や砂糖やタウ油の使い方は申し分ない。……正直に言って、何十人もいる女たちの全員がこんな料理を作れるってのは驚《おどろ》きだよ」

「ええ、とにかく森辺の民っていうのは根が真面目《まじめ》ですし、貴重な食材を無駄《むだ》にするわけにはいかないという意識が強いから、すごく真剣にかまど番の仕事に取り組んでいますよ」

「貴重な食材ったって、お前らは毎日たいそうな銅貨を稼いでるんだろう？　砂糖やママリアの酢ぐらいなら、好きなだけ買えるんじゃねえのか？」

「そうだとしても、根本の部分は変わりません。また、変わってはいけないという気持ちも強いです。銅貨の価値を軽《かろ》んじるのは、ギバ狩りの仕事を軽んじることにも通じかねないという考え方ですからね」

ロイはちょっと口をつぐみ、楽しそうに同じ料理を口にしている森辺の民の姿を見回した。

「貴重な食材、か。……そういう気持ちでいるから、ヴァルカスはお前たちがどんな食材を持ち帰っても文句を言う気持ちにならないのかもな」

「ヴァルカスは、森辺の民の気持ちなどは知りませんよ」

ぶすっとした声で、シリィ＝ロウがそのように言った。

「理想の味を追究するには、試行錯誤《しこうさくご》が必要です。ヴァルカスは不出来な料理のために食材を使われることを嫌がっているだけであり、試行錯誤のために食材を犠牲《ぎせい》にすることを嫌がっているわけではありません。……森辺の民だって、多くの食材を犠牲にする覚悟《かくご》を持っていれば、さらに料理の質を高めることがかなったのではないでしょうか？」

「でも、そのやり口で挑んでる城下町の料理人の大半は、ヴァルカスに腕を認められてねえだろう？　要は、覚悟の重さの問題なんじゃねえのかな。食材を無駄にしたくないって気持ちも、ひとつの覚悟なんだろうからさ」

シリィ＝ロウは横目でロイをにらんだが、それ以上は反論しようとせず、ただ料理を食べ続けた。

そこに、「よー、アスタ」と背後から声をかけられる。振り返ると、ルド＝ルウとジザ＝ルウが立っていた。

「客人たちもそろってんな。ちょうどいいや。親父《おやじ》からの伝言だよ。……あの旅芸人の連中を祝宴に招いてもかまわねーかな？」

「ギャムレイたちを？　どうしてまた？」

彼らは集落の外で、自分たちの荷車に引きこもったままである。目的のギバは捕獲《ほかく》することができたが、日没《にちぼつ》が迫《せま》っていたので、彼らも明朝まで逗留《とうりゅう》することになっていた。それならいっそ、彼らも祝宴に招いてみては――と俺も内心では思っていたが、きっとドンダ＝ルウやジザ＝ルウはそれを許さないだろうと思い、大人しく口をつぐんでいたのだ。

「いや、あいつらは分家の男衆を二人も救ってくれたからよ。シン＝ルウやミダの話によると、あいつらがいなかったら、たぶん二人とも生命はなかったって話なんだ。ルウ家としては恩義を返したいけど、客人や眷族の許しもなくルウ家の都合だけで勝手な真似《まね》はできねーだろ？　だから今、眷族の家長と客人のところを俺《おれ》とジザ兄で回ってたんだよ」

ルド＝ルウの背後で、ジザ＝ルウもうなずいている。

「眷族の家長や他の客人たちからは、すでに許しをもらっている。あとはそこの四名と、ファの家の人間だけだ。偽《いつわ》りのない気持ちを聞かせてもらいたい」

「……これはルウ家の宴《うたげ》であるのだから、主人の意向に逆らうつもりはない」

アイ＝ファが低い声で答え、ルド＝ルウは「大丈夫か？」と首を傾《かし》げる。

「アイ＝ファはあの、へにょへにょした男を嫌《きら》ってんだろ？　客人同士で騒ぎを起こされたら、俺たちとしても困っちまうんだけどな」

「私のほうに、騒ぎを起こす気持ちはない。ただ、向こうにもそうさせないように言葉を添えてもらいたく思う」

「それは、あのピノという娘《むすめ》に申しつけよう。あの娘ならば、いいように取り計らってくれるはずだ」

ジザ＝ルウの糸のように細い目が、客人たちを見回していく。

「そちらの客人たちは、如何《いかが》か？　これはあくまで貴方《あなた》がたを歓迎《かんげい》する祝宴であるのだから、貴方がたの気持ちを優先させてもらおうと思う」

むろん、反対するような人間はいなかった。シリィ＝ロウはいくぶん不安げな面持ちであったが、彼女自身も飛び入りで参加を許された身であるので、異議を唱えることなどできないに違《ちが》いない。

「いいと思うよ！　あの人らが芸でもしてくれたら、いっそう宴も盛り上がるじゃん！」

ユーミなどは、ひとり満面の笑《え》みを浮かべていた。

ジザ＝ルウは、内心の読めない面持ちで「うむ」とうなずく。

「では、旅芸人たちを招き入れさせていただく。何かあればルウ家の人間が責任をもって取《と》り押《お》さえるので、安心して宴を楽しんでもらいたい」

そうして祝宴の中盤《ちゅうばん》にして、思わぬゲストの参戦が取り決められたのだった。

3

《ギャムレイの一座》の面々が、儀式《ぎしき》の火の前に立ち並んだ。このように彼らが勢ぞろいする姿を見るのは、俺にしても初めてのことである。

赤いターバンと長衣《ながころも》を纏《まと》い、じゃらじゃらと飾《かざ》り物をつけた、隻腕《せきわん》にして隻眼《せきがん》たる壮年《そうねん》の男、炎《ほのお》使いのギャムレイ。

朱色《しゅいろ》の振袖《ふりそで》みたいな装束を纏い、三つ編みにした黒髪《くろかみ》を足のほうにまで垂らした、外見的には十二、三歳ぐらいにしか見えない曲芸師の童女、ピノ。

鳥打帽《とりうちぼう》のようなものをかぶり、ギターのような楽器を背負った、黙《だま》っていれば瀟洒《しょうしゃ》な優男《やさおとこ》に見える、吟遊《ぎんゆう》詩人のニーヤ。

つぎはぎだらけの灰色の長衣を纏い、白い髭《ひげ》を胸《むな》もとにまで垂らした、仙人《せんにん》のごとき風貌《ふうぼう》の老人、獣《けもの》使いのシャントゥ。

ひょろひょろに痩せていて、男のような身なりをした、いつもおどおどと目を泳がせている奇妙《きみょう》な娘、パントマイムのような曲芸を得意とする、騎士《きし》王のロロ。

二メートルを軽く超《こ》える巨体《きょたい》で、北の民《たみ》のように逞《たくま》しく、頭をつるつるに剃《そ》りあげて、青い瞳を静かに光らせる、怪力《かいりき》男のドガ。

子供のように小さな体躯《たいく》で、ただ両腕《りょううで》だけが類人猿《るいじんえん》のように発達した、奇妙な仮面の小男、刀子《とうす》投げの名手、ザン。

シム風の刺繍《ししゅう》がされた長衣をぞろりと纏い、少し浅黒い肌《はだ》をした妖艶《ようえん》なる美女、笛吹《ふ》きのナチャラ。

灰色のターバンに、マントみたいな黒い長衣を纏った、長身痩躯《そうく》で東の民のように無表情な、壺《つぼ》男のディロ。

色の淡《あわ》い髪《かみ》と瞳で、天使のように愛らしい姿をしていながら、気弱そうにおたがいの身体に取りすがった、幼き双子《ふたご》の兄妹《きょうだい》、アルンとアミン。

フードつきのマントを纏い、奇妙な紋様《もんよう》の描《えが》かれた皺《しわ》深い面《おもて》を陰《かげ》に隠した盲目《もうもく》の老人、占星師のライラノス。

同じくフードつきのマントでその異形をすっぽりと隠し、ただ黄金色《こがねいろ》の双眸《そうぼう》を獣のように爛々《らんらん》と燃やしている、人獣の子ゼッタ。

以上の、十三名であった。

そしてシャントゥの背後には、四頭の獣までもが控えている。

淡い灰色の毛皮を持つアルグラの銀獅子《じし》、ヒューイ。それよりもひと回り小さくてしなやかな体躯をした、二本の鋭い牙《きば》を持つガージェの豹《ひょう》、サラ。その二頭の子である、獅子と豹の特徴《とくちょう》をあわせもつ幼き獣、ドルイ。そして、足が短いぶんドガよりは小さいが、質量としてはそれを上回るぐらい巨大《きょだい》な体格をした、黒い毛皮と赤い瞳《ひとみ》を持つ、ヴァムダの黒猿《ざる》である。

それらの獣までもが並んでいるのは、彼らこそが分家の男衆を救った立役者であり、そして、そんな彼らの同席をシャントゥが願ったためであった。俺もそこまで詳細《しょうさい》は知らされていないが、とりわけ活躍《かつやく》したのは三頭の獣と、そしてロロであったらしい。最後は黒猿が巨大なギバを取り押さえ、ロロが木剣《ぼっけん》でとどめを刺《さ》したのだそうだ。

「幼きギバを捕《と》らえたいというこの者たちの望みは、本日果たされることになった。明日の朝、この者たちはルウの集落を出て、そのままジェノスをも後にするとのことだ」

ジバ婆《ばあ》さんのかたわらに立ちはだかったドンダ＝ルウが、地鳴りのように響《ひび》く声音《こわね》でそのように述べたてた。

「二名もの同胞を救われた俺としては、明日にでもその礼をしたいと願ったが、そのような気遣《づか》いは不要とはねつけられてしまったため、今日の祝宴でその礼を尽《つ》くすことにした。この者たちの参席を許してくれた他の客人らにも、感謝の言葉を述べさせてもらいたい」

その客人たちは、広場のあちこちでドンダ＝ルウの言葉を聞いている。俺とアイ＝ファは、まだロイやシリィ＝ロウと行動をともにしていた。

「また、この者たちは復活祭の期間、宿場町においても森辺の同胞《どうほう》を危地から守っている。ジェノスの民ならぬこの者たちは森辺の民とも縁は薄《うす》く、いささか扱いに困る面はあったが、ルウの家長としてその恩義には報《むく》いたいと思う。おたがいに信義の心をもって接し、決して諍《いさか》いなど起こさぬように振《ふ》る舞《ま》ってもらいたい。……一座の長《おさ》、ギャムレイよ」

「はいはい、ギャムレイにてございます」

「貴様たちを森に招いたのは、君主筋たるジェノス侯爵《こうしゃく》の命だった。それは代価の支《し》払《はら》われる仕事でもあったので、おたがいに恩義を感ずる必要はない。しかし、貴様たちはその身をもって俺の同胞を救ってくれた。それはまぎれもなく恩義であるので、俺はそれに報いたいと思う」

「ええ、負傷をされた方々もお生命《いのち》は取りとめたそうで、まったく何よりでありましたな」

「……貴様の下にある十二名と四頭の獣たち、それらが我々に害を及《およ》ぼすことはないと、もうひとたびこの場で誓えるか？」

「何度でも誓いましょう。もとより俺たちには、誰にも害を為《な》す理由がありません。俺たちが牙を剥《む》くのは、自分たちの身を危うくされたときのみです」

「それでは他の客人らと同様に、祝宴を楽しんでもらいたい。この場にある肉と酒は、代価の必要なく好きなだけ食らってもらおう」

「族長ドンダ＝ルウのご厚意《こうい》には、恐悦至極《きょうえつしごく》に存じます。その礼に、俺たちは精一杯《せいいっぱい》の芸で報いましょう」

ギャムレイが右腕《みぎうで》を振り上《あ》げると、ザンが太鼓《たいこ》を叩《たた》きだし、ナチャラが横笛を吹き始める。さらにアルンとアミンが金属の鳴り物まで鳴らし始め、にわかに広場には異国的なお囃子《はやし》が響きわたることになった。

森辺の民たちがほうっと感心したような声をあげると、今度はピノが前に進み出て、朱色の装束と長い三つ編みをひらひらとそよがせながら、優雅《ゆうが》に舞い始める。儀式の火に照らしだされるその姿は、息を呑《の》むほどに幻想的で蠱惑的《こわくてき》だった。

やがてピノはくるくると踊《おど》りながら、儀式の火の周囲を回り始める。そうして鳴り物の調子に合わせてシャントゥが手を打ち鳴らし始めると、ヒューイとサラとドルイの三頭が、ピノの後を追ってのそのそと歩き始めた。火を恐《おそ》れる様子などは微塵《みじん》もない。その姿に森辺の民たちはいっそうの歓声《かんせい》をあげ、ついにはシャントゥと同じように手拍子《てびょうし》をし始めた。

ドンダ＝ルウは髭面《ひげづら》をさすりながら、ジバ婆さんの隣《となり》に座り込む。もはやこれ以上の言葉をさしはさむ余地はないと判断したのだろう。広場は一座の者たちを招く前よりも大きな熱気と賑《にぎ》わいに包まれていた。

陽気で、それでいて郷愁《きょうしゅう》をかきたてられる不思議な旋律《せんりつ》が、夜の森に響きわたっている。手《て》空《す》きの座員たちは地べたに座り込み、手を鳴らしたり、果実酒を飲んだり、あるいは無言でうつむいたりしていた。特にフードで面を隠したゼッタとライラノスの両名は、いまひとつ身の置き場がない感じで身を寄せ合っている。それでも宴は、最高潮に盛り上がっていた。

そうして数分ばかりの演奏と行進が終わりに近づくと、ギャムレイが腰《こし》を上げて儀式の火に近づいた。太鼓と鳴り物の音がやみ、ナチャラの笛の音だけが細く長く最後に残り――――そして、その音色を追いかけるようにして、儀式の火の内から炎の蝶《ちょう》が飛び立った。

赤と青と緑の蝶が、鱗粉《りんぷん》のように火の粉を散らしながら、夜の空へと舞い上がり、やがて消滅《しょうめつ》する。森辺の民は怒号《どごう》のような歓声をあげ、万雷《ばんらい》の拍手《はくしゅ》をギャムレイたちにあびせかけた。

「まったく、大した連中だな。言葉ではなく、その芸で森辺の民の心を解いてしまった」

もりもりとギバ肉をかじっていたアイ＝ファが、べつだん心を動かされた様子もなく、そのように述べたてた。その向こう側で、ロイとシリィ＝ロウはちょっとぽかんとしてしまっている。ギャムレイたちの芸に、すっかり心を奪《うば》われてしまった様子である。

「いや、すごい芸だったな。あれなら城下町で銅貨を取れるんじゃねえか？」

「……いくら何でも、あのようにあやしげな者たちに出入りが許されることはないでしょう」

そのように言いながらも、シリィ＝ロウは感服したように息をついている。

「それじゃあ、場所を移しましょうか。あちらもなかなか賑わっているようですよ」

俺たちはまだルウ家の準備した心尽くしを半分ぐらいしか味わっていなかったので、貪欲《どんよく》に次なる料理を求めることにした。

目指したのは、ルティム家が中心に陣取《じんど》っている敷物《しきもの》である。そちらではまだドーラ家の人々も居残っており、気をきかせた女衆が次から次へと料理を運び入れている様子であった。

「おお、アスタ！　今の芸はすごかったな！　ターラが夢中になる理由がわかったよ！」

ドーラの親父さんは酒気に顔を染め、普段《ふだん》の陽気さを完全に取り戻《もど》していた。息子《むすこ》さんや奥《おく》方《がた》たちも、笑顔《えがお》で料理を食している。ガズラン＝ルティムにアマ・ミン＝ルティム、ラー＝ルティムにモルン＝ルティムの姿もあり、ルティム本家は勢ぞろいの格好だ。

そして、ターラとリミ＝ルウは大はしゃぎで幼き獣ドルイを抱《だ》いていた。もちろんドルイはギバ狩《が》りに参加していないが、ヒューイとサラがいないとさびしがるので、という理由で連れ込まれたのである。ぬいぐるみのように愛くるしいドルイは、やっぱり火を怖《こわ》がる様子もなく少女たちにじゃれついていた。

「おお、お前さんがたが、城下町の料理人だな！　森辺を訪《おとず》れたならば、まずはギバのあばら肉を味わうがいい！」

ダン＝ルティムの目配せを受けて、アマ・ミン＝ルティムが木皿を差し出すと、そこには香草の香りの豊かなスペアリブがまだ何本も載《の》せられていた。

「ようやく香草を主体にした料理ですね」

気を取りなおしたように、シリィ＝ロウがその皿に手をのばす。きっとレイナ＝ルウたちの得意とする香味《こうみ》焼きであろう。ギバの骨からお行儀《ぎょうぎ》よく肉をかじり取ったシリィ＝ロウは、ゆっくりと咀嚼《そしゃく》をしたのち、ロイのほうに口を寄せた。

「あなたは、どう思われますか？」

「そうだな。三種ぐらいの香草が使われてるみたいだ。ヴァルカスだったらあれこれ指摘《してき》できるんだろうけど、俺にはお見事としか言いようがないな」

「……そうですね。タウ油や砂糖の使い方も適切であるように思いますし、《銀星堂》以外の店であるならば、売りに出されても不思議はない仕上がりでしょう」

「何をぼそぼそと話しているのだ？　ギバのあばら肉は美味かろう？」

きょとんとした様子でダン＝ルティムが問うと、ロイが「ああ」とうなずき返す。

「脂身《あぶらみ》の多いあばらの肉に、この香草はとても合っていると思う。とても美味いよ」

「そうであろう！　果実酒やミャームーに漬けたあばら肉も捨てがたいが、この料理も実に美味い！　加減をしなければ、あばら肉ばかりを食べてしまいそうなほどだ！」

やっぱりこれほどの巨体であるというだけでシリィ＝ロウはいささか引き気味であったが、ダン＝ルティムのほうは相手を選んで態度を変えるような人柄ではなかった。ガハハと笑いながら、果実酒の土瓶《どびん》を傾《かたむ》けている。

そしてそこには他の料理も集められていたので、俺たちもしばし腰を落ち着けることにした。最近食欲の増してきているアイ＝ファは、ここぞとばかりにそれを満たしにかかっている。ここまではロイたちにつきあってひと品ずつしか口にすることができなかったので、さぞかしもどかしかったことだろう。

「あ、アマ・ミン＝ルティム、お身体の調子は如何ですか？」

こっそりそのように呼びかけると、アマ・ミン＝ルティムは「ええ」と微笑み返してくれた。彼女が懐妊《かいにん》したらしいという話は、まだ他の人々には伏《ふ》せられているのだ。

「何の問題もありません。もうしばらくしたら、他の皆《みな》にもよい知らせを伝えることができると思います。……そのときには、いよいよ宿場町の仕事から身を引かなければなりませんね」

「はい。くれぐれも、お身体のことを第一に考えてください」

「ありがとうございます。そのときは、わたしの代わりにモルンが町に下りることになるでしょう」

そのモルン＝ルティムが、客人たちに料理を取り分けてから、俺たちのほうに膝《ひざ》を進めてきた。

「おひさしぶりです、アイ＝ファにアスタ。……あの、レム＝ドムとの力比べは、もうじきに為されるのでしょうか……？」

「うむ？　そうだな。あと十日はかからないように思う」

アイ＝ファの答えに、モルン＝ルティムは「そうですか……」と目を伏せた。ころころと丸っこい体格をした、いくぶん父親似のモルン＝ルティムである。なおかつ父親から豪快《ごうかい》さだけを抜き取ったような気性《きしょう》である彼女にしては、ずいぶん憂いげな表情であった。

「どうしたんだい？　モルン＝ルティムは、レム＝ドムと何かご縁《えん》でもあるんだっけ？」

「いえ、レム＝ドムとは、べつだん……わたしが北の集落に出向いている間、彼女はずっと家を離《はな》れていましたし……」

そういえば、モルン＝ルティムはずいぶん長きの間、料理の手ほどきをするために北の集落へと出向いていたのである。

「アイ＝ファ。レム＝ドムが狩人の力比べで、あなたを打ち負かすようなことがありうるのでしょうか？」

口いっぱいにギバ肉と焼きポイタンを頬張《ほおば》っていたアイ＝ファは、しばし待て、というように手をかざし、それらをすべて呑みくだしてから答えた。

「私がレム＝ドムに後れを取ることは、百に一つもないだろう。しかし、百度以上もやりあえば、一度ぐらいは私が地に伏すこともありうるかもしれんな」

「そうですか。ならば、レム＝ドムも女衆として生きていくことになるのですね」

ほっとしたようにモルン＝ルティムがそう言うと、アイ＝ファはけげんそうに首を傾げた。

「それは実際にやりあってみなくては、何とも言えん。百何度目かに、あやつが打ち勝つのかもしれんのだからな」

「え？　でも、レム＝ドムと力を比べるのは、一度きりなのでしょう？」

「一度きりではない。一日限りだ」

アイ＝ファは、あっさりそう言った。

「私が狩人としての力を取り戻したのち、まるまる一日をレム＝ドムに与えることにした。その一日の中であやつが私を打《う》ち倒《たお》すことがかなえば、あやつは狩人として生きる資格を得る」

「ええ!?　どうして、そのような取り決めを!?」

「それが公正と思えたからだ。逆に言えば、ただ一度きりの力比べで私に勝利したとしても、レム＝ドムに狩人としての力が備わっていると断じることはできん。狩人には、森の中を一日歩き続ける力も必要となるのだからな」

そう言って、アイ＝ファは木皿の汁物《しるもの》をすすり込んだ。

「私と一日、力比べに取り組み、私よりも早く力尽《ちからつ》きることなく勝利を奪えれば、それは狩人として生きる力の証《あかし》となろう。そのような真似のできる男衆など、この森辺には幾人《いくにん》もいなかろうからな」

「それでは……レム＝ドムが勝ってしまう可能性もありうるのですね……」

モルン＝ルティムががっくりとうなだれてしまったので、アイ＝ファはますますけげんそうな顔をすることになった。

「それでもレム＝ドムが勝つ可能性は限りなく低いし、勝てたとしたら、それはあやつが男衆にも負けぬ力を持つという証左になる。それでどうして、お前がそのように悲しげな様子をしているのだ？」

「いえ……わたしはただ、ディック＝ドムのことが心配で……ディック＝ドムは、レム＝ドムが女衆として生きることを心から望んでいるのです……」

だから、どうしてそれでモルン＝ルティムが、そのように悲しまなくてはならないのか？

——俺はそのように思ったが、アイ＝ファはまったく違うことを言った。

「私の母も、私が女衆として生きることを心から願っていた。母は狩人として生きる私の姿を見ぬままに、森に魂《たましい》を返してしまったが……もしも生きながらえていたら、いったいどのような気持ちを抱くことになったのであろうな」

モルン＝ルティムは、悲しげな面持《おもも》ちのままアイ＝ファを見る。

それをアイ＝ファは、とても真剣《しんけん》な眼差《まなざ》しで見つめ返した。

「ディック＝ドムがどのような気持ちを抱くかも、実際にそうなってみなくては知ることもできん。しかし、レム＝ドムが幸福な生を歩むことができるなら、ただ一人の家人として、それを祝福してほしいと私は願っている。……私に言えるのは、それだけだ」

モルン＝ルティムは「はい」とうなずくと、その手を胸の前で組み合わせて、アイ＝ファに深々と頭を下げた。

「レム＝ドムのことを、どうぞよろしくお願いいたします。わたしもドム家のお二人に幸福な道が開けるよう、森に祈《いの》りたいと思います」

アイ＝ファも「うむ」と、重々しくうなずき返した。

そのとき、広場の中央から賑やかな気配が伝わってきた。見れば、儀式の火の前にロロが引っ張り出されている。手を引いているのは、見覚えのない男衆だ。ロロが何かをわめいているが、ここからではよく聞き取れない。しかし、どうも彼女は狩人の力比べを挑まれているように見受けられた。

「ああ、あの娘はたいそうな腕前《うでまえ》を有しているそうだな！　木の刀でギバを仕留めるなど、なかなかできるものではないぞ！」

ダン＝ルティムは、愉快そうに笑っている。ロロは完全に及び腰であったので、放っておいて大丈夫なのだろうかと俺は危うんだが、どうやらギャムレイの一言で彼女も覚悟を固めたようだった。

そうして周囲の人間が歓声をあげる中、力比べが開始され——その男衆は、一瞬《いっしゅん》で地に伏すことになった。つかみかかった男衆の腕をロロが捕らえて、足払《あしばら》いで簡単に転ばせてしまったのだ。

地面に倒れた男衆に、ロロがぺこぺこと頭を下げていると、別の男衆がロロの前に進み出た。が、その男衆も小手返しのような技《わざ》をくらって、またあっさりと倒されてしまう。ロロは再度、ぺこぺこと頭を下げまくった。

「ふうむ！　力の逃《に》がし方に、たいそう長《た》けているのだな！　自分自身は何の力も使わずに、あれは大した技量だぞ！」

ダン＝ルティムは、きらきらと目を輝《かがや》かせながら巨体を乗り出した。

「面白いな！　俺も手合わせを願うべきか！」

「お待ちください。このような余興でいきなり勇者の力を持つ狩人が名乗りをあげるのは、あまりに無粋《ぶすい》なのではないでしょうか」

ガズラン＝ルティムが、やんわりと父親をたしなめた。

その間に、少し離れた場所では大男のドガまでもが力比べに駆《か》り出《だ》されている。そちらは接戦の末、ドガが相手を力でねじ伏せた。狩人たちは歓声をあげ、二人のもとにわらわらと集まっていく。

「ふん。酒が入っているとはいえ、森辺の狩人を力比べで退けるとは大した手並みだ。町にもあのような人間がいるのだな」

と、ふいに横合いから若者の低い声が響いた。敷物に座していたメンバーではない。たまたまここに通りかかった長身の青年――ルウ家の次兄《じけい》、ダルム＝ルウである。

さらにそのかたわらには、ずっと姿の見えなかったシーラ＝ルウの姿もある。シーラ＝ルウは俺たちに会釈《えしゃく》をして、ダルム＝ルウはじろりとアイ＝ファをねめつけてきた。

「しかもあの小さいほうは、男のなりをしているが女なのだな。同じ女として黙っていられるのか、アイ＝ファよ？」

「うむ？　あの娘は、たいそうな技量を持っているようだからな。私は力を取り戻す修練を始めたばかりであるので、あの娘を打ち倒すにはあと十日ばかりの時間が必要となるだろう」

「それはずいぶん、気弱なことだ。さしものお前もたびたび手傷を負い、気持ちが弱ったか」

何となく、普段のダルム＝ルウとは異なる声音の響きであった。同じことを思ったのか、アイ＝ファもけげんそうに眉《まゆ》をひそめ、それから「ああ」と声をあげる。

「ダルム＝ルウよ、ついに果実酒を飲めるほどに傷が癒《い》えたのか」

「ああ。この通り、ようやく新しい手の皮が血の筋をふさいでくれたからな」

ダルム＝ルウは果実酒の土瓶を左手に持ちかえ、右の手の平を俺たちに差し向けてきた。確かにその手の平には、ピンクがかった新しい皮が一面に張られていた。これまではその箇所《かしょ》の肉が剥き出しになっていたのかと想像すると、こちらのほうが痛くなってきてしまう。

「もうしばらくすれば、刀を握《にぎ》ることもかなおう。そうすれば、すぐにでも森に入ることがかなう。手の先の他は、鍛錬《たんれん》を続けていたのだからな」

「そうか。それは喜ばしいことだな」

「お前も傷は癒えたのだろう？　しかし、あばらを折ってしまっていたのだから、力を取り戻すにはさぞかし時間がかかるのだろうな」

ダルム＝ルウがここまで饒舌《じょうぜつ》にふるまうのは、常にないことである。しかもその声は、どちらかというと陽気であるようにさえ思える。右頬《みぎほお》の古傷も赤く染まっているし、ずいぶん酒が入ってしまっているのではないだろうか。

（大丈夫なのかな。ちょっと心配になってきちまうぞ）

陽気なダルム＝ルウというのは、俺はひとたびしか見たことがない。それは俺たちが初めてルウの集落に宿泊《しゅくはく》した夜、彼がアイ＝ファに難癖《なんくせ》をつけてきたときのことだ。

あの夜のダルム＝ルウは、最悪だった。印象としては、ディガと変わらないぐらいである。ことさら汚《きたな》い言葉でアイ＝ファを罵《ののし》り、狩人の真似事《まねごと》などやめて自分の嫁《よめ》になれ、と彼は執拗《しつよう》に述べたてていたのであった。

そんな俺の懸念《けねん》を知ってか知らずか、ダルム＝ルウは膝を折ってアイ＝ファの顔を覗《のぞ》き込んできた。野生の狼《おおかみ》を思わせる強い眼光が、間近からアイ＝ファをねめつける。

「思えばアイ＝ファよ、俺たちは同じ時期に手傷を負うことが多かったのだな。俺がこの顔の傷を負ったとき、お前は左の腕を痛めていた。そうして俺がこの手に傷を負ったとき、お前はあばらを折ることになった」

「うむ、確かにその通りだな」

「しかしこのたびも、俺のほうが先んじて森に入ることができそうだ。俺を疎《うと》んじるお前には、さぞかし腹の煮《に》えることであろうな」

アイ＝ファはべつだん表情を変えるでもなく、ちょっと不思議そうに首を傾けるばかりであった。

「お前は以前、宿場町でも同じようなことを言っていたな。私は別にそのようなことで無念に思ったりはしないし、そもそもお前のことを疎んじてもいない」

「……そのようなわけがあるか。お前ほど俺を疎んじている人間は、他にいないだろう」

「何故《なぜ》だ？　私が狩人として生きることを許さなかったのはお前だけではないし、それに――お前には、それを怒る理由があったであろう。私はルウ家からの嫁取《よめと》りの話を、じゃけんに断ってしまったのだからな」

ダルム＝ルウはきつく眉根《まゆね》を寄せて、アイ＝ファの顔をにらみ続ける。

それに対して、アイ＝ファはあくまでも沈着《ちんちゃく》であった。

「ともあれ、お前が早々に狩人としての力を取り戻せたのは喜ばしいことだ。ドンダ＝ルウが深い手傷を負っているのだから、なおさらにな。ルウ家の友を名乗ることが許されるなら、私も祝福の言葉を送りたいと思う」

「ふん、何が祝福の言葉だ！」

と、いきなりダルム＝ルウが身を起こした。右頬の古傷が、いっそう赤く浮《う》かびあがっている。

「黙って聞いていれば、賢《さか》しげな言葉ばかりを吐《は》きやがって！　俺に先んじられて悔《くや》しいのなら悔しいと、素直《すなお》に言ってみせろ！」

「だから、そのような思いは抱いていないというのに……今日のお前は幼子のようだぞ、ダルム＝ルウよ」

と、ついにアイ＝ファが苦笑《くしょう》を浮かべてしまった。ダルム＝ルウはがりがりと頭をかきむしり、シーラ＝ルウは見かねた様子で声をあげる。

「申し訳ありません、アイ＝ファ。……ダルム＝ルウ、果実酒を召《め》されすぎですよ。ずいぶんひさかたぶりのお酒なのですから、少しは加減をしなければなりません」

「俺に酒を飲むなと執拗にたしなめていたのは、お前ではないか！　それでどうして、またお前に説教をされねばならないのだ？」

確かにこれは、アルコールの効果なのだろう。アイ＝ファの言う通り、だんだん言動が子供じみてきてしまっている。そんなダルム＝ルウを見つめながら、シーラ＝ルウは困った母親のように微笑んでいた。

「お酒を召されるのなら、その分きちんと料理も口にしてください。そろそろギバの丸焼きも仕上がる頃合《ころあ》いのはずですよ？」

「ふん！」とダルム＝ルウはまた鼻を鳴らし、再度アイ＝ファへと視線を差し向けてきた。

「アイ＝ファよ！　手傷の多い狩人には、二つの種類がある。それは、力の足りていない狩人と、ギバを恐れずに真っ向から立ち向かえる狩人だ！」

「うむ」

「お前はルウの力比べで八人の勇者に選ばれるほどなのだから、決して力が足りていないわけではないだろう！　しかし、手傷を負えば家人を悲しませることになる！　得体の知れない余《よ》所者《そもの》の男でも、お前にとっては大事な家人のはずだ！　家人を悲しませたくないならば、せいぜい今後も慢心《まんしん》せずに、狩人としての仕事を果たしてみせろ！」

「うむ。そっくりそのままお前に返したいような言葉ではあるが、まったく内容は間違《まちが》っていないだろう。お前からの言葉を肝《きも》に銘《めい》じて、今後も励《はげ》みたいと思う」

あくまで冷静なアイ＝ファをひとしきりにらみつけてから、ダルム＝ルウはふらふらと立ち去ってしまった。

「ふむ。ひさびさの酒で、ずいぶん酔《よ》いが回っているようだな。俺も足の傷のおかげでしばらく酒を断ったときは、普段の半分ほどしか飲めなかったものだ」

愉快《ゆかい》げに笑いながら、ダン＝ルティムは果実酒をあおる。

「もともとダルム＝ルウは、それほど酒が強い性でもないようだしな。悪気はないので気にせずともよいぞ、アイ＝ファよ」

「気にはしていない。むしろ、嬉しく思っている」

「おお、そうか。ならば、余計な言葉であった」

そうしてダン＝ルティムはまたドーラ家の人々との談笑《だんしょう》に戻り、俺はアイ＝ファに口を寄せることになった。

「アイ＝ファは、嬉しかったのか？　俺はひさびさに、ひやひやさせられちゃったんだけど」

「ダン＝ルティムに言われるまでもなく、ダルム＝ルウの言葉に悪意は感じられなかった。あやつはあやつで、私の身を案じてくれているのであろう。悪縁《あくえん》を結んでしまっていたダルム＝

ルウとようやく正しい縁を結べたような心地《ここち》で、私は嬉しく思う」

そんな風に言ってから、アイ＝ファはふいにくすりと笑った。

「それに、酒のせいとはいえ、まるで幼子のようであったではないか？　あやつにも、あのように可愛《かわい》らしいところがあったのだな」

「可愛らしい？　ダルム＝ルウが？」

「うむ。あやつは血族のために傷を負うことを厭《いと》わぬ、立派な狩人だ。なおかつ気性は、ドンダ＝ルウのように猛々《たけだけ》しい。そんなダルム＝ルウが幼子のように振る舞うのは、可愛らしいな」

俺は、言葉を失ってしまった。

あどけない表情で笑っていたアイ＝ファが、けげんそうに眉をひそめる。

「どうしたのだ？　何やらおかしな顔になっているぞ、アスタよ？」

「ああ、いや、別に……えーっとな、俺が年頃《としごろ》の娘さんを可愛らしいとか言いだしたら、この心境をわかってもらえるだろうか」

そのように言ってしまってから、俺は慌《あわ》てて手を振った。

「いや、今のはあまりに器量の小さな発言だったな！　ごめん、忘れてくれ！」

「……ひとたび聞いた言葉を忘れるなどという、器用な真似はできん」

見る見る内に、アイ＝ファの可憐《かれん》な唇《くちびる》がとがっていく。

「私は決して、おかしな意味でダルム＝ルウを可愛らしいなどと述べたわけではない。それぐらいのことが、お前にはわからぬのか？」

「いや、だから、俺が悪かったたってば」

「……ダルム＝ルウが女衆であったとしても、私は嫁に娶《めと》りたいとまでは思わぬぞ？」

「わ、わかったよ。なかなか普段にはない出来事だったから、おもいきり動揺《どうよう》してしまっただけさ。本当に反省してるから、勘弁《かんべん》してくれ」

それでもアイ＝ファは疑《うたぐ》り深《ぶか》そうに俺の顔を見つめ続けていたが、やがて意を決したようにとがらせた唇を耳もとに寄せてきた。

「……私にとって一番可愛らしいのは、アスタだ」

かくして俺は撃沈《げきちん》することになったが、かがり火だけが目の頼りのこの場においては、顔色の変化を余人に悟《さと》られることもなかっただろう。

そんな俺たちの周囲では、ルウの血族と客人がたが疲《つか》れも知らぬ様子で騒《さわ》ぎたてている声が賑やかに響き続けていた。

4

「ああ、こちらにいらしたのですね」

俺の顔色が常態に戻った頃《ころ》、レイナ＝ルウが大きな木皿を手にしてこちらに近づいてきた。

そこに載せられていたのは、どうやら揚《あ》げたてであるらしい熱々の『ギバ・カツ』である。

ひとかかえもある大きな木皿が、キツネ色の衣を纏った『ギバ・カツ』でびっしりと埋《う》め尽くされていた。

「どうも火の勢いが弱かったらしく、ギバの丸焼きがなかなか仕上がらないようなので、先にこちらを仕上げてしまいました。よかったら、味を確かめてください」

ダン＝ルティムを筆頭に全員が歓声をあげていたが、レイナ＝ルウの目はロイとシリィ＝ロウの姿をひたすら見据《みす》えていた。

汚《よご》れた木皿は水瓶《みずがめ》の水で洗われて、そちらに『ギバ・カツ』が取り分けられていく。後から追ってきた分家の女衆が大量の千切りティノを運んでくれたので、それも同じように取り分けられた。

『ギバ・カツ』にはウスターソースとシールの果汁《かじゅう》が、ティノの千切りにはドレッシングが準備されている。こってりとしたウスターソースをチョイスしたドーラの親父さんが笑顔で『ギバ・カツ』を頬張ると、その酒気に染まった顔にはさらなる歓喜《かんき》の表情が爆発《ばくはつ》した。

「いや、これは美味《うま》いな！　揚げ物《もの》だったら屋台でも食べさせてもらったし、ぎばかつさんども何回か当たったことはあるんだけど、こいつは格別だ！」

「ああ、最近の屋台の料理では、レテンの油を使っていましたからね。これにはきっと、ギバの脂《あぶら》が使われているのですよ。『ギバ・カツサンド』の場合は作り置きだったので、やっぱり揚げたてのカツとは印象が違ってくるのだと思います」

そのように講釈《こうしゃく》を垂れながら、俺もぞんぶんに『ギバ・カツ』の味を堪能《たんのう》させていただいた。衣はさくさくで申し分ないし、熱の入れ方も絶妙《ぜつみょう》だ。そしてやっぱり、ギバのラードでカツを揚げると、豊かな風味がたまらない。それでいて変にくどい感じはせず、サラダ油で揚げるトンカツよりもすっきりしているようにさえ感じられるのだから、どこにも文句のつけようはなかった。

「……如何ですか？」

レイナ＝ルウは敷物に膝をつき、ロイたちの顔を真正面から見つめた。ウスターソースとシールの果汁の両方で『ギバ・カツ』を味わったロイは、「美味いよ」と応じる。

「本当にお前たちは、揚げ物料理が得意なんだな。流行遅《おく》れってことで俺もあんまり真面目には取り組んでなかったけど、カロンやキミュスでこんな上等な揚げ物料理を仕上げる自信はねえな」

「……あなたは、如何ですか？」

「そうですね。かつて城下町で口にしたものとは、ずいぶん印象が異なっているように思います」

かじったカツの断面を見据えながら、シリィ＝ロウは低い声で答えた。

「あの晩餐会《ばんさんかい》で供された揚げ物料理には、乳脂《にゅうし》や乾酪《かんらく》やサルファルの香草《こうそう》などが使われていました。城下町で売りに出すとしたら、あちらの料理のほうが喜ばれるとは思います」

「………………」

「ですが、ただ美味であるかという点では、こちらの料理も決して劣《おと》ってはいないでしょう。揚げる油に、レテンや乳脂ではなくギバの脂を使っている、ということですか」

「はい。森辺では、そちらのほうが喜ばれますので」

「美味だと思います。つくづくギバというのは、肉も脂も優《すぐ》れた食材であるのですね」

シリィ＝ロウがそのように結論づけると、大喜びで『ギバ・カツ』をかじっていたダン＝ルティムがいきなり「おお！」と声をあげた。

「そういえば、お前さんはあのバナームとかいう町の貴族をもてなす夜に同席していた娘なのだな！　どうだ、真なるぎばかつは美味であろう？」

「……わたしは城下町で口にした料理がそこまで劣っているとは思いませんし、何より、ヴァルカスの作るギレブスの魚の炙《あぶ》り焼きはそのどちらよりも美味だと思います」

いくぶん身を引きつつも、シリィ＝ロウは毅然《きぜん》と答えた。そういえば、俺が城下町でミラノ風のカツレツを供したとき、両者は試食の場で同席していたのである。

「うむ！　森辺の民と城下町の民とでは、好む味も異なるのだろうからな！　しかし、お前さんたちは昨日、たいそうな料理で森辺の民をもてなしてくれたのだろう？　ルド＝ルウが自慢《じまん》げに語っておったぞ！」

どんぐりまなこを輝かせながらダン＝ルティムが身を乗り出し、いっそうシリィ＝ロウに身を引かせる。

「できれば俺も、お前さんたちの料理を食べてみたいものだな！　それも、できればギバの料理をだ！」

「……城下町では、まだギバの肉を扱《あつか》うことは許されていません」

「あ、だけど、俺たちは昨日、ギバの腸詰肉《ちょうづめ》というやつを貴族の方々にお届けしたのですよ。あれは値段的に宿場町では売りに出すのが難しいので、いずれは城下町で売り買いされるようになるかもしれません」

シリィ＝ロウが、キッと俺をにらみつけてくる。

「それは、本当の話ですか？　ギバの肉が、城下町で売りに出されると？」

「え、ええ、もちろんジェノス侯爵のお許しが出れば、ですが」

「そうですか……」と、シリィ＝ロウは物思わしげに目を伏せてしまう。

「どうしました？　何か気分を害されてしまいましたか？」

「気分を害する理由などありません。それが本当の話ならば、一刻も早く実現してほしいところです」

「え？　シリィ＝ロウは、ギバの肉にご興味が？」

するとシリィ＝ロウは、半分呆《あき》れたような面持ちでまた俺《おれ》のことをにらみつけてきた。

「あなたがたの作法を取り入れることはできませんが、ギバというのはカロンやギャマにも劣らぬ食材です。料理人として、早く取り扱いたいと願うのは当然のことでしょう？」

「そりゃあそうだ。ヴァルカスなんざ、わざわざシムから生きたギャマを取り寄せてるんだぜ？　ギバなんていう立派な食材が同じ領内に存在してんのに、自分は扱うことはできないなんて、内心ではやきもきしてんじゃねえのかな」

ロイにまでそのように言いたてられてしまい、俺は「なるほど」と感じ入ることになった。

「ヴァルカスはあまりそういう気持ちを表に出さないので、そんな風に考えたことはありませんでした。とりたてて、ギバの肉を欲《ほ》しがる様子もなかったですしね」

「ま、今ある食材に関してだって、毎日が研究の連続らしいからな。本当のところはギバ肉を扱う時間なんてないのかもしれねえけど、あの人だったら、それでも欲しがるだろ」

「確かに」と俺が笑ったとき、ルド＝ルウが「よー」と近づいてきた。

「今度はころっけが仕上がったぜー。客人たちに持っていけってよ。……俺の分も残しておいてくれよ？」

ルド＝ルウの手には、その木皿が掲《かか》げられていた。彼《かれ》の大好物たる、ギバ肉とチャッチのコロッケである。さすがは歓迎《かんげい》の祝宴《しゅくえん》、大盤振《おおばんぶ》る舞いだ。

「こいつも、大した手並みだな。チャッチに細かく刻んだ肉とアリアを混ぜて、そいつを揚げてるのか」

ロイはいくぶんめげた様子で、頭をかきむしった。

「くそ、揚げ物に関してはやられっぱなしだな。今の俺じゃあ、手も足も出ねえや」

「……………」

「そういえば、ヴァルカスも揚げ物料理を作ってる姿は見たことがねえな。やっぱりそこまで得意ではねえのか？」

「揚げ物料理は流行遅れとされているので、注文自体が入らないのです。注文が入らなければ、作る機会がないのは当然でしょう？　ヴァルカスに、不得意な料理などあるはずがありません」

ムッとしたようにシリィ＝ロウが言い、その顔を見てロイは笑った。

「それじゃあ、シリィ＝ロウもヴァルカスの揚げ物料理を食べたことはないんだな。証のない部分でまで師匠《ししょう》を持ち上げるのは、逆に品格を落とすことになると思うぜ？」

「あなたなどに、品格をどうこうと言われたくはありません」

シリィ＝ロウは、つんと顔をそむける。そこで、満足そうに彼らの様子を見ていたレイナ＝ルウが、いくぶん眉を曇《くも》らせた。

「……あなたがたは、夫婦《ふうふ》のように身を寄せ合っているのですね」

「あん？　夫婦がどうしたって？　あんまりおかしなことを言うと、俺はともかくシリィ＝ロウが爆発しちまうぞ？」

「そうですか。しかし、森辺では家族でも伴侶《はんりょ》でもない男女がそのように身を寄せ合うことは、ありえないのです」

「せまいんだから、しかたねえだろ。それにシリィ＝ロウは俺と違《ちが》って育ちがいいから、ちっとばっかりは狩人たちの面《つら》がまえがおっかなくなっちまうんだろう。好きこのんで俺にひっついてるわけじゃねえさ」

「わ、わたしは怯《おび》えてなどいないし、ひっついてもいません！」

ちなみに注釈《ちゅうしゃく》を加えるならば、ロイとシリィ＝ロウは身体が触《ふ》れ合《あ》う寸前ぐらいの距離《きょり》で、敷物に座している。レイナ＝ルウは仏像を思わせる半眼でそんな彼らを見つめてから、ことさら丁寧《ていねい》な仕草で一礼して、立ち去っていった。

それと同時に、どすんという派手な音色が響きわたる。見ると、ドガの巨体《きょたい》がついに地面に倒されていた。そのかたわらにあるのは、質量においてドガを上回るミダである。

そして、数メートル離れたところでも、ロロが「うひゃあ」と声をあげていた。そのひょろひょろとした身体が、若い男衆に組《く》み伏せられている「よーし！」と声をあげて彼女《かのじょ》のもとから身を起こしたのは、なんとラウ＝レイであった。

「何だ、いつの間にやら先んじられてしまったではないか！　ミダとラウ＝レイとて勇者であるはずだぞ、ガズランよ？」

「ええ、他の男衆では歯が立たなかったようですね。まったく、大した力量です」

「ううむ！　ぜひ俺とも立ち合ってもらいたいものだな！」

ダン＝ルティムはそのように叫《さけ》んで腰をあげかけていたが、儀式《ぎしき》の火の前には再び一座の楽団が進み出て、また陽気でノスタルジックな音色を奏《かな》で始めていた。それに追いたてられるようにして、ドガとロロは隅《すみ》っこに引っ込んでいく。

「あ、『月の女神《めがみ》の調べ』じゃん！　みんな、踊ろうよ！」

少し遠くのほうから、ユーミの声が聞こえてくる。そうして彼女は困った顔で笑っているテリア＝マスの腕《うで》を引っ張りながら、儀式の火の前に進み出た。

リズムは、ゆったりとした三拍子《びょうし》だ。陽気だがどこか哀切《あいせつ》でもあるその旋律に合わせて、ユーミがひらひらと踊りだす。テリア＝マスはとても恥《は》ずかしそうにしていたが、ユーミに無邪気《むじゃき》に笑いかけられると、やがておずおずとステップを踏《ふ》み始めた。

どうやらそれはダレイムでも踊られていた舞《まい》であったらしく、やがて何名かの女衆がユーミたちに加わった。儀式の火と楽団を中心にして、十名ばかりの女衆が輪を作っている。男衆がはやしたて、手拍子や足踏《あしぶ》みを始めると、そこにヒューイやサラまでもが進み出て、リズムに合わせてスキップをし始めた。

「わーい、楽しそう！　ターラ、リミたちも踊ってこようよ！」

「うん！」

二人の幼き少女が、てけてけと駆けていく。その愛くるしい姿に、人々はいっそうの歓声を張り上げた。

普段の祝宴では、十五歳《さい》に満たない娘《むすめ》が舞を見せることはない。森辺の祝宴における舞とは、一種の求婚行為《きゅうこんこうい》でもあるからだ。だけど本日は、客人をもてなすための祝宴である。そうしてリミ＝ルウたちが踊りの輪に加わると、他の幼子や十三、四歳の娘たちも喜んでその身を投じた。

「こいつはすごいな。ギャムレイたちを招いて大正解じゃないか」

俺がそのように呼びかけると、アイ＝ファも満足そうにうなずいていた。きっとリミ＝ルウが楽しそうにしているのが嬉《うれ》しいのだろう。

やがて演奏は四拍子のもっと明朗な曲に変わり、いっそう娘たちは激しく舞を踊ることになった。今度は誰《だれ》も知らない曲であったのか、振《ふ》り付《つ》けはバラバラだが、リズムに合わせて踊るだけで、実に優美な様相である。しまいには男衆が草笛まで吹《ふ》き始めたが、それも決してナチヤラの奏でる旋律と不協和を起こすことはなかった。

「何やってんのさ！　あんたも踊りなよ！」

と、小気味のいいステップを踏みながら、ユーミがこちらに近づいてくる。その視線の先にあるのは、誰あろうシリィ＝ロウであった。

「……ひょっとしたら、わたしに言っているのですか？」

「あんた以外に、誰がいるのさ！　あ、そっちのみんなも踊ろうよ！」

後半の言葉は、ドーラ家の奥方二名に向けられたものだ。二人は嬉しそうにいそいそと立ち上がり、いくぶんしんみりとしていたモルン＝ルティムも、ガズラン＝ルティムらに背を押《お》されて身を起こす。そんな中、シリィ＝ロウは一人で色を失っていた。

「わ、わたしは、ご遠慮《えんりょ》します。わたしはあくまで、料理のために出向いてきただけなのですから」

「だからこそ、でしょー？　これはね、森辺の民《たみ》があたしらと仲良くなるために開いてくれた祝宴なんだよ！　本当だったら、森辺の民と仲良くなるつもりのない人間がいていい場所じゃないのさ！」

「い、いえ、ですから……」

「どんな目的のために出向いてきたんでも、この場にいる限りは知らん顔できないの！　森辺のみんなが許したって、あたしは許さないからね！　わかったら、とっととみんなの輪に入りな！」

かくしてシリィ＝ロウはユーミと親父《おやじ》さんの奥方に左右から腕をつかまれて、拉致《らち》される運びとなった。シリィ＝ロウは決死の形相でロイに助けを求めていたが、薄情《はくじょう》なる朋友《ほうゆう》は肩《かた》をすくめてそれを見送るばかりであった。

（シリィ＝ロウには悪いけど、こいつはルウ家の祝宴でも過去最高の盛り上がりなんじゃないかな）

客人の数が多いために、すべての血族を集めるときと比べても人数的には負けていない。そして、森辺の装束とは異なる色彩《しきさい》が多く加わることによって、そこには普段以上の華《はな》やかさがもたらされているように感じられた。

気づけば、マイムもリミ＝ルウたちと踊《おど》っている。トゥール＝ディンも、ユン＝スドラあたりに引っ張り出されたのだろうか。踊ってこそはいないものの、みんなと一緒《いっしょ》に儀式の火の周囲を回っていた。

少し離れた敷物では、ギャムレイが愉快げに果実酒をあおっている。そのかたわらにあるのは、占星師のライラノスと人獣《じんじゅう》のゼッタだ。

シャントゥは楽団のそばに陣取って手を打ち鳴らしており、ロロとドガは男衆に囲まれて料理を突《つ》きつけられている。壺《つぼ》男のディロは、何故《なぜ》だかバルシャやジーダとともにあり、何やら語り合っている様子であった。何か異国の物珍《ものめずら》しい話でもせがまれているのだろうか。

そういえば――と、俺がさらに視線を巡《めぐ》らせようとしたところで、朱色《しゅいろ》の色彩がふわりと近づいてきた。演奏にも踊りにも加わっていなかった、ピノである。

「どうもォ、ご挨拶《あいさつ》が遅れちまって。……こんなに楽しい宴《うたげ》に招いていただいて、ほんとにありがとさァん」

「いえ、お招きしたのはルウ家の人たちですから。でも、皆さんとご一緒できて、俺も嬉しいです」

「あァ、アタシらも嬉しいよォ。アタシらは、宴の中でしか生きられない生き物だからねェ」

ピノはかがり火を背後に立ちつくしたまま、くすくすと笑った。

「このジェノスってェのは大きな町だけど、石塀《いしべい》の外じゃあ太陽神のお祭ぐらいしか宴がないからねェ。もうちっと城と町の垣根《かきね》が低いとこなら、もっと色々な祭があるんだけどさァ」

「あ、そうなのですか。西の王国でも、色々なのですね」

「あァ、色々さァ。……だからジェノスには多くても年に一回しか来る用事はないけれど、今回はとりわけ楽しませていただいたよォ」

夜の森辺におけるピノは、いつも以上に不可思議な存在に見えた。生きた人形が喋《しゃべ》っているような、そんな不可思議さである。外見的には童女にしか見えないのに、そこらの大人よりもよほど世慣れていて、色々な表情を持っている。軽業《かるわざ》や笛吹きの芸を見せずとも、ピノはそうして立っているだけで不思議な感動やおののきを俺に与《あた》えてくれるのだった。

そうしている間に、曲がまた変わっていた。今度はまたゆったりとしたテンポの、少し荘厳《そうごん》にも聞こえる旋律《せんりつ》だ。

そして、そこに今までにはなかった音色もかぶさった。ニーヤの弾《ひ》く、七本弦《げん》の楽器の音色である。楽団の中心に居座《いすわ》ったニーヤは、その楽器を奏でながら通りのよい声を響《ひび》かせた。

「一曲、歌わせていただきましょう。皆々様《みなみなさま》は、どうぞそのまま楽しく舞《ま》ってくださいませ」

俺の隣《となり》でアイ＝ファが身じろぎをすると、ピノがまたくすりと笑い声をたてた。

「心配はご無用ですよォ、狩人の姐《あね》サン。アンタがたを不愉快《ふゆかい》な気持ちにさせる歌じゃあないし、族長サンと最長老サンにも許しをいただいてるからさァ」

「ドンダ＝ルウと、ジバ婆《ばあ》に？」

アイ＝ファがうろんげな表情で問うのと同時に、ニーヤの歌が始まっていた。

それはやっぱり、東の民の物語であった。白き賢人《けんじん》ミーシャの働きによって、シムが王国として統一されるより、さらに昔――今では伝説の存在となった、シムの八番目の一族にまつわる物語であった。

かつてシムには、八番目の一族があった。しかし彼らは住む場所を定めず、シムの領内を転々としていた。山に住めば山の民として生き、草原に住めば草原の民として生きる。彼らガゼの一族は、他の一族に雲の民と呼ばれていた。

彼らは、平和を愛する一族であった。しかし、一族の窮地《きゅうち》には団結し、比類なき力で敵を討《う》ち倒した。普段《ふだん》はぷかぷかと浮かび流れる優雅《ゆうが》な雲のごとき存在でありながら、有事の際には漆黒《しっこく》の雷雲《らいうん》と化し、どの一族よりも強大な力を見せつけたという。

やがて、そんな彼らはシムで疎まれることになった。当時の実質上の支配者であった山の民の二大部族と悶着《もんちゃく》を起こし、血で血を洗う抗争《こうそう》を繰《く》り広《ひろ》げることになってしまったのだ。

どうもその山の民というやつは、のちにラオの一族を追《お》い詰《つ》めた蛮なる一族であったらしい。

ガゼはラオよりも強き力を有していたのでおめおめと敗北することはなかったが、このままではどちらかが滅《ほろ》びるまで戦《いくさ》を続けるしかないだろう、という状況《じょうきょう》にまで陥《おちい》ることになった。

それでガゼの一族は、シムを捨てた。どこに落ち延びても、山の民との諍《いさか》いは避《さ》けられない。草原に移り住めば草原の民をも巻き込んでしまうかもしれない。そうして戦乱が広がることを恐《おそ》れたガゼは、シムの外に生きるべき場所を求めたのである。

ガゼの民は、西に向かった。

やがて道は、暗灰色の泥沼《どろぬま》にさえぎられた。

すると今度は、南に向かった。

そこはトトスを使うこともできない、険しい岩山であった。

ガゼの民はトトスを草原に帰し、自らの足でその岩山を踏破《とうは》した。強靭《きょうじん》なる彼らには、そんな岩山も大した苦難ではなかった。

岩山の次に待ちかまえていたのは、不毛の砂漠《さばく》地帯だ。

このような場所に住むことはできない。彼らは、砂漠をも乗《の》り越《こ》えた。

その向こうに待ちかまえていたのは、黒き獣の住む黒き森だ。

そこもやっぱり、安住の地とは言い難《がた》い場所であった。彼らはさらに西か南に向かうべく、黒の森をも踏み越えようとした。

そこで出会ったのが、白き女王の一族であった。

白き女王の一族は、白い姿をした不思議な一族であった。彼らは小さく、言葉すら通じず、とうてい同じ人間だとは思えなかった。しかし彼らは、森の声を聞くことのできる、不思議な力を有していた。

彼らは名前のある神を持たず、森を母と呼んでいた。神なるシムを捨てたガゼの民は、そこに何らかの運命を見出《みいだ》し、白き女王の一族とともに黒き獣を討ち倒すことにした。

やがてガゼの長は白き女王と契《ちぎ》りを結び、子を生《な》した。

彼らは森に生き、森に死ぬことに決めた。白き女王から言葉を習い、ともに手を取り合って黒き獣と戦い、彼らは黒き森の民となった。

――それで物語は終わりであった。

ニーヤの最後の歌声が、闇《やみ》と炎《ほのお》の狭間《はざま》に溶《と》けていく。

森辺の民は、歓声《かんせい》や拍手《はくしゅ》ではなく、沈黙《ちんもく》でそれに報《むく》いた。

いつの間にやら、踊っている人間もいない。誰もが魂を抜《ぬ》かれた様子で、その場に立《た》ち尽《つ》くしていた。その中で、ユーミやマイムやテリア＝マスたちは、ちょっときょとんとした様子でみんなの顔を見回していた。

「『黒き王と白き女王』の物語でありました。……そこな娘さん、次はいかなる歌をご所望《しょもう》かな？」

と、ニーヤがまた陶然《とうぜん》とした面持ちになりながらユーミを振り返《かえ》る。ユーミはけげんそうにそちらを見返したが、やがて気を取りなおしたように「そうだなー」と腕を組んだ。

「今のはあんまり、踊りに向いてなかったみたいだね。やっぱ『ヴァイラスの宴』とかがいいんじゃない？」

「火神ヴァイラスの物語か。そいつは、うちの座長の一番のお気に入りだ」

ニーヤの合図に、ザンがトコトコと太鼓《たいこ》を叩《たた》き始める。それに合わせて、ナチャラや双子《ふたご》たちも雄大《ゆうだい》で能動的な旋律を奏でた。

呆然《ぼうぜん》と立ち尽くしていた女衆はハッとした様子で我に返り、ユーミとともに手足を動かす。そうして広場が賑《にぎ》やかな演奏に包まれると、さきほどの静寂《せいじゃく》が嘘《うそ》であったかのように熱気と生命力が蘇《よみがえ》った。

「アイ＝ファ、今の歌は――」

俺が振り返ると、アイ＝ファは「うむ」と難しい顔でうなずいた。

「黒き森の民、と言っていたな。……そして、ガゼというのはスンの前の族長筋の氏だ」

「おやァ、やっぱり当たりだったのかァい？　ひょっとしたらこいつは森辺の民に関《かか》わる伝説なんじゃないかと、前々から思ってたんだよねェ」

ピノは楽しげに微笑《ほほえ》みつつ、朱色の袖《そで》をぱたぱたとそよがせる。

「で、あの最長老サンが黒猿《ざる》の姿を見て、ずいぶん感じ入ってる様子だったからさァ。実はこれこれこういう歌があるのですけれど、ご興味はおありですかいと尋《たず》ねてみたのさァ。それで族長サンからもお許しが出たんで、ぼんくら吟遊詩人《ぎんゆう》にご登場を願ったってわけさァ」

「ふむ……」

「だけどまァ、しょせん伝説は伝説さねェ。いずれ吟遊詩人の法螺《ほら》話、話半分で聞き流し笑い飛ばしてもらえれば幸《さいわ》いさァ。数百年も大昔の話じゃァ、そいつが真実だって証《あか》し立てられる人間もいないいんだからねェ」

ピノはひたひたと近づいてきて、敷物《しきもの》に座《すわ》っている俺たちの顔を間近から覗き込んできた。

「アタシらは、人様を驚《おどろ》かせたり喜ばせたりするのが商売だからさァ。それ以外のことは、のきなみどうだっていいんだよォ。……あのぼんくらだって、そこんところはアタシらと一緒さァ」

「それは、あの者の以前の行いに腹を立てる必要はない、と述べているのか？」

「あらら、お怖《こわ》い顔だねェ。……ウン、あのぼんくらも、歌っている間しか楽しく生きることのできない、ならずものだからねェ。そんな大事な歌を使って、人様に喧嘩《けんか》をふっかけたりはしない。せいぜいアスタを驚かせてやろうっていう、子供じみた考えしかなかったと思うよォ？」

「…………」

「べつだん、あのぼんくらを許してほしいって言ってるわけじゃないさァ。それでアンタがたを嫌《いや》ァな気持ちにさせちまったんなら、何の言い訳のしようもないからねェ。……ただ、さァ……」

と、ピノが赤い唇を吊《つ》り上《あ》げた。かがり火が逆光になって、黒い瞳《ひとみ》が陰《かげ》に沈《しず》んでいる。それはまるで深淵《しんえん》を覗き込んでいるような心地であり、俺はぞくりと寒気を感じることになった。

「星占《ほしうらな》いのライ爺《じい》は、西の民でありながら東の民に弟子《でし》入りをして、あれほどの力を身につけたっていう変わり者でねェ。星を見る力も、それにまつわる知識ってやつも、シムのご立派な占星師に負けないぐらいに備え持ってるのさァ。……で、星を読む人間にとって、星を持たない民ってやつは、昔っから大きな関心事で……」

「おい」と、アイ＝ファが鋭《するど》く声をあげた。

深淵のごとき瞳をした童女は、いっそう唇を吊り上げる。

「余計なことを口走るつもりなんてありゃしないよォ。ただ、ライ爺だったら『星無き民』に関しても、あれこれ知ってるってことを伝えたかっただけさァ。アスタには色々とお世話になったから、こっちだってお役に立ちたいと思うのが当然だろォ……？」

「…………」

「もちろん、『星無き民』の正体を知る人間なんて、いやしない。でも、占星師じゃなけりゃあその名を耳にすることもない『星無き民』に関して、ライ爺はちっとばかりの知識を蓄《たくわ》えてる。それをアスタが知りたいっていうんなら――」

「俺のことは、俺自身が一番よく知っていますよ」

その瞳の中に吸い込まれそうな感覚に陥りながら、俺はそのように答えてみせた。

「どうして自分がこんな目にあったのかはわかりませんけど、自分がどんな目にあったかってことは、細大もらさず覚えています。その上で、俺は森辺の民として生きていくと決めたんです」

「……『星無き民』についてなんて、アスタにはどうでもいいってことかァい……?」

「そうですね。何を聞かされたって、俺が進む道に変わりはないでしょうから」

ピノはぴたりと口をつぐみ、俺の瞳を見つめ続けた。

深淵を覗くとき、深淵もまたこちらを覗いているのだ――というのは、何の一節だっただろう。

やがてピノは身を起こし、白い首をのけぞらしながら、「あっはっはァ」と笑い始めた。

「アスタがそういう気持ちなら、なァんも話すことはないさねェ。余計な気を回しちまって、ごめんなさいよォ」

そうして俺たちに向きなおったとき、またピノは見たことのない顔で笑っていた。それはとても透《す》き通《とお》った、それでいて何もかもを包み込むような、慈愛《じあい》に満ちみちた笑顔《えがお》であった。

「アタシらも、昔のことなんかはうっちゃって、今を楽しむことに決めたぐうたらの集まりだからねェ。昔どころか、明日のことを考えるのだって億劫《おっくう》だったらありゃしない。運命だとか星だとか、そんなもんを一番ないがしろにしてるのは、他《ほか》ならぬこのアタシたちってことさァ」

「はあ、そうですか」

「ウン、アンタの心意気は気にいったよォ、アスタ。できればアンタを荷車に突っ込んで、かっさらいたくなるぐらいさねェ」

「おい」

「お怖い顔をしなさんなァ。アタシは森辺の民も好きだから、そんな無体なことできゃしないよォ。そんな真似《まね》をしちまったら、アンタに地の果てまで追っかけられそうだからねェ」

そんな風に喋っている内に、だんだんピノは俺たちの知る顔に戻《もど》っていった。こまっしゃくれていて、何もかもを見透《みす》かしているような――それなのに、妙《みょう》に心をひきつけられる、魅力《みりょく》的《てき》で悪戯《いたずら》っぽい笑顔だ。

「だから、アンタたちとまた会うのは、一年後さねェ。それまでは、どうかお元気で……また美味《おい》しいギバの料理を食べさせておくんなさいよォ、ファの家のアスタ？」

「ええ、もちろん」

それで俺は、ようやく笑い返すことができた。

ちょうどそのとき演奏の音が止まり、その間隙《かんげき》をついたシーラ＝ルウの大きな声が聞こえてきた。

「ギバの丸焼きが、ようやく仕上がりました！　ちょっとみんなも身体を休めて、こちらを味わってみてはどうでしょう？」

見ると、踊りに加わっていなかったヴィナ＝ルウやレイナ＝ルウも、肉切り刀を手にシーラ＝ルウのかたわらに控《ひか》えている。森辺の民と客人たちは、歓声をあげてそちらに群がることになった。

俺は立ち上がり、親愛なる家長と不可思議なる客人の姿を見比べた。

「俺たちもいただこう。この人数じゃあ、うかうかしてると食いっぱぐれそうだ」

「うむ」「そうだねェ」と、二人はそれぞれうなずき返してきた。

俺たちの背後でも、ロイやダン＝ルティムやドーラの親父さんたちが立ち上がっている。

空には青白い月が浮かび、いよいよ世界は夜のとばりに黒々と閉ざされていたが、この広場だけは明るい光に包まれて、宴はまだまだ終わる気配もなかった。

箸休め // ～宴の後で～

ルウ家における親睦《しんぼく》の祝宴を終えたのち、ミケルたちは本日の寝場所《ねばしょ》となる家まで案内されることになった。ルウ家の客分たるジーダとバルシャが住まう家である。母親のバルシャは別の家に移って、ミケルたちがこの場所で休むことを許されたのだ。顔ぶれは、家の主たるジーダと、森辺の民たるアスタ、そして森辺の外から客人として招かれた男たち――ミケル、ロイ、ドーラと二人の息子《むすこ》たち、というものであった。

「ほら、しっかりしろよ。自分の足で歩かないと、土間に転がすぞ？」

ドーラの息子たちは二人がかりで、父親の大きな身体を運んでいた。森辺の狩人《かりうど》たちと飲み比べに興じていたドーラは、ついに前後もなく酔いつぶれることになってしまったのだ。

「足もとに気をつけろ。寝具《しんぐ》は、こちらだ」

燭台《しょくだい》を掲げたジーダが、ひたひたと広間の奥《おく》に向かっていく。そうすると、そこに人数分の寝具が広げられているのが確認《かくにん》できた。

「へえ、ずいぶん広いのですね。ジーダはここで、母親と二人で暮らしているのでしょう？」

父親の身体を広間に引っ張りあげながら、息子のひとりがそのように問いかけた。窓に燭台を置いたジーダは、不愛想《ぶあいそう》な顔で「うむ」とうなずく。

「ここも以前は、ルウの分家の家族が暮らす家であったらしい。しかし家人が減ったので、他の分家とともに暮らすようになったのだそうだ」

「ギバ狩《が》りの仕事は危険なので、長生きできる男衆が少ないのだそうですね。そうして森辺のお人らが生命《いのち》を張って、俺たちの畑を守ってくれているということです」

息子のひとりがしみじみとした口調で言いながら、ドーラの身体を寝具に横たえた。顔を真っ赤にしたドーラは、幸福そうな面持《おもも》ちでいびきをかき始めている。

「そんな森辺のお人らとこうして絆《きずな》を深めることができて、親父は心から喜んでいました。もちろん俺たちだって、同じ気持ちです」

「……俺もギバ狩りの仕事を果たしてはいるが、あくまで客分の立場に過ぎない。そのような言葉は、森辺の民に伝えるべきであろう」

ジーダは闇夜《やみよ》の獣のように黄色く光る目を、アスタのほうに突きつけた。

アスタは黒い髪《かみ》をかき回しながら、「いやあ」と笑っている。

「俺もれっきとした森辺の民の一員のつもりですけれど、狩人ならぬかまど番ですからね。そういったお話は、狩人の方々にするべきでしょう。……というか、復活祭やこの夜で、そういうお気持ちもぞんぶんに伝えることができたのではないですか?」

「はい。これだけ多くの森辺の民と言葉を交《か》わすことができて、本当に嬉しく思っています」

アスタと野菜売りの息子たちは、満ち足りた面持ちで微笑みを交わし合っている。そんな姿を、ミケルは一歩ひいた位置から眺《なが》めていた。宿場町やダレイムで暮らす人々は、この一年で森辺の民との関係を再構築することがかなったという話であったのだが――もともとは城下町の民であり、現在はトゥランで暮らすミケルにとって、それはあまりに遠い出来事であったのだった。

（本来は、俺のような部外者がこのような場にしゃしゃりでるべきではないのだろう）

そんな風に考えながら、ミケルはふっとかたわらの人影《ひとかげ》に視線を転じる。そこには城下町の若き料理人たるロイが、いかにも所在なげに立ち尽くしていた。

（……この小僧《こぞう》も、きっと同じような感慨《かんがい》を噛《か》みしめているのだろうな）

このロイは、料理人としての探究心を満たすために、この場に参じたのである。それではミケルよりも身の置きどころがないのも当然の話であった。

「では、先に休ませてもらいますね。みなさん、今日はありがとうございました」

そんな言葉を残して、野菜売りの兄弟たちは寝具に横たわった。彼らも彼らで父親に負けないほど果実酒を楽しんでいたので、懸命《けんめい》に眠気《ねむけ》をこらえていたのだろう。それらの姿を見届けてから、アスタははにかむような微笑《びしょう》を浮《う》かべつつ、ミケルたちのほうに向きなおってきた。

「みなさん、お疲れであったみたいですね。……ミケルたちも、もう眠《ねむ》られますか？」

「うむ？　眠る以外に、為《な》すこともなかろうが？」

「はい。ただ、祝宴の間はあまりミケルたちと語らうことができなかったので……このまま寝《ね》てしまうのはちょっと惜《お》しいなと思ってしまったのです」

「はん」と鼻を鳴らしたのは、ロイであった。

「祝宴の熱気にあてられて、俺はまだまだ眠れそうにねえな。……ま、俺なんざは昨日も顔をあわせてるんだから、いいかげん話し飽《あ》きてるだろうけどよ」

「そんなことはありませんよ。ロイとだって、俺は話し足りません」

そんな風に言い合いながら、アスタとロイは寝具の上であぐらをかいた。もともと壁《かべ》にもたれて座っていたジーダは、小首を傾《かし》げながらアスタたちの様子を見守っている。

「アスタたちは、まだ眠らぬのか？　ならば、しばらく燭台は消さずにおこう」

「ありがとう。火の始末はきちんとしておくから、ジーダは無理をしなくても大丈夫《だいじょうぶ》だよ」

「……なるほど。俺とは語らうような話もないということか」

「やだなあ。そういう意味じゃないってば」

アスタが笑いかけると、ジーダは「ふん」とそっぽを向いてしまった。その様子から察するに、ジーダもアスタと語らいたく思っていたのだろう。

（……本当に、不思議な小僧だな）

ミケルもゆっくりと膝《ひざ》を折りながら、そんな風に考えた。

ミケルがアスタと出会ったのは、もう五ケ《か》月《げつ》も前の話である。《銀の壺》のシュミラルという東の商人が、トゥラン伯爵家《はくしゃくけ》の悪行について、ファの家のアスタという人物に語ってやってほしい――などと、ミケルに持ちかけてきたのが、そもそものきっかけであった。

ミケルが城下町を追われたのは、トゥラン伯爵家の前当主であるサイクレウスに逆らったためである。トゥラン伯爵家の料理番になることを拒《こば》んだミケルは、右腕《みぎうで》の筋を断《た》たれて、料理人として生きていく道を閉ざされてしまった。それでまだ年端《としは》もいかない娘のマイムを抱《かか》えて、城下町を放逐《ほうちく》されてしまったのだ。

それからミケルは、酒に溺《おぼ》れるようになってしまった。まともに動かない右腕が、ミケルから希望を奪《うば》ってしまったのだ。マイムの存在がなかったならば、おそらくは早々に自分から魂《たましい》を返すことになっていただろう。そうして五年もの歳月《さいげつ》を自堕落《じだらく》に過ごした果てに、ミケルはアスタと出会ったのだった。

アスタもまた、若き料理人である。なんでも海の外から来た渡来《とらい》の民であるという話で、その調理技術はミケルと重なる部分を多く持ちながら、それでもやはり異端《いたん》の技であった。そんなアスタの料理を口にしたミケルは、ずっと胸の内に燻《くすぶ》っていた何かを再燃させられてしまったのだった。

（だけど、それだけではなく――――）

と、ミケルはアスタの笑顔を横合いからねめつける。

アスタは、不思議な若者であった。普段はいかにも優《やさ》しげで、どこかとぼけた風情《ふぜい》でもあるのに、ふとしたときに鋭い気迫《きはく》をみなぎらせる。ただ料理人としてだけではなく、アスタの人柄《ひとがら》そのものが、ミケルの心情になんらかの作用を及《およ》ぼしたのだとしか思えなかった。

「……それで、ミケルがジーダにトゥラン伯爵家の屋敷《やしき》の場所を教えてくれたのですよね？」

アスタがミケルのほうを向き、いきなりそのようなことを言い出してきた。

会話の内容などまるで聞いていなかったミケルは、「なに？」と眉《まゆ》をひそめてみせる。

「なんの話だ？　トゥラン伯爵家の屋敷が、どうしたと？」

「あれ？　聞いておられなかったのですか？　俺がリフレイアにさらわれたときの話ですよ」

笑いながら、アスタはそう言った。

「ミケルがジーダにトゥラン伯爵家の屋敷の場所を教えてくださったからこそ、アイ＝ファたちも俺を取《と》り戻す算段を立てることがかないました。ミケルもジーダも、俺にとっては頭の上がらない恩人です」

「……俺はただ、そこのジーダに問われたことを答えたまでだ。こちらが言うことを聞かなければ、刀を抜きかねない様子であったからな」

「あの頃《ころ》の俺は、貴族に対する恨《うら》みに凝《こ》り固《かた》まってしまっていたのだ。なんの罪もないミケルにまであのような態度を取ってしまったことを、ずっと申し訳なく思っていた」

と、ジーダが眉を下げながら、そのように言いたててきた。不愛想で、狩人らしい迫力《はくりょく》を備えた少年ではあるが、その内には誠実で真《ま》っ直《す》ぐな心が宿されているのだろう。そうでなければ、森辺の民が彼らを客分として迎《むか》えることもないはずだった。

「へん。恩人に囲まれて、けっこうなことだな。俺なんざ、悪事の片棒を担《かつ》いでいたようなもんだから、肩身《かたみ》がせまくって仕方がねえや」

今度はロイが、不満げな口調でそのように言い出した。ミケルがその意味を判じかねていると、アスタが笑いながら説明をしてくれる。

「実はその頃、ロイもトゥラン伯爵家で働く身であったのですよ。屋敷の厨《くりや》で、俺の面倒《めんどう》を見る役割であったのです」

「ああ。お前にとっては、憎《にく》き仇敵《きゅうてき》の一味ってこったな」

「そんなことはありませんってば。そもそもロイは、森辺の民とトゥラン伯爵家にまつわる悪《あく》縁《えん》も聞かされていなかったのですからね」

ロイはくせのある髪をかき回しながら、気まずそうにそっぽを向いていた。このロイもまた、根は善良な人間であるのだろう。それに、城下町の民らしく気位は高いのであろうが、自分の信念を曲げない強靭さを有している。そうでなければ、城下町の料理人が森辺の集落にまでやってきて、調理の見学を願い出るなどとは思えなかった。

そう考えてみると、アスタは不思議な若者であるが、ジーダとロイもそれに負けていないのかもしれない。彼らの有する瑞《みず》々《みず》しい熱気と活力が、老いさらばえたミケルにはまぶしく感じられるほどであった。

(世界の行く末というものは……こういう力に満ちあふれた若い連中が切り開いていくものであるのだろう)

アスタはこれほどの若さでありながら、素晴《すば》らしい技量を持つ料理人であった。ただ腕が立つというだけではなく、料理に対する熱情というものが際立《きわだ》っているのだ。森辺の民や、宿場町の民や、果てには城下町の貴族たちまでもが、一様にアスタの料理に魅了《みりょう》されるのも、確かな技量に裏打ちされたアスタの熱情ゆえなのであろうと思えてならなかった。

いっぽうロイに関しては、ミケルが多くを知る立場ではない。ミケルとロイが同じ料理店で働いていたのは、もう五年も昔の話であるのだ。その頃のロイなどは文字通り見習いの小僧であったのだから、ミケルの側にさしたる印象は残されていなかった。

しかしロイはこの五年ほどで、トゥラン伯爵家に招かれるほどの腕を身につけていた。まだ二十歳《はたち》にもならないような若造が、ミケルと同じようにサイクレウスに目をかけられて、伯爵家の屋敷で働くことになったのだ。それもまた、彼の中に非凡《ひぼん》な才覚と料理に対する飽くなき執念《しゅうねん》が備わっている証左に他ならなかった。

そしてジーダは、森辺の民と見まごうほどの清廉《せいれん》さと勇猛《ゆうもう》さをあわせもつ少年である。森辺の民はその特異な環境《かんきょう》によって狩人としての魂と技量を育《はぐく》まれたのであろうが、彼は盗賊《とうぞく》の子として生まれ、一時は貴族に対する憎しみに凝り固まりながら、元来の自分を取り戻すことがかなったのだ。まだ幼いと言ってもいいぐらいの齢《よわい》であるジーダがこれほどの沈着《ちんちゃく》さと風格を有しているのは、並々ならぬ過酷《かこく》な半生を生き抜いてきた結果であるはずだった。

（こんな連中に囲まれていれば……きっとマイムも、健《すこ》やかな生を送ることがかなうだろう）

ミケルがそんな風に考えたとき、屈託《くったく》のない笑《え》みを浮かべたアスタがまた語りかけてきた。

「何にせよ、不思議な巡りあわせですよね。トゥラン伯爵家にそれぞれの形で関わることになった俺たちが、こうしてともに一夜を過ごすことになったのですから」

何か得体の知れない感慨にとらわれていたミケルは、「いや……」と首を振ってみせた。

「そのような顔ぶれの中に、俺のような老いぼれまで加える必要はない。俺などは、役目を終えた燃えかすに過ぎないのだからな」

薄闇《うすやみ》の中に、沈黙が落ちる。

しかしそれは、すぐに若者たちのけたたましい声で粉砕《ふんさい》されることになった。

「何を言っているのですか。ミケルが老いぼれだなんて、とんでもない話です！」

「そうですよ。俺たちなんざ、ミケルの足もとにも及ばない小僧っ子《こ》です」

「ミケルはマイムの親として、立派に役目を果たしているように思う。そのように自分を卑下《ひげ》する必要は、どこにもないはずだ」

三対《つい》の瞳が、それぞれの感情をくるめかせながらミケルを見つめてくる。それらの眼差《まなざ》しに心を温かくくるまれながら、ミケルは「ふん」と鼻を鳴らしてみせた。

「老いぼれを老いぼれと言って何が悪い。自分の半分も生きていない小僧どもに、あれこれ言われる筋合いはないぞ」

アスタは一瞬《いっしゅん》きょとんとしてから、口もとに明るい笑みを広げた。

「そうそう、それでこそミケルです。これからも、至らぬ未熟者たちをお導きください」

「やかましいわ」と応じながら、ミケルは寝具に横たわることにした。

ミケルの娘であるマイムは、この場にいる誰よりも若い。ミケルがその行く末を見届けようと願うならば、同時に彼らの行く末をも見届けることはかなうだろう。

それを何より得難《えがた》く思いながら、ミケルはまぶたを閉ざすことにした。

あとがき

このたびは本作『異世界料理道』の第二十二巻を手に取っていただき、まことにありがとうございます。

ここまで巻数を重ねることができましたのは、ひとえにご愛顧くださる皆様のおかげでございます。重ねて御礼の言葉を申し述べさせていただきたく思います。

今巻は、太陽神の復活祭の余韻を噛みしめつつ、新たな年度のスタートを切った内容となります。お楽しみいただけたら幸いでございます。

展開としては、城下町と森辺のエピソードが交互に配置され、さらに町の民たちも森辺に招待されるという。毎度毎度のことながら、登場キャラ数も膨大なものになっております。巻頭のキャラ表を参照しつつ、さまざまなキャラとの交流をご堪能いただければ何よりであります。

書き下ろしの「箸休め」は、ミケル視点のエピソードと相成りました。いずれ掲載されるであろう番外編にて、同じ時間軸の女子側のエピソードをしたためておりましたため、男子側にもスポットを当てようかと思い至った次第でございます。

ところで当作は、ウェブ上において一年ごとに人気投票とアンケートを実施しているのですが、ちょうど今巻の内容を掲載した頃がその時期でありました。これが二回目のアンケート、すなわち連載開始二周年ということですので、二年間で二十二巻分のテキストを書いたのかと思うと、なかなか感慨深いものがあります。

それはともかくとして、せっかくですので当時のアンケートの結果をこちらに掲載させていただきたく思います。

◆人気投票
一位・アイ＝ファ
二位・ルド＝ルウ
三位・ダン＝ルティム
四位・アスタ
五位・トゥール＝ディン
六位・ガズラン＝ルティム
七位・シュミラル
八位・リミ＝ルウ
九位・ライエルファム＝スドラ
十位（同率）・シン＝ルウ・ヤミル＝レイ

◆番外編で主人公にしてほしいキャラクター
一位・ジザ＝ルウ
二位・アリシュナ
三位・ヤミル＝レイ

以上の結果と相成りました。

ちなみに第一回目の人気投票でも、上位四名は同じ結果でありました。主人公のアスタ&アイ＝ファはもちろん、ルド＝ルウとダン＝ルティムの根強い人気にも驚かされたものでございます。

余談となりますが、こののちに行われる第三回と第四回のアンケートにおいても一位のアイ＝ファと四位のアスタは不動であり。二位と三位が別のキャラに入れ替わっても四位から動かないアスタは何かの呪いでもかけられているのかと愉快に思った記憶がございます。

あとはやはり、男性キャラに対する票数の多さが印象的でありますね。女性キャラをもっと魅力的に描かなければと発奮する一方で、男性キャラの人気の高さを嬉しく思っております。

九位のライエルファム＝スドラなどは決して出番も多くないのに、この順位です。書籍版において、最後に登場したのは十五巻でありましょうか。大罪人テイ＝スンをその手で処断するという重要な役割を担いながら、十五巻まで名前をつけられていなかったという、いささか特殊なキャラとなります。なおかつ、猿のような風貌をした壮年の小男という属性でこの順位は、快挙であるかと思われます。

ともあれ、ライエルファム＝スドラは筆者自身もお気に入りのキャラでありますため、これまた嬉しい結果でありました。

ということで、次巻から掲載予定の「群像演舞～二ノ巻～」では、アンケートで選ばれた三名を含む七名分のエピソードをお届けしてまいります。

ウェブ版とは異なる書籍版という媒体で、番外編をどのような形で掲載していくかは目下思案中でありますが、そちらも本編と同時進行でお楽しみいただけたら幸いでございます。

ではでは。本作の出版に関わって下さったすべての皆様と、そしてこの本を手に取って下さったすべての皆様に、重ねて厚く御礼を申し述べさせていただきます。

次巻でまたお会いいたしましょう！

二〇二〇年八月　ＥＤＡ

無事に開催された親睦の祝宴。
そのひとときは、森辺の民にも町の人々にも
新たな出会いと成長を与えるものだった。
Author
EDA
Illust.
こちも
異世界料理道
VOLUME
23
Cooking with wild game.

宴も終わりしばらくした頃、
傷も治りようやく狩人としての力を取り戻したアイ＝ファア。
それは、レム＝ドムとの約束の勝負が始まることを
意味していて!?
2020年冬発売予定!

Anytime I can!
いつでも自宅に帰れる俺は、異世界で行商人《ぎょうしょうにん》をはじめました
霜月緋色 著
Hiiro shimotsuki
ill. いわさきたかし
①～②巻 好評発売中!
③巻 今冬発売予定!

「小説家になろう」
四半期
第1位
異世界転生・転移
ファンタジー部門
（2019年8月19日時点）
コミカライズも
大好評連載中!!
漫画：明地雫
原作：霜月緋色
キャラクター原案：いわさきたかし

コミカライズも連載中の
スナイパー英雄譚！
著／かたなかじ
イラスト／赤井てら
漫画：瀬菜モナコ
原作：かたなかじ　キャラクター原案：赤井てら
発売予定!!

魔眼と弾丸を使って
異世界をぶち抜く!
第9巻 2020年秋

HJ NOVELS
HJN04-22

異世界料理道22

2020年9月19日　初版発行

著者――EDA

発行者―松下大介

発行所―株式会社ホビージャパン

〒151-0053
東京都渋谷区代々木2-15-8
電話　03(5304)7604（編集）
　　　03(5304)9112（営業）

印刷所――大日本印刷株式会社

装丁――AFTERGLOW／株式会社エストール

定価はカバーに明記してあります。

Printed in Japan

ISBN978-4-7986-2299-6　C0076